U0754823

根

李林山◎著

敦煌文艺出版社

图书在版编目（C I P）数据

根 / 李林山著. -- 兰州 ：敦煌文艺出版社，
2020.7 （2022.1重印）
ISBN 978-7-5468-1944-0

Ⅰ. ①根… Ⅱ. ①李… Ⅲ. ①长篇小说－中国－当代
Ⅳ. ①I247.5

中国版本图书馆CIP数据核字（2020）第127391号

根
李林山　著

责任编辑：李恒敬
装帧设计：李关栋

敦煌文艺出版社出版、发行
地址：（730030）兰州市城关区曹家巷 1 号新闻出版大厦 23 楼
邮箱：dunhuangwenyi1958@163.com
0931-8152198（编辑部）
0931-8773112　0931-8120135（发行部）

三河市嵩川印刷有限公司印刷
开本 880 毫米 × 1230 毫米　1/32　印张 9.75　插页 1　字数 230 千
2020 年 8 月第 1 版　2022 年 1 月第 2 次印刷
印数：1 001~3 000

ISBN 978-7-5468-1944-0
定价：48.00 元

春到最先草知道

《根》这部长篇小说出自生于张义上泉、自称做小买卖的李林山之手。

谈及这些，与林山从事的职业无关。这些，与写小说关系也不大，因为林山首要的任务是养家糊口，但这并未消解他的文学梦想。

一个怀揣梦想的人，不管从事何种职业，内心的触动，往往都在文字中暗自生长，一旦生根、发芽，精心浇灌，必能花香满室。

曾经自谦发过小文章的林山在记忆中打捞，在生活中寻找，试图从生活的缝隙中找到属于自己的题材，于是，王秋生夫妇浮出了水面，林山也找到了叙述的原点。

乡村图景的过往与奔跑的追梦者终于达到了契合。

林山生于 1971 年。

大凡生于那个年代的人，对计划生育都有着切身的体验和感知。涉及几千年延续的生育观念的改变，计划生育对中国人口和发展问题的积极作用不可忽视。如何认知，学界专论多。作为文学问题，则要从“背后”去发现。带着这种感知，林山进入了思考，他把多年来积累的素材梳理，从王秋生夫妇的认识延伸，给读者呈现了一部乡村风俗画和图景史。

春到最先草知道。

昨天是今天的历史，今天是明天的历史。林山调动了自己的文学认知力，一幅图景接着一幅图景呈现，人物的对应关系便鲜活凸立。

一切都从“地气”升起。

20年来，我见证了武威本土文学的发展，我常常从基层作者的辛苦中解读到“走心”。他们对文学的痴迷和执着，往往令人感动。他们从摇曳的烛光中闪现着，哪怕一丝微亮，都让我们感受到文学对于生活和人生的那种吸引力和提升力。

林山很谦逊，形成文本后，找到我。我从他提供的文本中没有读到自命不凡和阴阳怪气。一种自然流露的真诚充满纸面，一种吸引力便油然而生，其中还有一种“生土味道”的发散。

这是一种对文学的基本态度。

文学之路本不是一条热闹之路，但文学之路一直需要温暖陪伴，这样，文学中的叩问，抑或同情，才能产生一种张力。

这种张力是一种内在。

任何目标的接近，都需要追求。追求与追逐是两个层面的事。追来追去，追求便会成为风景。风景，不管大小，都是风景，只要有吸引人的的地方。

又是一个春天。这个春天既是时序的转移，也是林山文学的春天。林山为我们呈现了打开春天的另一种方式。我们在欣赏之时，也真诚祝福林山。

有志者事竟成。这是老话。林山的长篇小说《根》，也对这句老话作了最好的诠释。

李学辉

时在己亥春月

根
第一章

王秋生生了两个女孩，乡里计生专干说二女户得结扎，就是做绝育手术，这可愁坏了他。

邻居张求宝比王秋生小两岁，结婚两年生了两个儿子，村里人说张求宝厉害，一年一个儿子，可中了……

一天早上，王秋生出门见侯三与刘二站在小婶子家南墙弯晒太阳，喧谎儿。他走过去，站旁边，凑热闹。

就听侯三说："张求宝这髁疙瘩真厉害，结婚两年生了两个娃子，长大后赤条条的两个小伙子，又能干活，又能打架，以后村里，定没人敢欺负。"

刘二点了头："就是，就是，你不看现在的张求宝，头扎着个鸽娃子，跟以前大不一样，说话底气足，走起路来好像狂得很，不愧生了两个娃子。"稍停一下，好像想起了什么，侧过头，望着侯三，挤挤眼睛，"呔，稍等等，给你说个可笑事，你知不知道，张求宝的名字是怎么起的？"

侯三偏着头望着刘二，神秘兮兮地："不知道，你别神神叨叨的，一个名字，有啥喧头。"

刘二从裤兜里摸出一盒纸烟，用中指轻轻弹了几下盒底，抽出一支递给侯三，自己把烟噙在嘴角，吧嗒一声打着火机，两手箍成个圈圈，给侯三点上，而后又给自己点上，猛吸一口，说："张求宝生下，没人给起名字，他爹一看是男娃，高兴的不知叫啥好。正好同一天，同村的周二生了姑娘，求宝爹认为是自己的功劳，觉得自己厉害。为了让儿子以后也能像自己这么厉害，起的名字必须得有'求'字，想到这，起名叫'求娃'。

可过了两个月，求宝爹又说求宝是张家的传家宝，是个宝贝疙瘩，名字里面应该得有个‘宝’字，于是‘张求娃’就改叫‘张求宝’了。”

说完这些，刘二向侯三撇了一下嘴，又挤了一下眼，道：“求宝老子有意思吧？这事你听过吗？”

侯三哈哈地笑着：“我怎么没听说过，是不是你瞎编的，坏人家名声，天下还有这等古怪事？”

刘二举起手，发誓：“这是的的确确的事，张求宝老子过年时喝醉亲口说的，有四五个人听过，骗你我是驴、牲口、大姑娘养下的。”

侯三和刘二只顾一个劲地说话，没有理睬旁边的王秋生。王秋生被晾在一边，听到这些，仿佛有人用刀戳自己的伤疤，走也不是，站也不是，脸上条抽似的难受，恨不得找个老鼠洞钻进去。他想：这两个人不顾自己的感受，当面喧着他最不爱听也最怕听的谎儿，分明是在刺激他、笑话他、让他难堪，下不了台。

王秋生像被二人架在炉上烤，浑身难受。他想赶紧离开这两个人，离开这两张烫死人、淹死人的嘴。怕他们看出自己的窘态，故做大方地说：“你们喧着，我屋里有些事。”便急匆匆地离开。

王秋生三步并作两步走到家里，好像后面鬼撵似的。

进到屋里，一屁股坐到炕沿上，整个脸拧成一堆肉疙瘩，呼哧呼哧直喘粗气，抡起手，把自己的大腿使劲拍了一把，抽

出一支烟，猛吸起来。

老婆黄尕菊正在院子里干活，听到啪的一声，立刻进到屋里，连声问："怎么了，怎么了？"

王秋生低着头，吊着脸，不说一句话，只一个劲地抽烟。

黄尕菊看着王秋生气急败坏的样子，感到莫名其妙，道："你这个人，怎么了？啥事把你气成这个样子，有啥话，说出来，别憋着！"

"嗨，全是刘二和侯三。"王秋生气狠狠地说，"这两个窝嗦鬼，视我为空气，嘴上没包谷籽儿，把不住，蹲在南墙拐，吃上撑得没事干，大男人家，张家的猫儿把李家的狗扯死了，喧的那谎儿，老子越听越听不下去，能气死人。"

"啥谎儿，能把你气成这样子？"

"丢人得很，气着说不成。"

"一个大男人家，这会又没外人，有啥说不成的？"

"他们说张求宝厉害，两年生了两个儿子，求宝爹也厉害，生的也是儿子，"王秋生脸红了，停了一下，又点了一支烟，"这不是明摆着笑话老子吗？说老子不行，生的都是女娃。"

黄尕菊听了，脸立刻变红，看王秋生正在气头上，没说话，转身出了门。

回到院子里，黄尕菊一屁股坐在台沿上，眉头缩成一个疙瘩，犯起愁来：不知是自己有问题，还是王秋生有问题，怎么两次生的都是女娃，张求宝老婆于凤英生的都是儿娃，听说邻村的一个更厉害，生出双胞胎儿子。眼下，自己生了两个姑娘，二女户，按政策是要被结扎的。

黄尕菊见过被结扎的人，正是张求宝老婆。驴车拉来的，进门时，几个男人用门板抬着，盖着一张厚被子，头巾把脸裹的严实，还呻唤着……说是被乡卫生院的大夫割了一刀，把生娃的肠子给割断了，以后，永远怀不上娃。

院子里，自家的大黄狗突然叫起来，接着黄尕菊听到有人敲庄门的声音。

黄尕菊起身开了门。

门外站着两个西装革履的人，提着公文包，一个岁数大，留着大鬓头，明晃晃地闪着亮光，戴着墨镜，一脸严肃；一个岁数小，留着寸头。

黄尕菊心里咯噔一下：我的妈呀，这是哪来的大官？

“你们是王秋生家吗？王秋生在吗？”没等黄尕菊反应过来，年轻的问。

“是，是，在哩。”

“我们是乡上的，到你们家，有件事要告诉你们。”

黄尕菊的脸唰一下变白。赶紧拉开庄门，低下头，唯唯诺诺地说：“快进门，快进门。”

两专干直溜溜朝屋里走去。

黄尕菊顿觉腿软，没了一点力气，扶着门框，站着发愣。

王秋生听到院子里有说话声，出门一看，是计生专干，脸上的黑云立刻转红。几步冲上前，握住专干的手，眼睛笑成个鸽粪圈圈，点头哈腰地说：“领导们来了，快快进屋，快快进

屋……”

王秋生常去乡政府办事，认识这两个专干，年老的姓王，年轻的姓张，具体名字不知道。前两个月，他俩到村里下队，碰路上，还打过招呼。

王秋生把两位专干让到炕上，打开炕沿上靠墙的破旧红油漆箱子，从箱底翻出一盒烟，拆开，抽出两支递给专干，双手抱住打火机一一点上。转身，走出门，到黄尕菊身边，悄声说：“这是乡上下队来的专干，你赶紧倒水去，我去宰鸡，还愣着干什么？”

黄尕菊进了屋，打开罐头瓶子，挖出两勺白糖，放到杯里，沏上老茯茶，拿筷子搅了几下，端给两位专干。

王秋生走到厨房里，提起菜刀，遛到后院，从鸡棚里挑出一只大公鸡，大公鸡扑腾着翅膀咯咯地叫。王秋生把鸡放到地上，一只脚踩住爪子，另一只踩住翅膀，左手抓住鸡头，右手拿着菜刀对准鸡脖来回几下。一股鲜血嗖地冒了出来，红红的，夹杂着气泡。王秋生踩了一会，忽然站起身，松开手，一蹦子跳到离鸡稍远的地方。大公鸡立刻跳起来，啪，掉地上，再跳起来，又啪地栽地上，像上了蹦蹦床。

后院里，大公鸡洒出半院子血，稀稀拉拉的。终于一动不动了。

王秋生提着大公鸡，跑到厨房里，放到大脸盆中，顺手提过一暖瓶开水，浇上面。

黄尕菊走过来，手里提着一个小板凳，放地上，坐下，翻腾着拔鸡毛。

王秋生从小屋里推出摩托车，急匆匆地赶到乡政府旁边的肉菜铺里，买了大肉、西红柿、芹菜、小白菜和黄瓜。

回到家里，王秋生把肉、菜放到厨房里的案板上，走到书房里，提起面柜上的小铝壶，用毛巾擦去灰尘，从箱子里翻腾出一瓶皇台酒，咣啷啷倒进去，放在炉子上炖。

坐到炕沿上，王秋生一边给专干点烟沏茶，一边陪他俩喧谎儿。

过了一阵，黄尕菊拿着抹布进来，擦过炕桌上的土，摆上筷子，说鸡肉已经熟了。王干事望着王秋生，说："呔，怎么这么快饭就熟了？你老婆利索呀。"

王秋生说："当农民的，受下苦的，不利索能行吗？就这利索着利索着，日子都过不到人前头。"

正说着，黄尕菊端着一大盘冒着热气的鸡肉进来。王秋生挪过炕桌上的茶杯，接过黄尕菊手里的盘子，放到上面。转过身，拿来六个小白瓷盅，捏到手里，提着茶壶，对准地上脸盆哗啦啦地冲洗，一边洗一边想：今天这酒是远方的一个亲戚前几年来自家时买的，是当地的名酒，一瓶四十多元，价格贵，抵自己一年辛苦种的半袋小麦，普通老百姓喝不起，娃舅来都没给过，自己更舍不得喝，是"珍藏品"，有时拿出来，看看，对着鼻子闻闻，原放下。

王秋生倒满酒，准备给两位专干敬酒。

他双手端着酒碟，跪到炕沿上，猫着腰，笑眯眯地盯着王专干，毕恭毕敬地说："王领导，我给你敬个酒，你们平日不到我们屋里来，是贵客，我们也没啥好招待，就自家养的土公鸡，给你们炒了个，你俩将就着吃点，请喝酒。"

王专干抬起屁股，摆着手："等等，不急，不急……酒慢慢喝，肉慢慢吃，你先听我说，今天，我俩到你家，不是来吃鸡喝酒的，你已经生了两个姑娘，二女户按政策要结扎哩。"

王专干说着，从公文包里取出一本手掌大的红册子，王秋生看到封皮上有条例等几个黄灿灿的金字，顿觉后心里捶茇茇。

王专干翻开，指着其中一条，给王秋生读……

王秋生听着听着，头发立刻竖起来。他的手开始发抖，酒盅摇的咣咣响，酒从酒盅边流到酒碟，一盅摇剩成半盅。他的头上浸出汗水，半大天，抖着嘴，喃喃道："领导们，你们能饶过我们吗？黄尕菊要被结扎掉，我就没信心活了。当农民的，不生儿子不行呀。你们说，拉田套车，浇水犁地，全是男娃干的活，女娃娃根本干不了。再者，人活一辈子，图个啥？我总不能断后呀。"说着，眼泪在眼圈里打着转，要哭似的。

王专干斜眼看着王秋生，笑着说："看把你吓成这样子，酒都叫你抖着没了，一个大男人，这副熊样，丢不丢人？还站在这里胡说话，两个姑娘不是你的后人？怎么说是断后？政策你不懂吗？谁都像你这么生，不控制，地球都踏塌了。哼，若要把你老婆结扎了，你还真不活了……哈哈，还吓唬人哩。"

张专干看着这情景，插上嘴："王哥，喝吧，别再说了，你俩同是王家的，人家一听要结扎老婆，吓成这个德性，你再说，别把尿给吓到裤裆里，这饭还怎么吃？”指指酒碟，“你先把人家的敬酒喝了再说。”

王专干喝完酒，酒盅在碟子里咣的一声。王秋生给张专干也敬了酒。

敬完酒，开始吃肉。

王秋生坐在炕沿上，挑肉多的夹给专干，自己捡起个鸡头，刚啃一小口，想起一件事。

一月前，他和队里三个人去镇上搞副业。一天中午，停电了，工地上做不了饭，他们就到一个餐厅里吃炒面片。几个人洗了手，蹲在凳子上喝老茯茶，等炒面片。正等着，门前停下两辆小车，下来七八个人，老板招呼他们坐一个大圆桌上。那些人点了一桌子菜，都没吃多少，匆匆走了。王秋生几个人嘴在炒面片上，眼睛却一直在那桌菜上。其中一位挤挤眼睛，说：“你们看，这么多的好肉好菜，怎么不吃就走了？”另一位说：“就是，不吃，点上这么多干啥哩？这不是白糟蹋吗？”

几个人停了筷子，开始七嘴八舌地嚷嚷：“这些人，一看要么是外地来的过路客，要么是大老板，你不看那两辆卧车，多炫？”

“他们走时结账了没有？”

“结了，一个从皮包里拿出皮筋扎的一沓‘红板’，抽出几张，结了。”

“我看见了，确实结了，老板说要找五块哩，那人说不找了，摇着手，急急忙忙走了。哎呀，这些人，怎么这么有钱？”

“这世道，有钱人，多得是，人家吃这饭，就像我们吃山芋蛋蛋子。”

“呔，走，我们去给他吃走，不吃白糟蹋，太可惜，反正人家结账了，老板也管不了。”

“就是，吃走，不吃白不吃，吃了白吃，正好我这几个月没开荤了。”

几个人丢下碗，走到圆桌上，饿狮分食般地吃起来。

老板出来过三次，没有说话。

王秋生等人吃完，各自掏了钱去结账。老板要每人加二十元，说他们吃了剩菜。几个人一下懵了，说那些人已经给他结账了，怎么还收他们的钱。老板怒了，骂道：“结不结账，碍你们啥事？剩菜也是我餐厅的，你们点了吗？掏钱了吗？谁说让你们去吃了？嘴馋了，跑你们家灰圈里吃去，别在老子这些胡嚷嚷，丢人现眼的……”

几个人一下子似没了嘴说不出话来，脸蛋一个比一个的红。结完账，都耷拉着脑袋，回了工地。

那一次，王秋生只吃了一个鸡头和两块羊肉，掏了二十块钱，倒霉得好似放屁砸了脚后跟。

半小时后，盘内的鸡肉剩了瘦骨头，两人说是吃好了，嘴角全是油，王秋生递过纸，让擦去。

黄尕菊进来，看到鸡肉快吃完了，又从厨房端来一盘洋芋片炒肉、一盘青菜炒肉、一小盆醋卤和三碗又白又滑的转百刀拌面，两人都说鸡肉吃的多，各自拨了小半碗吃过，每人又喝了半碗面汤。

坐在炕沿上的王秋生看两人放下碗，立刻给点上烟。自己端起满满一碗，拨上菜，搅几下，狼吞虎咽。一碗下肚，仍感不饱，又把两人拨剩的面扣碗里吃了。

饭后，收拾完桌子，黄尕菊又端来凉拌西红柿和凉拌黄瓜两个下酒菜，喝酒正式开始。

按当地的讲究，家里来了客人，王秋生作为主人，应先第一个过庄。过庄就是轮流跟客人划拳，若不这样，就是对客人的不礼貌。况且，今天来的两人比一般客人重要几十倍，绝不敢怠慢得罪。

王秋生记得邻居张求宝曾经给他说过，跟干部划拳，最好不要叫“哥俩好”，应多叫“高六升”。

王秋生伸出手，对着王专干：“王领导，你们到我这寒舍来了，我先过个庄，我拳划得不行，臭得很，酒量也不大，就是六七两，还望你们手下留情，高抬贵手，多多包涵。”

王专干伸出手：“一家子，说话这么谦虚，听起来软绵绵的，哼，说不准是民间高手呢！”给张专干使个眼神，“不要几下把我俩整醉，还叫人听见当笑料。”

王秋生第一次近距离看王专干的手，指头短而粗，胖胖的，又白又嫩，没骨节似的。而自己的手，指头长长的，瘦瘦的，又黑又硬，像村里老爷拾粪的粪叉。

不比不知道，一比吓一跳。王秋生感到不好意思，收回手，搓了几下，“领导们，别见怪，我这手，干活多，受下苦的，

“就是，吃走，不吃白不吃，吃了白吃，
正好我这几个月没开荤了。”
几个人丢下碗，走到圆桌上，
饿狮分食般地吃起来。

别嫌脏。”说罢，脸红得像猴屁股。

三个人开始划拳喝酒。

王秋生先过庄，跟两专干要各划六拳。

凉州人划拳，六拳是基数，喜欢挑战的，往上可划十二拳、二十四拳、三十六拳，多者不限。通常是一拳一盅，也有两盅的。输者喝。

王秋生先跟张专干划了六拳，比分二比四。张专干很惊奇：“唉，这拳不错呀，在我跟前能穿上‘二四马褂子’，说明你这拳还有两分。”

王秋生搓着手:“哪里，哪里，是领导手下留情，让了。要不，肯定吃六干零。”

跟王专干的六拳王秋生全输了。张专干笑道：“呔，老王，一个王家的，你也不给人家一点面子，学我，整个衩衩裤就行了，给人家多少留点点。”

屋里传出一阵哈哈哈的笑声。

两专干的拳高，王秋生的拳低，好比骆驼和鸡，只是王秋生叫了许多“高六升”。

一小时后，两瓶酒没了，王秋生感到眼前发花，身子发软，说话也结巴了，半天吐不出几个连字来……

两专干看王秋生醉了，相互递了眼色，下了炕，走到王秋生跟前。王秋生趴在炕桌上，睁不开眼，嘴里嘟嘟哝哝。

张专干拍了拍王秋生的肩膀，笑道：“也没见喝多少酒，看见整醉了，这样子，还招呼我们呢？趴着，做梦去吧。”

"这个老小伙子，还说能喝六七两，我看连四两都没整上，囊包，呵呵。"王专干说。

黄尕菊在厨房里干活，听到说话声，立刻赶过来。看到专干要走，挽留道："领导们，怎么下炕了？这会，还早着哩，急什么呀，蹲着，再消停喝一会。"

"再喝，谁陪我们呀？你又不陪。哈哈。其实，老嫂子，我们喝好了，该走了。"王专干乜了一眼王秋生，"把你老头照顾好，喝醉了，等会扶热炕上让睡觉去，别有个意外。"

"请原谅，我们这人，平日不爱怎么喝酒，酒量也不大，这次，看来是喝得醉醉的了，你们放心吧，我会照顾好的。"

王专干走出门，突然转过身，说："噢，险些忘记给你说正事了，明后天，你抽空到乡计生站来，先不结扎了，套个环。"

"套环……套环疼吗？环是怎么个样子？"

王专干带些酒意，笑道："看你这苕婆子，来就知道了，环是个铁圈圈，放到你那个头就不怀娃了……"

原来，黄尕菊生完头胎，计生站的催着去套环，当时检查出来有妇科病，没有给套。所以，黄尕菊听过环，却没见过环的样子。

两专干说笑着走了。

看着专干走远，黄尕菊扭过身往屋里跑，一边跑，一边想：太好了，放个环不结扎自己，太好了，结扎就没戏唱了，今天这好酒好肉，还有那大公鸡没白花，值价，太值价……

王秋生两只手在炕桌两边吊着，头斜顶在炕桌上，已呼呼大睡，嘴角的口水流到炕桌上，像一条小白鱼。

黄尕菊推了一把王秋生，急道："快醒醒，快醒醒，专干们走掉了，有个好事给你说。"

王秋生确实喝多了，像担在桌子上的一头死猪。黄尕菊推了几次推不醒，急了，一把揪住他的耳朵，使劲拧了拧。

王秋生微微睁开眼睛，嘴里咕咕哝哝咿咿哇哇个不停。想动手摸自己的耳朵，可胳膊像气管子，撑不起身子，摸了几次，够不着。

黄尕菊看着，咯咯地笑了。结婚几年来，男人喝成这样子她还是第一次见。看着王秋生又要闭上眼睛，她使劲把他的头从炕桌上抱过来，靠在自己胸前，对准耳朵大声喊："快醒呀，聋子吗？喝上些尿水子，怎么成死狗了，我有好事给你说哩。"

经这么一折腾，王秋生终于睁大眼睛。

"专干说不结扎我了，先给放环哩。"

王秋生动了动脑袋，眯着眼："啥？"

黄尕菊放大声："不结扎我了，说先放个环哩，听见了没有？"

王秋生终于听清了，腿脚一下来了劲，一把推开黄尕菊，站起来，两手举过头顶，仰天一阵狂笑："真的吗？真的吗？我有希望了，能生儿子了……"

"专干们呢，领导们呢？"王秋生回过神来，想起刚才喝酒的事，又急切地问。

"他们看你喝醉，已经走了，走掉都一阵子了。"

“我要送他们，我要送他们……”王秋生又回到醉酒状态，摇摇摆摆地向屋外跑去。

黄尕菊追上前，抓住王秋生的衣服，柔声道：“他们已经走了，你缓缓吧，喝醉了，躺一躺，乱跑啥哩？”

“别挡我，你这个苕女人，别挡我……我得送他们，他们是咱们的救星呐……”

王秋生说着，一把甩开黄尕菊，继续向庄门外跑去。

庄门口，王秋生被门槛绊了一下，一个马爬栽倒。他努力想爬起来，微起身，腿脚打了软，跌倒，再起身，又跌倒……最终耗尽力气，像癞蛤蟆，趴得展展的。他的腿脚不停地抽搐，沾了一身土，摆着手，嘴里冒着泡沫，有气无力地自言自语：“领导们……慢……慢走，慢走……”

黄尕菊眼睁睁地看着这一切，急忙追过去，抓住王秋生的胳膊往起拉。王秋生仿佛剔了骨，成了一堆肉，怎么也拉不起。

天快黑了，一阵凉风吹来，门旁的杨树上树叶发出轻轻的哗啦声。王秋生感到一丝凉意，打了几个冷战，胃里立刻难受起来，像钻进了老鼠在捣动。饭菜涌到嗓门口，又返回去，他脖子一缩，头一伸，嘴里就哽一声，脖子又一缩，头又一伸，嘴里再哽一声……这样几次后，终于忍不住，立刻哇哇地吐起来。

鸡骨头、西红柿、面条……红的绿的汤汤水水夹杂着一股酒臭味全部被吐了出来，王秋生吐得脸色发白，眼珠快要憋出来。

王秋生家养着一只大黄狗，牛犊子一样大。这狗挺奇怪，只要自家人在场，从不咬陌生人，要是自家人不在，听到一丝丝动静又叫又咬又跳，夜晚外人根本进不来。自从养上大黄狗，王秋生家从未丢过东西，队里人说王秋生养了一条好狗。

大黄狗闻到香味，摇着尾巴跑到门口，王秋生吐下的污物对它来说是一顿大餐。大黄狗几嘴将这一切舔个精光，转过身，朝院内旮旯里走了。

门外不远处，停着一辆三轮车，车兜四周用钢筋加固了一个铁筐，像圈养老虎的笼子。车旁站着两个戴帽子的人，留着大胡子，穿着脏兮兮的衣服，交头接耳的，偶尔吆喝一声“收羊皮了”。

这些人每天在乡里走村窜户，专做牛羊生意，有手脚不干净的趁农民不在家常偷鸡摸狗，其实是偷羊偷牛，但从不偷猪。村里人见到他们，都提高警惕，格外小心。

王秋生出门被绊倒，吐下污物被大黄狗吃上，黄尕菊拉扯王秋生的过程全被这两人看在眼里。他俩叽叽咕咕地议论着。说的话像外语，村里人一句都听不懂。

黄尕菊一个人怎么也拉不起王秋生，两个孩子还小，送到外婆家去养，再没人帮忙，王秋生这狼狈相若被队里人看到，传出风声，肯定会成笑话，丢死人。再者，醉酒的人不能长时间趴地皮上，地上的潮气会拔了身上的阳气，阴气过重会死的。邻村有位陆大爷，醉酒躺在地上，等家人发现，已成一具僵尸，满脸青紫色，村里老人说是阴死的。想到这里，黄尕菊急了，

赶紧跑到邻居张求宝家。

张求宝在炕沿上坐着，跷着二郎腿，叼着一支烟，眼睛镶在电视里。老婆于凤英屁股搭炕沿上，也在看电视。

没等张求宝开口，黄尕菊便急不可耐地说："娃娃的张爸，正好你们在呀，走吧，到我们的屋里，去给帮个忙走，王秋生跟我的兄弟喝酒，醉了，兄弟已经走了，他出门时被绊倒，软着实在扶不起来，你去帮个忙，抬到屋里吧。"黄尕菊编了谎，心砰砰跳得厉害。

"这么点小事，慌慌张张的，还以为你爹死了呢！"张求宝把头从电视机上挪过来，说笑着，站起身来。

"唉哟，家的张爸，你这大白天的，嘴里没个干净话，"黄尕菊说着回头望了一眼于凤英，"嫂子，你听听，他这嘴里生蛆来没有？盼着我爹死掉，想啃脚巴骨哩。"于凤英笑了一下，没有说话。黄尕菊寻思张求宝一个人去跟自己还是抬不起王秋生，捞了一把于凤英，"嫂子，你也走吧，那人喝得太醉，猪一样，人少了根本抬不动。"

三人走到王秋生跟前，张求宝抓住一只胳膊，两个女人抓住另一只，扶起身，王秋生的腿像抽了筋，一步也走不成。张求宝站到前面，躬下腰，两个女人抱住两腿使劲撺，王秋生像一位重伤员爬到张求宝背上。

进了屋，张求宝到炕沿前转过身，松开手，王秋生烂泥般瘫在炕沿上。张求宝抓住腿，朝炕里面推了几下，王秋生整个身子便到了炕中央。

黄尕菊赶紧拿来毛巾擦张求宝身上的土。背上、肩上、裤角上都擦完了，到了前面大腿，稍一犹豫，脸唰的变红，把毛巾塞到张求宝手里：“这个些的，麻烦你自己擦擦。”说完，转过身。

张求宝一边擦大腿上的土，一边望着黄尕菊哈哈地笑：“你这个女人，要擦给人哪些的都擦净，留哈大腿上的那点点不擦，是个啥意思？害怕得很吗？又不是大姑娘，没经过。”

黄尕菊的心噔噔跳起来，脸立刻成了鸡冠，一时语塞，半天说不出话来。于凤英站一旁，斜眼瞪着张求宝。

张求宝擦完大腿上的土，放下毛巾。于凤英一把抓住张求宝的胳膊：“快走，你这个不要脸的，胡说的啥，丢不丢人。”

张求宝两口子走了，黄尕菊木鸡一样呆呆地立在屋里。

张求宝是木匠，常常在村里村外给人家做木工活。他心灵手巧，眼高胆大，能说会道，是村里公认的能人。于凤英是城门边的，个头大，张求宝干活时认识的。村里人说张求宝本事大，骗来个城门边的媳妇。据说于凤英挺厉害，把张求宝管得严，常“骂”张求宝，两口子虽爱吵嘴，却从未听着打架的，原因是张求宝聪明，会哄老婆开心。

两口子回到家里，于凤英的脸立刻沉下来，锅铁似的。坐到炕沿上，两手抱在胸前，气呼呼地开始骂：“你这个不要脸的，是不是老娘成了黄脸婆，看不上了？啊？别的女人好得很？啊？胡骚情个啥？啊？”

“你看，你这苕婆子，胡想到哪里去了，是黄尕菊，我才

开的这玩笑。我和王秋生的关系自小就好，这些你又不是不知道，你这是吃的哪门子醋呀？总不能叫我见了女人把嘴泥到墙缝缝里吧？”张求宝堆了一脸的笑解释。

“嗯，什么？谁信你，有老娘都胡骚情，没有，还不知能干出啥事来！是不是到外面去一直都这副德行？你要胡试试，惹了祸，小心你那玩意被人割了喂狗吃！听过没有，前几年有个大夫，外面找了野女人，老婆知道后，雇杀手把那玩意给割了。”

于凤英说着更来气了，取下头巾边打张求宝身上的土，边骂：“两个儿子都几岁了，大的已经懂点点事了，生下他们，别以为是你的功劳，没有老娘那两亩三分地，你还能得很，不是你厉害，是老娘的土壤好，以后，老娘要是听见你在外面这等等，那闲闲，小心我把你也结扎了。”

张求宝皮笑肉不笑地说：“不会，不会，怎么可能呢？队里人都说我娶了个‘王熙凤’，好婆姨，巴结都来不及，怎么可能去外面沾花惹草？你尽管放心。再者，就我这怂样子，谁家的女人眼窝瞎掉了，能把我看上？”

“嗯，谁知道，现在这社会，就有那么些骚婆子，见到有钱有势有本事的男人，管不住自己，你不惹，她都向你跟前凑哩，你要惹了，还不向你扑哩，啥事给你干不出来……”

于凤英骂着，气慢慢消下来，屋里逐渐安静了。

再说黄尕菊。张求宝两口子走后，她愣了一会，回到厨房里洗涮完锅碗瓢盆，上炕给王秋生垫了枕头，盖好被子，炕沿上晾了满满一杯开水。王秋生发出激烈的鼾声，呼出的口气使屋里弥漫着浓浓的酒臭味，黄尕菊感到既聒噪又难闻，忙了一整天，自己也感到好累，便蒙头睡了。

白天瞌睡了。一天的忙碌、喧嚣、嘈杂、聒噪使它累了，它似一位少女，搂着整个世界熟睡了。

村庄里，偶尔能听到几声犬吠，王秋生两口子都进入了甜甜的梦乡。

半夜里，下午那两个戴帽子的人进村子时把三轮车熄了火，悄悄地推到了王秋生家门前。一个小声说："不要急，先推推门，试试，听听里面有没有动静。"另一个说："放心吧，根据下午那阵势，应该没动静，狗吃那么多，应该都醉呢。"

他们试着推大铁门。大铁门相互一碰，哐啷一声响，院内一点声音没有，又哐啷了几下，还是没声音。大黄狗一声没叫，或许正在做梦呢。

年长的把一根绳子用力隔墙扔过去，一半吊在墙外，然后双手扶着墙，半蹲下来。年轻的抓住门框，两脚踩在蹲着的肩上，蹲着的使出浑身力气慢慢站起身，肩上的那个两只手便抓到了院墙上沿，紧接着用力一蹬，半个身子就爬到了墙上。蹲着的用脚踩住绳子，墙上的抓住另一端，慢慢地溜到院内，打开王秋生家庄门。

两人蹑手蹑脚把三轮车推到后院，打开羊圈门，把王秋生家的十二只大肥羊抱上车，又蹑手蹑脚出了门。把庄门关上，在外面插了门闩，而后推着三轮车到村口才启动着跑了。

早上九点，黄尕菊醒了，她从未这么迟醒过，太阳照在院内西墙已过半。

她揉着眼睛到后院上厕所。

羊圈跟厕所是连着的，平日早晨，只要两口子进去一个，总能听见咩咩的羊叫声。可今早，羊圈里安静死了，圈门大大地敞开着。黄尕菊刚蹲下，突然感觉有些异常，起身急匆匆走进羊圈。天啊，圈内空空的，一只羊没有，她提起裤子，跑到院子里寻找，院内旮旯里也没有羊的影子。她立刻意识到羊丢了，被贼偷了……

她又急忙朝庄门外跑去。大铁门里面的门闩不见了，她记得清清楚楚晚上睡觉前自己插好的。她一把抓住门钩拉了几下，怎么也拉不开，门被反闩了。

黄尕菊拧过身，一手提着裤子，兔子一样往屋内跑。不小心，裤子掉下去绊住双腿，她猛栽个跟头，脸擦到地上，只感到鼻子和脸刺骨的疼。她顾不了疼痛，翻起身，继续往屋内跑，边跑边喊："王秋生，不好了，不好了，了不得了……"

王秋生鼾声如雷，睡得格外沉。

黄尕菊鼻血往胸前衣服上滴，嘴里咸乎乎的，她用手一摸，满手一片鲜红，立刻心酸起来，眼泪唰唰地流下来，她一手捏住鼻子，一手推搡着王秋生："不要睡了，不要睡了，快起，羊被人偷了，屋里来贼了……"

王秋生睁开眼，看到黄尕菊带着满脸的土和血直挺挺地立在炕沿前，还流着泪，像电影里的冤死鬼。他被吓了一跳，一骨碌从被窝里爬起来。

“呔，啥事？啥事？你怎么了？怎么成这个样子了？”王秋生揉了揉眼睛，惊奇地问。

“快下炕，我们的羊丢了，丢得尽尽了，一个没剩，你赶紧下来，寻一下去，脸上这血是我没防住栽倒碰下的。”黄尕菊撕着王秋生。

王秋生火速披上衣服，光着脚，一溜烟跑到羊圈里，黄尕菊跟在后面。看到羊圈空空的，王秋生又折返到院子里搜了一圈，连个羊影都没有。他这才相信，羊确实丢了。

门被反闩了，出不去，王秋生一只眼对准门缝，朝着外面大声喊：“有人吗？来开下门，有人吗？来开下门……”一连喊了几声，门外没有动静。他小跑着从后院扛来梯子，像猴一样爬上去，翻过墙，抽掉门闩，打开庄门。

黄尕菊一手捂着鼻子，一手提着王秋生的鞋，扔给后在庄门前四处搜了几圈，指着一条路：“快去，前面看看，一路上碰到人顺便问问有没有看见我们的羊。”

王秋生二话没说，踏上鞋，向村口跑去。

一路上，他遇到三个人，都说没见过他们家的羊。直到跑出村口才停下来，气喘吁吁，满头大汗。

在村口站了一会，王秋生像泄气的皮球，耷拉着脑袋，灰溜溜地回到家。

院门口，黄尕菊鼻孔里塞着两个棉花球，看到王秋生，跑过去，急切地问：“寻见了没有？有没有消息？”

王秋生一句话不说，变成了哑巴，脸上堆着一疙瘩乌云，头没抬地走进院内。

王秋生立在院子中央，抽出一支烟，取出打火机。刚想点，又把烟捏到手里，使劲揉成碎渣渣，抡起手，狠狠地甩地上，牙咬得咯吱吱地响……

眼睛里，四个车轮辗压过的辙痕清清楚楚搁着，从庄门到羊圈，羊圈到庄门，来回的都有。王秋生这才看出来羊是被偷后用三轮车拉走的，自己追出去已是白追。他茶兮兮地站着，愣成一根木头。

大黄狗从墙角处爬起来，伸了个长长的懒腰，跑过去，摇着尾巴，举着头，望着两口子转来转去，王秋生正在气头上，一脚踢到后腿上，大黄狗吱咛吱咛叫着跑了。

“一晚上你睡死了，一声不出，连个羊都给老子看不住，养你有个啥用，小心老子把你活吃了！”王秋生指着逃跑的大黄狗，气狠狠地骂。

“你又赖啥狗哩，狗又没惹你。你喝醉吐下的那些恶心全让它吃了，它一晚上也醉哩，睡着醒不来，怎么给你看羊？”黄尕菊埋怨道。

王秋生听着，想笑笑不出来，不笑又想笑。要是平日，听黄尕菊这么说，他不知会笑成啥样。或许还会跟她开玩笑，逗嘴。可此时，他哪有那个闲情逸致说笑。大黄狗一年四季吃的残汤剩饭，从不埋怨诉苦，却把门看得紧紧的，在家里顶一口人。只昨晚吃了一口带荤的，还是自己吐的，却挨了一脚。要是人，谁会忍受。王秋生觉得冤枉了大黄狗。大黄狗吊着一条腿，跑到墙角处。看着狗可怜的样子，王秋生啪的给了自己一个嘴巴，跺了几下脚，进了屋。

王秋生一屁股塌到炕沿上。黄尕菊跟进去，眼泪一个劲地流。

羊丢了得报案，可这案怎么报，王秋生思谋着。

首先是打电话报警。

派出所接到报警电话，肯定派警察开警车来到自家门口，队里人若看到，一定会议论，说王家出事了。好事不出门，坏事一溜风，全村立刻会传响，没有的都能说出来，让人看了笑声不说，可怕的是，万一有人看到那两个专干是从他们家出去的，又知道了吃肉喝酒的事，传出去，肯定对人家不利……

其次，到乡派出所报案。

派出所与计生站都在乡政府大院里，报案时，若恰巧碰上那两个专干。怎么解释？敢说为了招待他俩，把羊丢了吗？即使碰不上，实话报了案，等于活活把人家出卖了。他俩吃肉喝酒的事一旦抖搂出来，被上面领导知道，肯定要追究责任。要是挨了批评，受了处分，他俩肯定会报复自己。万一抓去把黄尕菊结扎了，岂不是偷鸡不成反蚀一把米……

最后一种办法就是编谎报案。说羊是自己与娃舅喝醉丢的，不提两个专干。

出了这么大的事，派出所的警察若把这案子当成笑话传出去，说王秋生郎舅两个喝酒，喝醉丢了十几只羊。这话迟早会

让那两位专干听到，他俩肯定会怀疑自己。到他家吃顿饭，捅出这么大的娄子，传出这么大的风，若影响了他俩声誉，他俩也会不会报复？

王秋生绞尽脑汁，苦苦寻思。

几种办法怎么都有可能牵扯到专干。若报了案，找不回来羊，大公鸡和好酒已让人家吃喝了，最终再把人家得罪了，老婆被抓去结扎掉，生儿子成了梦想，一切将前功尽弃。王秋生哑巴吃黄连，有苦说不出。他打了一个寒战，最终决定不报案了。可不报，那十二只羊又太可惜，两口子平日按时按点地喂，个个都白白胖胖的，总价能卖六七千元，对于自己家庭来说是三四年的纯收入……

王秋生矛盾地在地下踱来踱去，感觉身上的肉被割了似的，一个大男人也流出了眼泪。

屋内的空气凝固似的，憋得人喘不过气来。

“快到派出所报案去，说不上，警察能给我们找见，蹲着能行吗？”黄尕菊说。

“这案能报吗？我难道没想过？能报，我早去报了。”王秋生恶狠狠地还了一句。

“怎么个不能报？报案又不收钱，你怕啥哩？”

“不是收不收钱的问题，这案纯粹不能报！”

“为啥不能报？十二只羊，六七千块钱，就这么白丢哩？”黄尕菊更伤心了，取下头巾，擦着鼻涕眼泪。

王秋生没好气地回道：“我说不能报，就不能报！怎么这么犟，女人家，知道个啥？头发长，见识短。”

“我就是不懂，这案怎么不能报？我头发长见识短，又怎么了？”

“你认为报案就能找到羊？有那么容易吗？头不了想成蒜锤子。” 王秋生转过头，美美瞪了一眼黄尕菊，“这案报得不好，会把你结扎掉，听明白了吧。”

黄尕菊一听结扎，吓着再不敢吱声，屋内又恢复了平静，空气再一次凝固。

“以后在外面不许提丢羊的事，这事不能传出去，我给你提前把话撂在这儿。”王秋生补充了一句，提起一把椅子走出屋子。

晚上，两口子都没吃饭，也没出门，他们一个在炕的东边，一个在炕的西边，早早的蒙头睡了。

黄尕菊怎么也睡不着，一个劲地呻唤。

王秋生辗转反侧到后半夜才睡着。他迷迷糊糊做梦了。梦中，自己在一个风景怡人的桃花岛上，旁有青松翠柏，下有小桥流水，各种鲜花争奇斗艳，蝴蝶在花丛中飞来飞去，似人间仙境，令人眼花缭乱，目不暇接。他忘情地追逐嬉戏。忽然天上飘来一朵白云，白云在树梢间停下，云上一股青烟袅袅升起。接着一位白发苍苍的长老灵显出来，慈祥仁爱，精神矍铄，面含微笑，手拿一把白毛拂尘，轻轻摆了几下，随即言道：“你本命凡人，却跑入天宫，那些蝴蝶与鲜花乃你福命所及，方能观阅欣赏。你有一心结，苦生儿郎。儿郎今生与你相克，不能

苦求。生儿育女乃人生大事，上天早已注定。有儿女来世是为报恩，有儿女来世是为讨债，你福命在于女儿，不要苦心积虑，讨求儿郎。所以，今日你能见鲜花蝴蝶，却不见青龙白蛇，此乃天机，万不可泄漏，你命该如此，老夫走矣……"

说完这些，那朵白云载着白发老人瞬间消失在云天。

王秋生急了，大声喊："老神仙，你等等，老神仙，你等等……"

黄尕菊隐隐约约听到王秋生的声音，侧过身细听，什么也听不清，王秋生喘着粗气，嘴里咕咕叨叨，黄尕菊猜测是王秋生魇住说梦话了，爬过去，推了推。

王秋生醒了，一身冷汗："怎么了，怎么了，我的心跳怎么这么快？身上怎么这么多的汗，被子都湿了？"

"你魇住了，着实说胡话着哩。"

王秋生翻起身，拉开灯，爬到枕头上，叹了口气："唉，就是，我这阵做梦了，做了个奇怪的梦……"

说着坐起来，点了一支烟，一边慢溜溜地吸，一边把梦境一五一十地说给了黄尕菊。

黄尕菊听后，心里一阵冰凉。她觉得自己命太苦，羊丢了不敢报案，就是为了求儿子，可这梦明明告诉她这辈子生不了儿子。她郁闷得真想找个地方大哭一场，发泄内心的冤屈。

黄尕菊怎么也睡不着，两眼直直地望着屋顶。屋顶的报纸黑黝黝的，几处吊着灰线，连被窝风或咳嗽声都禁不住，在半空中轻轻摇摆。有一根掉下来，恰好掉到黄尕菊脸上，黄尕菊用手一抹，划出一条黑路。

王秋生一连抽了三四支烟，唉叹了几声，又躺下睡了。

天亮后，黄尕菊给王秋生做好拌面汤，悄悄出了门。

村口的小卖部里，黄尕菊买了烧纸、罐头和一个面包，低着头，急匆匆地向王家祖坟走去。

站到公公的坟前，黄尕菊观看四周无人，立刻双膝跪地，从塑料袋里抖出一沓冥纸，拆掉上面捆着的纸条，一张一张地分开，心里默默念叨：娃娃的爷，这钱烧给你，你在那里吃好、穿好，别挨饿受冻，你要找关系活动各路神仙，多多保佑关照你的后代子孙……

念叨完毕，黄尕菊掏出火柴，嗤啦一声，冒出一股黑烟，不见火光，只见黄米大的黑柴头。黄尕菊又取出一支，还是刚才那样子，一连几次都点不着。黄尕菊一下紧张起来，想：难道是死去的公公对自己有意见？怨她没有给王家生下儿子？没有照顾好王家一家老小？没有给王家争光添彩？对她不满意，有看法？不接受她的孝敬，故意把火吹灭，让她点不着……

黄尕菊吸了一口冷气，两眼掠了一下四周，看不到一个人。一股旋风把几片枯叶和黄草卷过来，穿过坟滩，哗啦啦滚向旁边的沟壕里。黄尕菊的头发立刻竖起来，小时候，她听老人说旋风是孤魂野鬼的化身，孤魂野鬼在阴间没人伺候，就化为旋风到阳世来寻找伺候它的人。无论大人、小孩遇到旋风一定要避开，否则，就会被卷到半空中扔下来，摔得粉身碎骨，而后带着他的灵魂去阴间。那时，小孩们遇到旋风总会躲得远远的，嘴里喊着口歌子：旋风旋风你是鬼，我拿镰刀砍你的腿。

黄尕菊害怕得想站起身跑，可一想家里出了那么大的倒霉事，又鼓鼓劲，硬着头皮没动弹。

她解开衣襟，斜着身子缩成一团，把火柴揣在怀里。这一次，火柴终于点燃了。黄尕菊小心翼翼地点着烧纸，找来一根木棍，慢慢挑翻，着过后，叩了头，向四周泼洒完面包和罐头，一屁股坐倒，拉下头巾，蒙住脸，开始大哭起来："娃娃的爷呀，你走上这么早干什么呀！扔下我们这些孤蛋蛋，怎么过呀！自从嫁入你王家的门，我起早贪黑拼命地苦呀，到今没享一天福呀，好吃没吃过，好穿没穿过，你显个灵了睁眼看呀！哪家的缺德鬼坏良心呀，把咱的羊偷了个光光净呀，以后的日子可怎么过呀！你若有心多保佑呀，让咱生儿育女不发愁呀，也学别人把好日子过呀！若没良心你出来呀，把咱一家全领走呀，这日子过得没意义呀！心酸着就没处说呀……"

黄尕菊哭后，好像卸了心里的破烦，顿觉舒服了许多。她擦了眼泪与鼻涕，悄悄回到家。

家里没人，一锅拌面汤好端端地放着，一口没动。

其实，黄尕菊走后，王秋生也出了门。他骑自行车到乡政府前面的停车点，把自行车存好，而后坐车进了城。

凉州城里，道路两旁人来人往，熙熙攘攘，汽车的鸣笛声、摊贩的叫卖声不绝于耳，整个城市像一片欢腾的海洋。

早上九点钟，农贸市场的正大门仍被一条长铁链子锁得严实。零零星星的人们从小侧门里走出走进，大多是吃早点的。

市场里有两三家早餐店，卖豆浆油条、米汤油馓子和臊子面，味道不错，吸引着附近的居民常来吃早点。闻着香味的王秋生咽了几口唾沫。

市场门前，隔三五步就有算卦的神婆和戴着老花镜的算命先生。他们各自坐在一小板凳上，前面摆一张描好的八卦图，图上立个小竹筒，里面放着竹签，眼睛却一刻不停地盯着来往的行人，像猎狗一样搜寻着目标。

王秋生站在远处，端详了一会，发现一位约五十岁左右，穿着黑大襟衣服，头戴黑圆帽的老婆婆那儿去的人多，他猜这神婆肯定算得不错。又等两个人算后，王秋生加快几步赶过去。

神婆看着王秋生过来，指着面前一小板凳："小伙子，坐下。"

王秋生向四周看了看，慢慢坐到小板凳上，把手里的提包夹在双腿间，像个小学生。

神婆使个眼神，示意王秋生伸出左手。她捏了捏，观察一会，开始自我介绍："本婆姓王，五十好几，测命算卦二十余年，上知天文，下通地理，测算人数成百上千，没有不准，江湖人称王神婆。能找本婆算命，说明你火眼金睛，福大命大，慧眼识贤。"

介绍完毕，神婆把王秋生从头到脚打量一番："家是乡里的吧？"

王秋生点了头。

"今日清晨，这么早来，你面色铁青，看着六神无主，魂不守舍，定是家里出了急事，想让我掐算？"

王秋生心里一惊，看来王神婆名副其实，一看就知自家出了霉事，连连点头："是，就是。"

王神婆仰起头，朝天吹一口"仙气"，慢慢闭上眼，摇着头，嘴皮打了一会架。突然低下头，睁开眼："阿弥陀佛，太上老君，王母娘娘，睁开神眼，赏赐在下为这苦命之人好好神算。"

说完这些，王神婆问王秋生何年何月何日何时生。王秋生说后，王神婆右手大拇指在其它指头上点来点去，嘴里念念有词：甲乙丙丁……戊己庚辛壬癸……念毕，拇指停在中指上，"你这人，人憨心善，忠厚老实，手勤腿勤，本能过上好日子。可几年来，心想事不成，一直不顺，想得的得不到，想要的要不上，最近，还有小人偷过你们家的东西，破过大财。"盯着王秋生，"本婆算卦不留情，留情不算卦，实话给你说。"

王秋生听到这些，心里噔的一下，王神婆似乎在他心里，知道他的一切。他觉得王神婆不是神婆，倒像神仙。为了表达对王神婆的尊敬，让她好好神算，立刻改了称呼："王奶，你说得太对，确实是这么个，我结婚快十年，做梦都想生个儿子，农村人么，防老。可生了两个全是姑娘，大的八岁，小的五岁，老婆这些年坐胎也不顺，几年一个。前几天，乡上的人说要结扎哩，把人都快愁死了。"

王秋生喘了口气，继续说："为这事，前天晚上，哪来的缺德鬼把我的一圈羊偷了，一只没剩，老婆一晚上没睡，一个劲地呻唤。出了这么大的事，她若想不通，说不定都上吊哩。早晨，我起来，她就没人，我找了，院前院后都没人，不知走哪了。给我做下着一锅拌面汤，一嘴没吃，就出去了，一看让人心酸。更奇怪的是，昨晚，我做了个梦，一位白发长老……”王秋生又把梦境一五一十地说给了王神婆。

“这个梦太怪，魇住我，是老婆把我捣醒来的，吓出我一身冷汗，被子都湿了……”王秋生又补充道。

王神婆听后，先是一惊，然后笑道：“你说的这些，我刚从你手指掐算就已得知，为什么说你这几年不顺，我正想给你说哩，你却抢着说了。”说着向四周看了看，压低声音，挤挤眼，“你们家不顺有两个原因。一是前两年你们动过土，就是惊动了土神。”

王神婆说完，两眼直勾勾盯着王秋生。

王秋生缩着眉头：“动土？没有啊！我们两三年了没盖过新房，连个炕也没盘过，冬天的炉壳郎都是用湿土捣住的，没有和上泥擐，哪里动过土？”

“怎么没有？你好好记，是不是忘记了？你得如实说。不然，卦相不准。”

王秋生低下头，一个劲地回忆。农村人在这方面是有讲究的，土旺是每个季节的最后一个月，土旺时做了泥活，家中定出霉事。堂屋正墙上有个小挂历，他平日很留心这方面的知识。他想不出哪年哪月哪日干了惊动土地爷的活。

他摸着头，苦苦地想……

王神婆看着王秋生冥思苦想的样子，提醒道：“土神是万物之根，一锹土，半勺水，只要和了泥，都是动土。”

王秋生低着头，思谋了半天，蓦然抬起：“哦，就是，王奶，我记起来了，记起来了，按你这么说，我确实动过土。大前年夏天，羊圈墙根被老鼠打个洞，我见过，黄老鼠，尾巴长长的，可大了，常来偷羊料吃，猫都抓不住。我放了老鼠药，就第一次闹死了两只，以后的来闻都不闻。这家伙贼精灵，聪明得很。没办法，我一气之下和了泥把那洞糊住了，和的不多，就一铁掀头。或许是心烦，忘性大，险些记不起来。”

“唉，这不就对了嘛，那就是动土，和半铁锨泥都是动土，况且你还和了一铁锨，是典型的动土，从你的面色上我能看出来，”王神婆舒了一口气，“你的脸色白中带黄，没有一点血色，是晦气，这是土地爷惩罚你的表现。”

王秋生把小板凳朝前挪了挪，凑到王神婆跟前，低声道：“王奶，你说，我已经动土了，这可怎么办呀？”

“有我在，你尽管放心，这么点小事，我还拿得了，要不，老天安排我们这些人又不是到人间吃闲饭来了。就这几天，本婆择个好日子，给你家里讲究讲究，禳眼禳眼。若不讲究，你家还要出大事，出人命关天的大事。”

王秋生听后，心咚咚跳得厉害，眉头紧缩成川字，感觉天要塌了。

王神婆停了一会，又开始说第二个不顺：“你老婆今年秋天到地里掰包谷，大中午的，一个人。当时，刮过一阵邪风，被一个饿死鬼瞅准缠上了。这鬼阳世是个光棍，没儿没女，死后没人给它烧纸上坟，它没钱花，又饥又饿，常常游荡于人世间骚扰弱女子。男人身上煞气大，肩上有几把火，它不敢去。恰好那天碰上你老婆，于是，附了你老婆身子，跟你老婆同吃同睡。你老婆魄跌了，常常头疼恶心，好像肚子里有个疙瘩，想吐吐不出，想拉拉不出，吃饭不香，喝茶不爽，心情差得很。羊也是这饿死鬼安排人间恶人偷的。”

王秋生听着，感到头皮发麻，心也凉到了脚后跟。他一把抓住王神婆的手，急问：“王奶，这可怎么办啊？求你了，你是能人，把你请到我们屋里去，麻烦你一定给我们降妖捉鬼，救救我老婆，保佑保佑我们这个家，虽然我们家里穷了点，但一定不会亏待你……”

“放心吧，信得过我就好，就这几天，我择个好日子，到你们家去，一者降妖、驱邪、叫魄，二者感谢土神。一定保佑你们全家人大吉大利，平平安安，两年内，还要你老婆给你生个大胖小子。”

王秋生悬着的心渐渐放下来，长长喘了口气，心里踏实了许多。

为了让王神婆尽快来家禳解，王秋生拿出二十元钱塞到王神婆手里当成定金，并一再答应剩余的报酬等驱邪后一次性给，王神婆愉快地答应了。

第三天早晨，王秋生一早便去乡政府旁的停车点接王神婆。王神婆拎着一个大红提包，王秋生接过背在肩上，带王神婆回到家。

进屋后，黄尕菊取出杯子，加两勺白糖，把熬好的老茯茶

沏上，递给王神婆。

王神婆尝了一口，揭开壶盖，巴着脖子朝壶里瞄，里面有核桃仁、烧焦的红枣、果粒。

“这茶熬得香啊，没有想到你们乡里人，也会熬茯茶。”

“这是软儿果子熬的，我感冒了，有点咳嗽，这茶喝上，一把抓。”黄尕菊说。

王神婆摇着头，噗噗吹着热气，吁……吁……一连喝过两杯。

王神婆先让黄尕菊在中堂前的面柜上摆了十二个馒头，香炉放到馒头前。

打开包袱，王神婆拿出一把香和一沓折叠过的黄纸，先抽出三支香，让王秋生点燃，插进香炉，跪在地下，烧了三张黄纸，拿过酒，滴了几滴，一连磕了三个响头，起了身。

王神婆又让王秋生抓来一红一白两只大公鸡。她从包里拿出菜刀，一只手抓住白公鸡的两条腿，举到眼前，一只手提着菜刀在鸡冠上掠来掠去，大公鸡闪着翅膀扑腾扑腾地叫、跳。王神婆含了白酒，一口喷到大白公鸡的鸡冠和嘴上，而后闭上眼，咕咕叨叨，念念有词，嘴唇似在打架。一会儿，大白公鸡便既不叫也不跳了，乖乖被王神婆举在手里。王神婆又咕叨了一阵，把白公鸡放到地下，拧住鸡头，用菜刀在脖子上锯，鲜红的鸡血夹着气泡咕嘟嘟冒出来，王神婆提起鸡，跑到王秋生家庄门外，在墙上、门上、门槛上淋了鸡血。

紧接着，王神婆用同样的方式宰了大红公鸡，但把血淋在后院的羊圈门和墙上。

回到屋里王神婆已累得气喘吁吁。上炕后，一边喝茶，一边给王秋生说：“多亏今天把我请来了，请到了点子上，也请得及时，给你赶快来禳眼。我刚出门时，仔细瞅了你们家的住宅。这住宅前三代人没有选好，下面埋有旧时土匪路霸的尸体，院内阴气重，压住了阳气，你们两口子有时半夜都能听到院内声响，要么像邪风呕呕地吼，要么像野猫啊噢啊噢地叫，有时在地上，有时在房上，听起来，阴森森的，凄惶惶的，怪不津津的。这正是地里鬼们活动的声音，它们在你家里胡捣干，那声响是不小心发出的。所以你们生活无味，想啥没啥，诸事不顺……若不及时讲究，大灾在后，定出大事。”

王秋生听着，朝门外看了一眼，脸色变得蜡黄，后脊背发凉。盯着王神婆，说：“王奶，你真是神仙转世。你火眼金睛，能把这些恶鬼看出来。你懂得多，求你救救咱们这个可怜的家。”

“破财才能消灾。你别怪我给你杀了两只公鸡，你家的情况复杂，不杀两只安顿不住。白公鸡是谢土的，鸡血祭神神领情，神若领情万事顺，土神我已给你安当好，以后保你全家好。红公鸡是吓屈鬼冤魂的。鬼怕红、怕血，以后定不敢来，前门后门我都给你封好了，以后家里定顺当。”

王神婆说完，取出两张小黄纸，拿出一根长长的野鸡毛，蘸了鸡血在上面密密麻麻画了一堆，一手提着，悬在空中，含了一口酒喷上面，说是封邪的封条，让王秋生在庄门和后院羊圈墙上各贴了一张。

又喝一会儿茶，王神婆说要给黄尕菊叫魂，她先要王秋生去请醋坛。

王秋生跑到河坝里，找了半天找到鸡蛋大的一个石头，上面没有一丝裂口，圆圆的。趴倒磕了一个响头，捏手里，回到家，放炉子里烧。

王神婆从包袱里拿出红、黄、绿、蓝、青五色纸各一张，剪了几个小纸人，放到一铁盘里。她看石头烧成了火球，让王秋生捡出来放铁勺里。

下了炕，王神婆指示黄尕菊平躺到炕上，盖好被子。她左手举着铁盘，右手拿冥纸在黄尕菊身上擦了几下，而后点燃，在黄尕菊头顶上绕来绕去，一边绕，一边说唱："天灵灵，地灵灵，王家来个王灵灵，屈鬼冤魂你等着，一手把你除个尽，好吃好喝赶紧拿，立刻溜出王家的门，要不本婆不留情，把你打入十八层地狱，永世不得翻身……"

王神婆说完，举着盘子在各屋里窜。王秋生跟后面，每进一个屋，就在石头上淋点醋。铁勺里哧啦一声，一股青烟冲向屋顶，满屋酸焦味。串完所有的屋，包括后院的羊圈和驴圈，王神婆才走出庄门，在附近的树沟旁倒了纸灰、醋坛，烧了小纸人，又转过身问一边紧跟的王秋生："你老婆叫啥名字来？"

"黄尕菊。"

"我喊她的名字，你应声，知道吗？"

"怎么个应声，我不知道呀。"

"我问啥，你都说'来了'，会说吧？"

“会说，会说。”

“这么个都叫人教，你怎么这么老实。”王神婆乜了一眼王秋生，开始喊，“黄尕菊，渴了喝茶来！”

王秋生弯着腰跟在后面：“来了。”

“黄尕菊，冷了穿衣来！”

“来了。”

“黄尕菊，饿了吃饭来！”

“来了。”

……

两人一唱一和地回到屋里，王秋生的心快跳到了嗓门，眼下这情景，好像黄尕菊死了似的。

进到屋里，王神婆点着蜡，捏在手心里，在黄尕菊头上又绕来绕去，不停念叨：“青龙燎一了，白虎燎二了，燎着尕菊顺利了，一觉睡到天亮了。土神显灵了，野鬼燎散了，时来运转福来了，苍天在上保佑了，既得财来又得利，来年生个胖小子……”

王秋生听着王神婆说的一切，暗自庆幸，尤其听到“胖小子”三个字时，心里就像灌了蜜，眼前似乎出现一个胖头胖脑的小男孩，拉着他的手叫“爸爸……爸爸……”

驱鬼祈福仪式进行了一晌午终于结束。王神婆叮嘱王秋生要忌门三日，黄尕菊三日内不得出庄门，不得干重活，不要让外人来家里谝闲传，说事情。

黄尕菊下了炕，把大红公鸡剁成小块，爆炒上招待了王神

婆，王神婆吃了一肚子肉。临走时，王秋生拿出二百元塞给王神婆，又把十个蒸馒头和大白公鸡一并装到王神婆的大红提包里，还说要将王神婆送到车站点。王神婆一口回绝，说送的话门白忌了，把福气也送走了，只要她一出门，就赶紧将门闩住。王秋生把王神婆送出了庄门，心惊胆战地将门闩住。

那天下午，两口子脸上的笑容终于展开，他们有说有笑，看了一下午电视。晚饭时，炒了洋芋丝，擀了最爱吃的转百刀拌面。饭后，两口子踏踏实实睡了。

第四天早晨，村里人带信说让黄尕菊到乡政府计生站去，黄尕菊去后，计生站的工作人员确定是本人后，啥也没问，就放了节育环。

青龙燎一了，
白虎燎二了，
燎着尕菊顺利了，
一觉睡到天亮了。

根
第二章

初冬来了，和熙的阳光照得院内暖烘烘的，王秋生两口子蹲在台沿上晒太阳。

王秋生一支接一支地抽烟，黄尕菊制作两个娃穿的鞋，一针一针地纳鞋底。

“得想办法取环呀，计生站的干部给了咱们养儿子的机会，可不能错过。”王秋生望着黄尕菊说。

黄尕菊停下手中的活，抬头望着王秋生：“就是，这事宜早不宜迟，应该早些着手，免得夜长梦多，出了差错，万一我们招待过的那两个干部调走，新来的非要结扎，咱们可完了。”

王秋生低下头，皱着眉头：“唉，这环怎么取，我都想了好些日子，心里仍没个谱，计生站，不可能给咱们取，亲戚朋友里，也没有懂这行干这活的。”

黄尕菊停下手中的活，看着王秋生一脸的无奈，悄声说：“我听人说，多喝些白酒，环会自然跌掉。要不，你买瓶便宜些的白酒，我喝上试试？”

“我也听人这么说过，这个……唉……”王秋生犹豫了半天，“你是我老婆，不能让你做这个实验，冒这险。”

“唉哟，你今天是怎么了？你要说把话说清楚，一个大男人家，唉唉的，吞吞吐吐给半大天。不就喝个酒，又冒啥险了，我不信，这酒喝上，还死人不可？”

“不知道你听过没有，六坝村的一女人，为了打胎，喝了整整一瓶白酒，结果大出血，死了。娘家人找上门来，把婆家闹得天翻地覆，后来都告法庭上打官司哩……”

黄尕菊听着，明白了男人的犹豫是为她着想，忙道："这可怎么办？既然酒不能喝，又有啥办法？"

王秋生长叹一口气，两口子都在苦苦地想办法，相顾无言。

过了一阵，黄尕菊突然眼前一亮，似乎想起什么，问王秋生："呔，侯二的儿子，不是医科大学毕业的吗？他在城里的医院还是在药店上班？你清楚不清楚？"

"我清楚呢，是在医药公司，不在医院，侯二常给我们说。"

侯二的儿子侯军军，小时候是村里有名的尖子生，后来考上医学专科学校，毕业后，被分配到医药公司上班，拿国家的工资，队里人都很羡慕。

"医药公司是卖药的，理应说跟医院有联系，你晚饭后，去侯家问问，说不上他们的侯军军认识大夫。若有认识的，叫他中间引个线，让他帮忙通道通道。真要找准大夫，这环肯定能取掉。"

王秋生吃了一惊，转过头，笑嘻嘻看着黄尕菊："你这瞎婆子，以前认为你苕呢，啥事都不知道，今天才发现你也机灵着哩，关键时候还能想起这娃子，这会，你真是周到点子上了！我这脑子，唉……最近，这是怎么了，糊里糊涂的，一点点没想起这娃子！"

黄尕菊瞪了一眼王秋生，站起身，进了屋。

晚饭后，王秋生提着两包豆奶粉急匆匆地向侯二家走去。

侯二两口子围着炉子烤火，炕桌上放着一脸盆山芋片，正烤着吃。看到王秋生，笑嘻嘻地说："王家兄弟，嘿哟……这

阵子提着礼，要去哪里，啥风把你给吹来了？”

王秋生把礼物放到面柜上，笑着说：“还能去哪里，就到你们家来了，不能来吗？再啥风？干就西北风吹来的么。”

“呵，你这王秋生，稀客呀，这阵到我们家来，还提的礼物，开什么国际玩笑？怪不津津的。”

“什么稀客不稀客的，真没跟你开玩笑，我确实是有事来求你们的。”

“什么事呀？”

王秋生抽出烟递给侯二，脸上火辣辣地烧，搓着手，犹豫了半天，说不出话来。

“有啥你直说，邻里邻居的，又不是大姑娘，害羞得很，叫人看着难挨着。”侯二看着王秋生难过的样子说。

“唉！怎么给你们说呢？前些日子，黄尕菊让计生站的干部叫去放了节育环，你们是知道的，我生了两个姑娘，乡里人得生儿子，长大若有出息，学你们的军军考个大学，分配上工作，拿国家的钱，要再能找个‘双职工’，那真叫个耍人，把人能眼热死。退一步想，生个儿子，即使没出息，也能拉田套车，下种犁地。”

“哪能说上，李四养了儿子吧，可他的儿子干了个啥？一年四季不进门，在外头吃喝嫖赌。偶尔来一次，就是跟他吵架、要钱，给他长了个啥精神？哼！险些把他气死。队里现在有人都给他编了顺口溜，说什么‘老子苦成黑驴蛋，儿子天天喝啤酒，娘门子新疆摘棉花，儿子武威砸金花’。你不看，现在的李四，叫儿子整得惨惨儿了，哭都来不及，还享什么福哩，这辈子，他把牛尾巴往细里细里捋吧。”

“我要把儿子养成那样，一定不会认他，绝对把他撵出门，哪里了哪里臊去，少给老子丢人现眼。”

“撵出门？”侯二停了一下，“别吹牛，儿大不由娘，真学次了，到那种程度，就不是你是他的爹爹，他反成了你的爹爹，你还不把他好及及的？杀哩？剐哩？还是把牙拔掉，插狗屎上？”

“要真学次，我也没办法，只能听天由命，可，要是学好了，我也能跟上他享几天清福，就像你，养下个值钱儿子，说不上，哪天进城去领孙子，变成城里人，吃香的，喝辣的。人活着，总得有个盼头，啥事，总不能一直往坏处想，全往坏处想，都没信心活了。”

王秋生说着，心里酸溜溜的，又补了一句：“总得生个儿子好。”

侯二两口子听着，沉默了。自己养了儿子，还在城里工作，又说养儿子不一定好，这种“宽心”明明刺激着王秋生内心的疼痛，他意识到话说的有点“离谱”，让王秋生会有更多的想法，立刻转移话题：“说吧，叫我帮啥忙？再不狼筋拉到狗腿上了，李四若听见，还以为我俩捣闲话哩，猫长狗短的。”

“我知道，你们的军军在医药公司上班，估摸着他应该认识大夫，能行的话，麻烦叫他说个情，找个大夫，帮个忙，把黄尕菊的环取掉。我们两口子你们是了解的，不会亏待人，不

白麻烦他们。”

“看你说的见外话，军军认不认识大夫，能行不能行，给你帮不帮上这个忙，我也不清楚，我先给你问问，再看。”

侯二说完，朝电话机旁走去。

打完电话，侯二告诉王秋生，侯军军是负责给医院送药的，确实有认识的大夫，但这事能办不能办，等他联系后再说，要他们等电话。

王秋生听着，心里亮了许多，忙说：“麻烦你们多操个心，给军军解释下，叫他一定帮我这个忙，欠你们的情，我以后一定补上。”说着，站起来要走。

侯二拿起柜上的豆奶粉，拽住王秋生：“邻里邻居的，你拿这礼物干什么？叫队里人看见，还不把我们笑话死！像啥话？你原拿走。尽管放心，军军说成啥情况，我第一时间去给你说。”

王秋生硬缠着把那礼物放下，吃了几片烤山芋片，在侯二的客气声中回到家。

第二天中午，侯二急匆匆到了王秋生家，说侯军军已把事说好了。他约了医院一个妇产科的大夫，那大夫答应给黄尕菊取环。侯二叮嘱王秋生别在外面乱说，怕不小心把事张扬出去，传到闲人耳朵里，若有人告了状，到时候开除了侯军军和那大夫的工作，可是害人又害己。

侯二临出门说要王秋生准备上二百元的一个红包，晚饭后进城，进了城，给侯军军打电话。他告诉了侯军军的联系号码，为了方便，王秋生把侯军军的手机号写在手腕上。

送走侯二，黄尕菊杀掉最后一只大公鸡，急匆匆跑到张求宝家借了二百元钱，裁了一方块红纸，包好。看了几遍，装到兜里，又捏了几下，才放下心。

两口子提早吃过晚饭，一个提着鸡，一个扛着一袋面，赶进城里。

下车后，王秋生找到公用电话。电话中，侯军军要他俩坐黄包车到某个小区门口。

挂断电话王秋生挡下黄包车，两口子赶到某个小区门口。下了车，抬下面袋，王秋生看见侯军军早已等在门口。他跑过去，寒暄了几句。侯军军让他在外等候，黄尕菊提着鸡，跟着他进了小区。

在一个单元门口，黄尕菊看见一位中年妇女。长的啥模样，天黑了，看不清楚。

侯军军走到妇女跟前，两人头对头嘀咕了几句。转身走过来，示意黄尕菊过去。黄尕菊肯定这妇女就是侯军军介绍给自己的大夫。

黄尕菊跟在妇女后面，进了楼口，两人没有上楼，倒朝地下室走去。地下室一片漆黑，大夫咳嗽一声，走道的灯便哗地亮了。黄尕菊吃了一惊，听旁人说过，城里人楼梯里的灯咳嗽一声就亮了，像长着耳朵，会听话，比自家大黄狗还灵，今日看来，果真如此。

大夫蹑手蹑脚走在前面，黄尕菊脚抬得老高跟在后面，两

人好像去偷别人家的东西，做贼似的。

大夫先打开地下室门进去，等黄尕菊进去后才小心翼翼地关上。开灯后，黄尕菊看到她戴着口罩，大半个脸遮得严实，只留两个眼珠出来。

黄尕菊把鸡放到桌上，悄悄掏出红包塞到大夫兜里，大夫斜眼看了一下，没吭声。

地下室拐角处放着一张床，旁边有一小桌，上面摆着棉签盒、酒精瓶、镊子等。

黄尕菊以为要做手术，可没见打麻药的针管，不打麻药，肯定疼死人。黄尕菊心里想着，毛悚悚地害怕。

大夫戴上一发光眼镜，套上薄胶皮手套，拿起镊子，指着床望黄尕菊。黄尕菊赶忙上了床，躺下，脱掉裤子，闭上眼睛，捏紧双手。

黄尕菊感到下面隐隐作痛。

不到一分钟，大夫说："起来吧，好了。"

黄尕菊坐起身，大夫指着墙角处一张纸："去看看，就上面的那个。"

黄尕菊一边走，一边勒裤带。到墙角处，蹲下，仔细看过后慢慢走出地下室。

王秋生看到黄尕菊，迎上去，急躁躁地问："取了吗？"回头望了一下身后，"你快说呀，取掉了没有？"

"取了，我亲眼看到了，好像都生锈了。"

"大夫再没说啥吗？"

没等黄尕菊回答，侯军军一把将王秋生拉到大门旁，朝四周望了望，说：“王爸，取了就好，先别说这么多，大门口人多，这样子影响不好，回到村里也别谈这事，人家帮了忙，别再闹出个乱子，最终害了人家又牵扯上我，邻里邻居的……说实话，要不是小时候吃过王婶烙的油饼子，我才不管你这事，你们早些回吧，我也要回宿舍哩。”

王秋生意识到话没说到地方上，紧张起来，急忙掏出烟递给侯军军，战战兢兢地说：“军军，是我嘴不好，不分场合乱说话，让你担心了，以后，无论我在哪儿，一个字不提这事，要不，天打五雷轰，我……王爸，说话算数。”

“现在这社会，人多嘴杂，稍不注意走漏了风声，若传到单位上，是要害人的，你应该理解我说这话的道理。”

王秋生一个劲地点头：“是，是，你说得对，我明白了，我一个瞎汉，没文化，以后知道该怎么做了。”

王秋生心里已十分难受，怕侯军军再说他的不是，赶紧绕开话题：“军军，你给我帮了这么大的忙，我家条件你也清楚，暂先没好的感谢你，来的时候，我给你装了袋面，是前年的麦子推的，白得很，给你扛过去，等以后条件好了，再好好感谢你。”

侯军军推脱道：“王爸，吃你的面多不好意思，邻里邻居的，你背回去自己吃吧，前几天老爹进城还给我拿来一袋，多着呢。我一个人，吃起来慢，搁时间长了，会生虫的。”

“我再没给你拿的，农民家就这点小心意，你这个娃娃别拒绝，你的好，我这辈子忘不掉。”

“你们早些回吧，迟了没车，我也要回宿舍给领导写讲话材料哩。明早单位开会，领导要用，我得赶紧去写。”

“好吧，我把这袋面给你扛到房子后就走。”

王秋生说着，扛起面袋朝大路上走。侯军军再没有说话。

送完面，王秋生两口子赶上末班车高高兴兴回了家。

黄尕菊取开炉灶，热了老茯茶，两口子喧起来。

“侯二的这娃子，不愧是上过大学的，既懂礼貌，又会来事，以后，肯定会有出息。”王秋生说。

“那阵，你没听清吗，说是赶着回去给领导写讲话材料哩，肯定是被领导瞅准未来提拔的苗子。”黄尕菊说。

“就是，这娃娃，上班才一年过些，成熟稳重劲儿跟大人一样，头脑灵活的像猴子，或许，以后当官哩。侯家，唉……可有盼头了。”

“我们就命苦，到现在，连儿子都生不下，别说当官不当官了。”

“别急，慢慢来，老天有眼哩，我们又没做过亏心事、缺德事。三个不行，五个来，十个八个的生，总会生一个的，我就不信，土地爷的球是个泥棒棒。”

“说得倒好，十个八个地生，你能受住，我可受不了。跟上你一辈子，就为生儿子活人？你看人家刘招财，本事多大，家里开铺子，老婆卖货，一天地不下，吃好的，穿好的，像城里人。你要有本事，也开个铺子，别让我下地干活，我给你十个八个的生，若没那本事，我就给你再生一胎。十个八个的，你拾掇得远远的，趁早打消这个念头吧……”

“哎哟，你这女人，还说起这话了，刘招财刘招财的，刘招财那样的我们队里有几个？家家都开了铺子，地叫谁种哩？队里大部分女人都还不是吃土疙瘩的命。嫁鸡随鸡，嫁狗随狗，女人家，哼，你就认命吧。”

“哪个认命，命好的女人多的是，”黄尕菊听着，来了气，“当时，那媒婆说你们家挖了金子，是万元户，条件多好多好，我来就是躺着吃，享清福。可嫁过来，才知道我就是给你下地干活，做饭洗衣，又要十个八个地生娃。你的良心叫狗吃了。早知道现在这样子，当初这婚，我打死不结。都怪我爹，瞎了眼……”

黄尕菊骂着，上了坑，拉开被子，蒙头睡了。

王秋生没好气地说：“你看，你看，这怂女人，刚才还好端端的，又没骂，又没惹，说变就变了，变色龙都没这么快，一下像吃了炸药似的。命好，不生在县长屋里当太太？哼，真没个行情，给鼻子上脸，渐渐高的烟锅子。”

看到老婆不再吭声，王秋生自觉没趣，取过一瓶啤酒，点上烟，一个人喝起来。喝过一瓶，觉得不过瘾，又连喝三瓶，慢慢回忆起自己的往事来。

根
第三章

王秋生兄弟六个，没姐姐没妹妹。幼年时，家里的劳动力全靠爹妈二人。奶奶岁数大了，加上常年哮喘，干不动活。爹妈生产队挣的工分所换来的粮食根本养活不了一家老小，一家人虽省吃俭用，但还是青黄不接。

王秋生十五岁那年，遇着千年未见的旱灾，近一月不见下雨，河坝的水干了，小麦长一尺高就被晒死，几乎绝收，队里发的粮食更少了。到了第二年开春时，家里粮食所剩无几，这可急坏了秋生爹妈，眼看着一屋的和尚将要忍饥挨饿，或许还得出去讨饭，秋生爹的脸一直沉着……

一天晚上，王秋生睡得迷迷糊糊，不知几点钟，父亲王得财把他叫醒："秋娃，起床，悄悄地起，别把你的弟弟们聒噪醒了，快穿上衣服，到爹屋里来，爹有话跟你说。"

王秋生穿好衣服，揉着眼睛到爹妈住的小屋。

王得财坐在炕沿上，妈围着被子靠墙坐着。王秋生站在地上，看着王得财，一脸的疑惑。

王得财犹豫了半天，长长叹了一口气："秋娃，你是兄弟们中的老大，年龄最大，也最懂事，我在你这个年龄时，身边成家、立业的都有，在爹眼中，你已成大人了，"又盯了王秋生半天，"今晚，你跟爹出去，咱们偷些吃的走。"

"爹，偷啥去，我们家……这是……发生啥事了？" 王秋生一下子没了瞌睡，疑惑地看着王得财。

"去年，遇了旱灾，我们家本来劳动力少，挣得工分少，分得粮食也少，加上家里嘴多，我看，吃粮马上跟不上了。这样下去，我们一家老少迟早得挨饿。”王得财叹口气，“这事，不能让你的弟弟们知道，他们年纪小，不懂事，把不住万一在外说漏嘴，被人听见告了状，公社定会派人来查实，然后把爹抓去捆起来，到那时这个家就麻烦了。你是哥哥，十五的人了，能分担些爹的负担了，爹才要你来帮忙。”

王得财说完，低下头，颤抖的手从兜里摸出一张报纸裁的纸条，折出一小棱角，倒上模糊烟渣，卷出一支，一口接一口吧嗒吧嗒地抽。

看着爹一脸的无奈，王秋生心里像十五个吊桶打水，七上八下。他犹豫了一下，说：“爹，走吧，你放心，我跟你走，你让我干啥，我就干啥。”

太阳公公忙了一天，累了，脸上泛着红晕，慢悠悠地退到西山背面。该月亮婆婆表演了，遮着半块脸，羞答答地从东边云缝中探出头来，披着银纱，穿行云层间去检阅、慰问满天眨着眼的哨兵。

王得财走在前面，腋下夹着棉布口袋，王秋生紧跟在后面。父子二人踏着迷离的月色深一脚浅一脚急匆匆地走着。

“爹，这是到哪里去，偷啥去？”王秋生好奇地问。

王得财搗了一把王秋生：“娃子，悄悄的，别说话。说着要是被别人听到，可就了不得了，到点，你就知道了。”

大约走了二十分钟，到一个沙山脚下，一大块田野平躺在月色里，春耕后翻犁过的痕迹隐约可辨。

王得财放下袋子，猫腰蹲下，出气声压住说话声：“娃子，

快蹲下，爹给你说，这块地是离咱们队最远的山芋地，深夜，一般没人来，安全。前天，我们刚下的种，好几斗呢，本应开花结果，到秋天分到家再吃，可眼下，咱们家的情况不饶人，爹怎么算也熬不到秋收。干这偷鸡摸狗的事，爹是头一次。前晚，爹整整想了一夜，做出这决定，爹也实在是没办法的办法，爹总不能眼睁睁地看着你们走到挨饿的路上。”

王得财说着，动手挖起来。王秋生听着直打哆嗦。他的脑袋像被洗衣粉洗了，一片空白。愣了半天，明白过来，立刻在旁边挖起来。

初春的气温本来不高，早晚温差大，加上土壤潮湿，王秋生感觉指头瘆冰瘆冰的。碰到硬的土疙瘩，还隐隐作痛。每过一两分钟，才能挖出一个山芋种。一旁的王得财，两只手像铁钳般坚硬，一前一后，错落有致，像狐狸挖田鼠洞一样熟练，几秒钟刨出一个。顷刻间，王秋生便远远地落在后面。

父子二人挖了半个多小时，两条犁沟的山芋种已被掏空，王得财看着差不多了，提起袋子，将山芋种挨个拾上，拾完后，又将挖过的痕迹恢复原样，搓搓手上的泥土，扛着袋子匆匆往家赶。

王秋生跟在后面，背着小半袋山芋种，父子俩没说一句话。

夜静得像死了，空旷的田野散发着初春的气息和泥土的芳香，一阵阵沁人心脾。半空中有层淡淡的云，朦胧得像一层薄纱，笼罩着天的脸庞。王得财特别感谢今晚的月亮，半块西瓜牙似的斜挂在树梢上，洒下一缕浅浅的银辉，使得周围的一切若隐若现，朦胧却又可辨。这个夜，好像是专门为父子俩偷山芋种设计的。

王秋生的心咚咚跳个不停。巨大的天空像一面镜子、照相机，父子俩的一切行动都在它的眼中：几点钟出发的，拿的什么，去到哪里，干了什么事，怎么回家的……这一切赤裸在他的心中，犹如一场电影。小时候，他就听父亲说小时偷油，长大偷牛，偷东西是要被剁手的，老师也说偷盗是可耻行为……可他今晚还是跟着父亲偷了山芋种，他觉得自己可耻。

村口处，王得财放下布袋，从怀里取出两双破秋鞋，二人换后，回到家。

娘李惠芳小屋的煤油灯一直亮着，父子二人出门后，她也没闲着。她把炕上的破毡卷起来，拨开麦草，揭掉一块石板，坐在炕沿上焦急地等着父子俩。见到二人进门，立刻从王得财肩上接下口袋，两人小心地把袋子放到炕洞里，盖好石板，铺了麦草、羊毛毡，一切都做得天衣无缝才睡了觉。

王秋生躺在炕上，调过来，转过去，怎么也睡不着。脑海里全是父亲说过的话和偷山芋种的情景，像电影一样，一遍一遍地闪。隔壁，父亲已进入甜甜的梦乡，鼾声如雷，呼噜噜呼噜噜地响。王秋生本来心里装了事，像块疙瘩堵在胸口，加上父亲的聒噪，根本无法入睡，一身一身地冒冷汗，直到鸡快打鸣时才感到一阵迷糊，朦朦胧胧睡着了。

王秋生做梦了。梦中，父子俩偷山芋种的事情败露。公社派人拿绳子捆住父亲，要他招供偷山芋种的真实经过。父亲被

打得满脸是血，可他一口咬定山芋种是自己一个人偷的，始终没有扯出王秋生。最终，父亲被关进监狱。妈被吓出病，不治身亡。他们家彻底没了希望，他领着弟弟们四处讨饭，结果在一个风雪交加的夜晚，又饥又饿的小弟被活活冻死，他哭得死去活来……

天快亮了，王秋生被李惠芳从噩梦中叫醒，他发现身上全是汗。洗过脸，包里塞了一个黑面馒头，颤颤颠颠地赶到学校。

整个上半天，老师讲的课他一点听不进去，脑海中仍是父亲跟他偷山芋种的情境，这情境像一个恶魔，把他的脑子搅成了一堆浆糊，把他的心搅成了饺子馅……

好不容易挨到中午，王秋生干脆背起书包回了家。学校离家远，正常中午，没时间回家，啃个馒头当是中午饭，到下午放学才回。

王得财拉着小黑驴，正准备上地干活，看见王秋生，一脸惊讶："怎么大中午的跑来了，下午不上课吗？是不是生病了？"

王秋生取下书包，撂到一边，站在王得财旁边，低下头："爹，我没有生病，我不想上学了。"

"唉，这个娃子，谁惹你了，好端端的，怎么突然就不上学了？"

"没有，爹，谁都没惹我，我总的是不想上学了。"

"娃子，这可不行，穷人家的娃娃，上学是唯一的出路，不上学，以后肯定没出息，你不能拿前途、命运开玩笑。"

"爹，我没开玩笑，我说的是实话，我真的不上学了。"

听着王秋生如此坚定的口气，王得财把驴拴到门框上，一屁股坐到台沿上，无精打彩地说，“娃娃，不上学，就得一辈子受苦，你可想好，长大后别后悔，说我这当爹的没供你念书。”

“爹，我不后悔，我要跟你干活去，多挣些工分，让弟弟们吃饱肚子去上学。”

王秋生说着，眼泪唰唰流下来，哽咽了：“夜料黑里……哼……嘻，我做了个怪梦，哼……嘻，梦见你我偷山芋种子的事败露了，哼……嘻……你被抓了，打得很惨，哼……嘻……流了好多血，妈死了，我领着小弟，哼……嘻，要饭吃，小弟被冻、冻死了，好害怕……哼……嘻……”

王得财终于明白了，王秋生不上学原来是为了他的几个弟弟，为了这个家。一夜之间，王秋生似乎是雨后的春笋，长大了，懂事了，成了真正的大人。这一切，完全出乎他的预料。

王得财眉头缩成核桃，心里咯刃刃地疼，像大夫打错了针，把针头插到了心脏上。他恨不得打自己几个嘴巴，他后悔把家里的实情告诉王秋生，还带他去偷山芋种。王秋生还小，这一切刺激了他，使他幼小的心灵受到了伤害，他不该承受这一切……

可这一切，都迟了。

王得财沉默了，他想仔细看看王秋生，却又不敢正眼去看。低着头，快快地套好驴车，出了门。心里顿觉一阵酸楚，一阵刀割……

不上学的王秋生总算给家里添了劳力，一家人刚凑合着填饱肚子。

两年后，王秋生家分到土地，粮仓逐渐有了结余。

转眼间，王秋生成了十八岁的小伙子。王得财四处张罗着给他说媳妇，远远近近问了好几个，对方一听王秋生兄弟六个，婚事便泡汤。原因只有一个：弟兄们多，分家没分的，过不好日子。

王秋生那年代，农村十六七岁结婚成家不是怪事，到了二十三四岁，则被认为成了大龄青年，说媳妇就会困难起来，若到二十七八岁说不上媳妇，要么是家庭困难没人给，要么是小伙子自身有毛病。

这可急坏了王得财，养了六个儿子，第一个要是说不上，打了光棍，名声传到四邻八方，肯定会臭了街道。剩下的五个儿子说媳妇，绝对成问题，会难上加难。

队里有个赵四，四十多岁，贩牛、羊、骡子等牲口，一年四季到处跑，人称赵贩子。

赵贩子最近认识了一个山里人，叫杨三胜。杨三胜有三个姑娘，大的十八岁，没许人。赵贩子想到王得财，王得财经常到他家去喧谎儿，又是递烟又是倒茶，不说别的，就说帮忙给他的秋生打问个媳妇。赵四觉得耳朵里快被王得财的咕咕叨叨磨出老茧，有时听着烦。可赵四也想过，王得财养下一屋的和尚，说不上媳妇，压力大是难免的，愁是常事。王得财家里虽然捉襟见肘，但一家人憨厚老实，没心眼，信得过。如果他把王秋生的亲事说成，对王得财家可是雪中送炭，王得财定会感谢他的大恩大德，除了逢年过节提上礼物感谢之外，平日他家的农活，王得财定会包揽掉……

赵贩子心里暗自高兴，哼着小曲儿走向王得财家。

王得财听到这个消息，像是遇到救星，高兴极了。他让王秋生去商店买了两斤白糖，用红纸包好，再加一块砖茶装到大黄提包里让赵四去问亲，赵四不打一点推辞，走了。

再说女方家里，杨三胜虽说是山里人，衣单食薄，可养下的三个姑娘，个个亭亭玉立、眉清目秀。衣服上虽然缝着补丁，但朴素整洁，干净大方。大姑娘叫新花，上过一年学，能写上自己的名字。新花娘死得早，新花八岁辍的学，扔掉书包，学会了做饭洗衣，缝衣补裤，在懵懵懂懂中照顾伺候着全家人。

穷人的娃娃早当家。一晃十年过去，新花成了大姑娘。

赵四到杨三胜家里，已近中午。太阳正在头顶上，烤得人脸疼。

看到客人来，新花问过后沏了茶，去邻居家找杨三胜。

秋收后没事干，杨三胜早饭后就出门找邻居挖牛九。到中午回家吃顿饭，饭后睡一会，又去挖，晚饭时再回来。

娘死后，杨三胜一个人孤单。他没啥爱好，就爱挖牛九。挖牛九能找到快乐，新花明白这个道理，从未叨唠过杨三胜。

张大爷家里，门前的屋檐下放着一小炕桌，桌旁围着杨三胜、张大爷、王二爷三人，每人屁股下面垫一破纸板子，都大脚盘盘地蹲着挖牛九，个个缩着脖子。

听到家里来了客人，杨三胜放下手里的牛九牌，站起来，把捏着的毛毛钱塞进衣兜里，拍打着屁股上的土，跟着新花回

了家。

进了门，杨三胜把赵四让到炕把手里，自己蜷住一条腿，另一条斜搭到炕沿上。两人抽烟、喝茶、寒暄。

新花提个小笆篓出去，几分钟回来，满身的土。她从窖里拾来一笆篓山芋，开始做中午饭。

新花家紧靠原始森林，气候凉，雨多，耕地全在山坡上，浇不上水，靠天吃饭。小麦种上饱不了，只能种青稞、山芋、大白菜和油菜子，祖祖辈辈全是靠吃这些过来的。

新花放下笆篓，取出盆子，盛了水，将山芋一个个放进去淘洗。一遍过后，盆里的水变成泥糊糊，又洗一遍，山芋才露出脸。没有削皮的器具，新花用菜刀刮刮粗糙的地方，放到案板上，先切成片，紧接着嚓嚓嚓切成丝，搅到盆子里，用水淘过最后一遍。又拿过葱，剥了皮，切成葱芽。

这一切准备妥当后，新花将一个小铁锅搭在铁炉上，倒上自种自榨的菜子油。哧啦一声炝葱后，屋里立刻散发出一股扑鼻的香味。赵四闻着，嘴里溢满口水。新花放上洋芋丝，调了调料，倒了少半碗开水，盖好锅盖，慢慢焖。

新花拿起碗，揭开面柜，掠了满满三碗青稞面倒在一铁脸盆里。加了水和盐，揉成一大块，扣到案板上。过了一会，新花揭开盆子，把青稞面揪成指头蛋大的疙瘩，坐在椅子上，一只手里一小块，压在案板上搓来搓去。筷子长的搓鱼面像蚯蚓一样从新花的手里钻出来，个个光滑鲜亮。

半小时后，案板上堆满了青稞面搓鱼子。

坐在炕上的赵四，一边跟新花爹寒暄，一边看新花做饭的过程。新花的一举一动，赵四尽收眼底。他暗自庆幸，由衷慨叹：这么会打理家务、勤劳简朴、嘴乖手巧的姑娘，嫁到谁家不是福呀！

那天中午，赵四吃了满满两碗青稞面搓鱼子。

整个中午，新花只顾着忙活，杨三胜与赵四说了啥自己全不知情。送走赵四后，杨三胜坐在炕沿上，一锅接一锅地抽旱烟，好像一下子有了心事，要说啥似的。

杨三胜一连抽了好几锅烟，终于开口了："丫头，今天来的那人叫赵四，是来问亲的，说男方家有九口人，老两口和六个儿子，加一个老奶奶。"

新花看了一眼杨三胜，低下头。

杨三胜看新花不吭声，又道："这家人，离咱们这里有四五十公里，是平川，耕地全是水浇地，气候比咱这里热，能种出小麦，吃上白面馍馍。不像咱们，全靠天吃饭，尽吃青稞面墩巴子，"稍停，犹豫一下，"让人担心的是这家人弟兄太多，要是以后分家另过，兄弟六个每人连一间房子都分不到，到那时，日子可就不好过了。"

新花听着，急了："爹，我不嫁人，不嫁人，娘去世的早，我要伺候你，我不能丢下你不管，我还小，过几年再说吧。"

"男大当婚，女大当嫁，这是天经地义的事，把你出嫁了，还有桂花伺候我，你也老大不小了，嫁一个，算完成一个任务，这样，我也给你死去的娘有个交待。"

新花知道爹的用心，没再说话。

“爹哪天抽个空，去看看那家人的家庭情况，若比爹想的好，就把你许配出去，嫁了吧。你放心，爹不会把你扔到火坑里，婚姻是大事，不是儿戏，爹心里鸡粪、鸽粪，有几分哩。”杨三胜说完，长长叹了口气，又出去挖牛九了。

三天后的一个中午，杨三胜没回家吃饭，新花几乎找遍了所有他常去的人家，都说没见过。自家骡圈里，骡子也不见，新花猜测杨三胜肯定是去哪了……

晚饭后，姊妹三个围着火炉焦急地等待。直到天黑好一阵了，杨三胜才进了门。他告诉新花，他去了男方家，那家人条件实在差得很，他把亲事给推了。

新花长舒一口气，杨三胜也看似轻松了不少，一家人又回到了过去。

其实，杨三胜偷偷去王秋生家看家道也给了王家一个措手不及。

那天一早，杨三胜骑骡子先到赵四家，跟赵四喧了一上午的谎儿。中午饭后，他突然说要去王秋生家，这一招让赵四慌了神，他知道杨三胜去的用意，是要去看家道。王秋生家的情况他最清楚，九口人住四间屋，老两口住小屋，六兄弟和老奶奶挤一大炕，还有一厨房。屋少寒酸不说，总得收拾干净，邋里邋遢，杨三胜肯定看不上。

赵四一边拖延杨三胜，一边悄悄打发老婆去给王得财通风报信。

王得财得知未来的亲家要来，额头的汗水立刻渗了出来。他匆忙端起盆子，从厨房的大木桶里舀上水，一盆一盆地向院子里泼洒。泼过七八盆后拿来扫帚，左三下右三下地把垃圾扫在一块。一旁的王秋生极有眼色。他从驴圈拿来背篼，放到地上，背篼口准对垃圾，王得财几锨铲过，待背篼快满时，王秋生扶起来，而后抓住背绳，用力一提，急转身，绳子便挎在肩上，背篼稳稳趴在背上。王秋生再猫腰弓下，王得财又铲几锨，背篼装满后，王得财用铁锨在上面拍几下，王秋生站直身，朝门外的沟里小跑着去倒。

这样两趟后，院内的垃圾就被清理干净。王得财又跑到庄门外，打扫完门台上的垃圾。

李惠芳收拾完厨房里的卫生，跑到书房里。擦完面柜上的土。上到炕上，重新叠了被子，拿出带有刺绣的新苫单布整齐地盖上面。一条苫单上是喜鹊在树枝上嬉戏的图案，另一条上是几种美丽争艳的鲜花图案，李惠芳望了一眼，心里暗自兴奋。早上出门时，恰逢一对喜鹊在树枝上嘎嘎叫个不停，估摸着家里要来贵人，会遇喜事。李惠芳心里腾起一股热浪，感觉王秋生的婚事有了希望。她一边美滋滋地想，一边扫炕上的垃圾和馍馍渣。

窗户跟前，李惠芳的眼睛一下子瞪得圆大，她像触电一样停下手中的活，捏着笤帚直挺挺地跪在炕上发呆，整个脸扭成老树皮。

眼下，破旧的床单上有一个手掌大的黄洞，下面羊毛毡上

的大黄窝清晰可见。那是冬天烧炉子时烫的。年前，王得财没事干，切了一脸盆山芋片围着火炉一边抽烟一边烤着吃。山芋片熟的慢，王得财觉得是火不行，拿火钳拨，不小心拨出一块煤块，掉炕上，怕烫手，不敢抓，火钳夹时用力过大，烂了。王得财火速拿来铁锨拨走，炕上便烧下个大黄窝。李惠芳看着心疼，为这事，还叨叨过王得财。平日来客人，坐黄窝上不要紧，不会笑话。想想今天来的是未来的亲家，是来看家道，倘若他正好坐在那黄窝上，肯定会坏事，说不上这窝还会影响儿子的终身大事，家里没有新床单，商店买又来不及……

李惠芳成热锅上的蚂蚁，急得团团转。

突然间，李惠芳从炕上溜下，转身向斜对面小婶子家跑去。

小婶子的男人是中学的总务主任，家里盖了八间走廊房子，条件好，李惠芳猜测他们家肯定有新床单。

冲进小婶子家院子，李慧芳不停地喊："小婶子、小婶子……"

小婶子从屋里出来，正好与李惠芳撞个正着，看到李惠芳急匆匆的样子，问："怎么了？怎么了？这个媳妇子，天塌下来了吗？慌慌张张的，看把你急成这样子。"

"小婶子，赵四给我的王秋生问了个媳妇，这会那家大人要来看家道，提前没人给我说一下，我一点准备没有，人快来了，卫生都收拾干净了，可书房炕上的床单烫下着个大洞，家里没新的，买又来不及，你若有新的，先借给我用下，就一下午。用完，若你嫌弃，过两天我让秋生买新的给你还上。若不嫌弃，用完洗了，给你还来。”李惠芳嘴里倒核桃似的，哐唧唧说了一堆。说完，取下头巾，拭额头的汗珠。

“有哩、有哩，正好有新的，一个大床单，是我们的人过教师节发的，你先拿去用，用完拿来吧，还客气啥呀！”小婶子说着，跪到炕沿上，从兜里取出一小串钥匙，打开一把饼干大的锁子，拿出一条塑料袋套着的床单递给李惠芳。

李惠芳接过床单，像参加百米接力赛的运动员，一拧头，撒腿往家里跑。

出了小婶子家庄门，李惠芳清清楚楚看到赵四、王得财和一个陌生男人说笑着进了自家门。她感觉陌生男人肯定是赵四说的杨三胜。她收慢脚步，把床单揣怀里，跟进去。

李惠芳把床单放到小屋里。进了书房屋，她看到赵四坐在炕的正上面，王得财靠墙，杨三胜恰好靠窗户，三丁拐，都盘着腿。

李惠芳心里不禁咯噔一下。

问过客人，李惠芳取过柜上扣着的小茶缸，从罐头瓶里抓出一把白砂糖放进去，沏上老茯茶。打开面柜，拾出六个白面馒头放到大花盘里，摆到炕桌上，然后端着茶缸，低着头走到杨三胜面前，道：“娃娃的杨爸，请喝茶。”

李惠芳一边递茶，一边斜眼看杨三胜腿前的床单。

“哎哟，烫死了！”杨三胜尖叫一声，把茶缸咚的一声放到炕桌上，抡起手，一个劲地甩。

原来，李惠芳看大黄窝时手在颤抖，茶缸倾斜，溢出的茶

水恰好倒到杨三胜的手上，杨三胜被烫得大声叫喊。

李惠芳听到叫声才反应过来把茶水倒在了杨三胜的手上，她的脸一下子红到耳根，心提到了嗓门，“天呐，娃的杨爸，你看，我这人，笨手笨脚的，实在没防住，全怪我不小心，对不起，对不起……”边说，边拿来毛巾擦。

王得财跪起身，趴在炕桌上，看到从杨三胜袖头流下的茶水，有点手无举措，偏过头，斜眼瞪着李惠芳，骂道：“一个女人家，疯疯颠颠的，眼睛在天门盖上长着哩吗？一点点不小心。”

杨三胜皮笑肉不笑地说：“没啥，没啥，不要紧，不要紧。”看着李惠芳擦裤腿上和大黄窝里的茶水，杨三胜感觉刚才自己的叫声尖了，有些失态，把气氛一下子弄得尴尬起来，立刻换了口气。

擦完水，李惠芳心惊肉跳地跑到厨房，一屁股坐倒，取下头巾捂住鼻子，眼泪唰唰地流。

三个男人在炕上聊天，王秋生帮李惠芳宰完鸡，背来一背篼麦草，蹲在大灶台前一把一把地烧。李惠芳不作声，红着眼，擀长面。

杨三胜上过两次厕所，都是王得财陪着，院子里东看看西瞧瞧。

王得财家的房顶仿佛是一块草料地，上面长满密密麻麻的黄草。木制的廊檐水槽裂着口子，每个水槽下面的地上被冲出篮球大的一个土窝。房屋正面的土墙被雨水冲刷后拉出一道道痕迹，像松树皮。杨三胜看着这些，一个劲地摇头，一进屋就催着赵四要走，赵四硬是不走，说李惠芳在做饭，怎么也得饭后走。饭后，无论王得财怎么敬酒，杨三胜就是一口不喝，还说自己有病，不能喝酒……

赵四记得第一次去杨三胜家，杨三胜正和几个人喝青稞酒。赵四不喜欢喝酒，也不爱划拳，可杨三胜不答应，撕着胳膊硬要跟他划拳，赵四清清楚楚记得杨三胜左手划拳，脑筋转的贼快，自己输了好几拳。眼下，杨三胜说不会喝酒，还编谎说有病，这是秃子头上的虱子明摆着！想到这，赵四心里凉了半截。

吃完饭，杨三胜说要早点回家，又催着赵四走，赵四猜出杨三胜的心思，只能从王得财家出来，两人又往赵四家走。路上，杨三胜没一丝笑意，脸铁锅似的，摇着头。

“赵四老哥，娃娃们这亲事，依我看算了吧，王家这条件，我一点看不上。”杨三胜先打破尴尬。

“你这老杨，农民家庭，乡里人，谁家不是这个样子？王家是兄弟们多了点，这条件，也算凑合。”

“凑合个啥？别的先不说了，就说炕上那一个大黄窝，你看，难过不难过？难道他们家穷得连条新床单都买不起？”

“不是你说的这么个情况，肯定是忙着没顾上去买，你这三胜，一个烂床单能说明啥问题？”

“中途那阵，我到院子里看过了，你也清楚这家人的情况，总共四间房子，除那厨房，能住人的就三间，大书房算两间，小的一间，再就是一间驴圈棚。九口人，这点家业能行吗？我

回去，怎么给丫头说？总不能不管三七二十一，把丫头丢到火坑里吧！”

赵四听着说不出话来，杨三胜说的全是事实，自己明明是睁着眼睛说瞎话，厚着脸皮软磨硬劝。

赵四正思谋着，又听杨三胜说：“你看那屋里，地上只有两个面柜，没一把椅子，没一件新式家具，墙上糊的报纸，被烟熏的黑不溜秋，顶棚的报纸，好几处烂了，朝下吊着，也不知道收拾收拾。我们喧谎儿那阵，都听到上面有老鼠跑的声音，万一掉下来，还不把人吓坏。就凭这一点，说明这家人懒，不勤快，”取出烟递给赵四，“你说，老赵，我说的这些，哪些过分了？唉，多亏今天姑娘没来，要来，一看这样子，肯定吓着跑了……”

“这你就说错了，王家人我了解，兄弟们是多，不瞒你说条件是差了点，但这家人我了解，确实没个懒人……”

“再不说了，老赵，我又不是吃抓屁长大的，你说啥，我就信啥。总的，丫头不给这家人，你也别再苦口婆心劝我了，就是吃了人家的鸡，感到不好意思。我那阵说走，你硬要让我吃饭，还要喝酒，我心想事已不成，已硬着头皮吃了饭，又怎么厚着脸喝人家的酒。”

赵四一脸的尴尬与无奈，这结果在他预料之中。

杨三胜走后，赵四到王得财家说明了情况，李惠芳又开始哭，一家人阴着脸，除了唉声叹气，个个成了哑巴。

看着一屋子拉长的脸，赵四说：“你们不要这样，这事不怪我，我已经努力了，就是你们不争气，墙上和顶棚的报纸破成那个样子，你们不趁早找新的糊住，床单也不买条囫囵的换上。说媳妇子的人家，怎么也得把屋里收拾个差不多，面子上的事做好，对你们好，再者，也不会让我丢这二截子人，”赵四觉得口气重了，立刻转移话题，“当然，话说回来，这也很正常，哪有一棍子打出鱼儿的，谁家说媳妇，不是十个八个地问。我再四处给你们打问，也是秋生这娃婚缘没到，若到，一问就问上了。这娃能吃苦，不会打光棍……”赵四给一家人宽完心，走了。

队里有个光棍，左手只有三个指头，先天性的，人叫三爪。三爪兄弟多，条件不好，说不上媳妇，一个人放全队人家的羊，起早贪黑，穿的又破又烂又脏，自己做饭吃，谁都说可怜。

一天早晨，没人听见三爪叫羊的声音，有几个人找到三爪破屋里，发现三爪已经死了，身子一个硬棍，肚子胀得像扣了锅。据说三爪常喊肚子疼，尿不出尿。光棍，没人管，是尿胀死的……

王秋生想到这些，腿就像剔了骨。他怕自己成了第二个三爪。他暗自发誓，不能像三爪，不能当光棍，一定要娶个媳妇。

过了三天，李惠芳打发王秋生去商店买新床单。王秋生肩上斜挎着一个大黄提包，闷闷不乐地来到乡镇府旁的市场上。

市场是一条一公里多长的街道，中间是笔直的水泥路，两旁摆满各种摊点，有的用竹杆搭起架，上面挂着布料、衣裤；有的摆几张桌子，卖床单和各式布鞋、皮鞋；有的摆张长条桌，旁边放一排小板凳，卖高担面皮；有的搭起小帐篷，担起铁架，

上面吊着成块的新鲜猪肉、牛肉；还有的纯粹在地上乱七八糟地摆着锅碗瓢盆……商贩们各自站在摊前，望着熙来攘往的人群大声吆喝。叫卖声此起彼伏，不绝入耳。

王秋生这瞅瞅那瞧瞧，眼睛似乎成了筷子，什么都想挑。

突然，一摊主指着王秋生前面不远处道："快看，那不是郝掌柜、郝大嘴吗？他来了，他可是'财神爷'，'财神爷'来了。"另一个摊主接上话儿："唉，就是，一看那玄劲儿，就像个万元户的样子……"

旁边的摊贩及行人的目光齐刷刷的跟了过去。

王秋生顺着那人的手指，看见一个脚穿皮靴，身着夹克，留着满头卷发、戴着墨镜的小个子男人，旁边是一位身着红大衣，同样穿着皮靴、皮裤的金发女郎，两人挽着胳膀，有说有笑地走过来。王秋生在电影、电视见过拉手的男女，现实生活中，这是第一次。

他的目光紧盯着这对男女。

这就是郝大嘴，全乡有名的郝大嘴，传说中的郝大嘴，他以前常听张求宝讲郝大嘴的故事。

郝大嘴兄弟姐妹七个，大嘴是老小，上有三个哥哥，三个姐姐。大嘴的三个嫂子全是换亲换来的，姐姐嫁给那家，换来那家姑娘做哥媳妇。

大嘴家条件不好，当时他爹四处张罗，嘴皮子都磨破了总的给他们说不上媳妇。爹妈急了，干脆做主换亲，换亲容易，哥哥们全有了媳妇，剩下大嘴。

大嘴生下，长的跟兄妹们都不像，接生婆说大嘴是大猩猩转世投胎的，嘴巴尖，嘴角朝两下方拉的长，额头堆满密密麻麻的皱纹，整个身子缩在一块，像个猿猴，别人家小孩两口吃完的东西，大嘴一口吞个精光。随着大嘴的成长，他的故事在村里传的叮当响，女孩们听了直摇头，谁都不愿嫁给大嘴。有开玩笑吓唬女孩的："你要不听话，就把你嫁给大嘴。"女孩听了，伸一下舌头，做个鬼脸，朝地上啐一口唾沫，脸就气得紫红。

村里人私下议论说大嘴绝对打光棍，有两个还为这事打了赌。

大嘴二十八岁那年，爹妈两月内相继死亡。爹临死前捏着大嘴的手，泪眼汪汪地说再没多生个姑娘给大嘴换上媳妇，对不起大嘴，他的任务没完成，死不甘心。有人说大嘴爹死了眼睛一直睁着，是扯心大嘴，死不瞑目，捋了好多次，才闭上。

大嘴妈死时一再叮嘱三个儿子，她死后，一定要照顾好大嘴。

爹妈死后不久，三个嫂子都怕大嘴连累自己，嚷着分家另过。他们相继在外面盖了新房，搬出去，老屋的旧房子拆得仅剩了一间，留给大嘴。

大嘴不会做饭，常去三个哥哥家混饭吃，像一只流浪狗。

先是到大哥家。大嫂做了饭，总是给大哥和侄子舀稠的吃，给大嘴清的。大嘴吃不饱，几趟厕所，肠子就打起架来，肚子里咣啷啷响。

无奈，大嘴又跑到二哥家。除了二嫂的脸色难看外，大嘴肚子却能填饱。直到有一天吃饭时，二嫂指着一条院子里跑来的狗，说那狗是没人管的，到饭点就来了，讨厌得很。大嘴听出意思，只能跑到三哥家。

三嫂嫌大嘴脏，不让他跟家人一起吃。大嘴常常在院内的土圾上一个人蹲着吃。有一次，三哥两口子吵嘴，打起架，三嫂虽在骂三哥，眼睛却一直瞪着大嘴。后来，大嘴才知道三嫂听队里人说大嘴的嘴大，会把她家吃穷。大嘴说不上媳妇，是光棍汉，有晦气、霉气，会影响她后代的成长。三哥听不下去说了几句，结果两口子吵起来，打架了。

大嘴再没地方混吃了，只能回家学做饭。一个人捣腾了几天，做的饭不是咸就是甜，怎么也比不上嫂子们做得香。好不容易坚持了几天，终于能做出点有味的饭，可做熟感觉就饱了，没胃口吃。大嘴觉得饭不是一个人吃的，一个人吃饭不香。再加上饭后还要洗锅抹灶，不够嫌破烦。

大嘴变得懒起来，有时宁可挨饿，也不再去做饭了。

大嘴终于变成没人管的闲人，常去乡政府的街上溜达，成了真正的“街溜子”。有人还开玩笑，看到大嘴，说一声：“看，‘街长’来了。”大嘴听到，只是笑笑，那笑比哭还难看。

时间一长，店铺的老板大多认识了大嘴。有的叫大嘴干些累活、脏活，然后给大嘴毛毛钱当报酬，让买臊子面吃。一户给的钱不够买臊子面，大嘴干好几户的脏累活才能攒够买一碗臊子面的钱。饭馆的臊子面香，大嘴挣的钱一天只能买一碗，丢在肚里，只能垫个底，肚子还是咣啷啷地响。大嘴还是常常饿肚子。每看到乡政府的干部和老师们到饭馆吃臊子面，大嘴就站在窗外，一个劲地咽口水。就渴望：自己若有钱，一顿能吃上五碗臊子面该多好！

后来，一饭馆的老板找到大嘴，说他要去双龙沟开金矿，挖金子，叫大嘴不要再四处乱跑，去他店里打杂，专门帮他老婆照料饭馆生意。

大嘴听后，身上的虱子都在笑。

大嘴每天勤快地倒脏水、扫地、擦桌子，梦一般地过上了一天吃上三碗臊子面的生活。

一次，老板回家，说金矿刚开采，身边缺跑腿的人。老板娘说大嘴勤快，没心眼，老实，可以把大嘴带去帮忙。还有，大嘴不要工钱，管吃饱饭，就可使唤。

老板试探着带走大嘴。

大嘴跟着老板跑前跑后，沏茶倒水，提衣拎包。

有一次老板喝醉，大嘴背回帐篷，盖好被子，坐旁边守了整整一夜。老板醒后很感动，从此开始喜爱上大嘴。

过了三个月，老板的金矿便出了金子，每天能涮出几十甚至几百克。那金矿，当时成了双龙沟最红的金矿，老板自然成了全乡最有钱的人。

一天，老板告诉大嘴，说给他一次涮金槽的机会，涮到的金子全归大嘴所有，若涮不到，怪大嘴没发财命。老板说自己的话不是玩笑话，说到做到。

大嘴第二天涮了两百多克金子，老板果真没有参与。大嘴老实，觉得老板说的话是玩笑话，兴高采烈地去交，老板不要，说大嘴可怜，人长得难过不说，要再没钱，肯定会打一辈子光棍。他要大嘴把钱拿上回去盖房子、说媳妇。

大嘴卖了金子，据说背着半麻袋块块钱回的家，信用社的人数了半天才数完。

大嘴一下子变成了万元户。盖了六间八廊房子，买了摩托车、电视机、缝纫机和新式家具，成了全乡有名的富人。自此，慕名给大嘴介绍媳妇的人一下子多起来。大嘴见过几个，都看不上。后来，大嘴居然说了个没工作的城里媳妇，说是待业青年。

大嘴的故事成了全乡村民茶余饭后的谈资，几乎妇孺皆知。王秋生每次听张求宝和队里人谈论大嘴，就想：何时能见到这位传说中的“名人”，看看他究竟长个啥模样？

眼下，这位传说中的“名人”就在眼前。王秋生跟在后面，像在追“星”，觉得怎么也看不够。

大嘴两口子进到一店铺里，指着货架，正在买东西。看到王秋生，女的斜了一眼。王秋生发现，女的脸搽得霜一样白，眉毛画得墨一样黑，嘴唇涂得血一样红，双耳各缀一个金黄色耳环。

看着大嘴老婆，王秋生觉得自己像一只站在树下的狐狸，望着吊在上面的肉，直流口水。

回到家里，王秋生开始变得闷闷不乐，常常一个人发呆。大嘴两口子手挽手逛街的情形一次次浮现在脑海中，就像恶魔一样折磨他、刺激他、煎熬他、摧残他……

王秋生决定，自己一定要去双龙沟，挖金子。

一天晚上，王得财靠墙半蹲着，抽旱烟。王秋生走过去，站面前："爹，家里有钱没，能给我寻上二百吗？"

王得财抬起头，惊奇地看着王秋生，问："要那么多钱，你是干什么去？"

"挖金子，我想到双龙沟去挖金子。"

"哼，这娃子，怎么突然想起这个了，"王得财冷笑一声，"金子有我们挖的吗？那东西看人，有人命好，能挖到，有人命薄，怎么也挖不到。听过没有，一个双龙沟，多少人为了金子死了，被淹死的、金窑塌陷压死的一大层。还有的开了金窑赔个精光，老婆跟别人跑了，妻离子散，家破人亡。那地方是人肉战场，几十块人肉夹一块金子，有汗、有血、有泪。"

"爹，我想去，你就让我去吧，给我二百块钱，若我们屋里没有，你去别人家先给我借上，等我挖了金子来再还上。"王得财没有说话。王秋生站着不动，目光直直地盯着王得财，又哀求道，"爹，你就让我去吧！去试试，说不上，我也能挖上，别想那么多了。"

"金子能有那么好挖吗？哼，好挖，谁去都挖上了，还蹲在这里守穷！家里哪来那么多钱？你打消这个念头吧。"怕王秋生再嚷嚷，王得财扔下一句，站起身进了屋。

一想起大嘴两口子，王秋生心里就直痒痒，一股一股热浪涌上心头，王秋生暗自发誓：天塌下来，也一定要去挖金子，

爹不给钱，自己就想办法借，这辈子就是死，也要死在双龙沟，他明白只有双龙沟能改变自己的命运。

过了两天，王秋生跑到乡中学找到小姨子的男人，借了二百元钱。晚上他让母亲李惠芳在裤衩内缝了一个小兜，说万一运气好，捡到金子就藏那兜里，老板要是搜身，不会搜那个地方。

次日早晨六点，李惠芳叫醒王秋生。王秋生穿好衣服，没敢洗脸，背起行李，悄悄跟着李惠芳出了门。

路上，李惠芳从怀里取出两个馒头，塞给王秋生："娃子，妈没给你做早饭，怕吵醒你爹，这两个馒头你路上嚼点吧，别饿着了。"

"妈，我知道，爹要知道我走，绝对来拦挡，说不上都骂你哩，他不会让我去。"

"其实，妈打心底里也不让你去，听说那地方危险得很，死过好多人。"

"妈，不要紧，这种话你不要信。这社会，说啥的没有，针尖大的眼孔能透出拳头大的风，若真有那么害怕，就没人去双龙沟挖金子了。怎么一批一批的人还往双龙沟挤呢？事实没那么可怕，你放心吧。"

"妈怎么能放心？妈虽然生了你们兄弟六个，可哪个都是妈一把屎一把尿抓养大的，哪个都是妈的心肝肉，日子穷了穷过，你们一个也不能少。"李惠芳取下头巾，擦擦眼泪，"现在，咱们家太穷，没钱给你说媳妇，妈总不能眼睁睁地看着你打光棍。实在没办法，妈只能放开让你闯一闯，说不上，苍天有眼，保佑你挖上一疙瘩金子，回来说上个媳妇。”

出了村口，李惠芳突然停下，一把抓住王秋生的手，流着泪说：“去到那地方，先看看，看危险不危险，要是危险就回来，千万不能把命丢了。你要有个三长两短，妈也不想活。”

李惠芳说完，哇的一声哭出来，王秋生抬起头，抓住李惠芳的胳膊，取下头巾，擦着眼泪，说：“妈，你放心，我听你的话，我一定照顾好自己，挖上金子活着回来。”

王秋生说着，眼睛也湿润了，他捏住衣袖擦了几下，转过身，径直向车站走去。身后，剩下娘呜呜的哭声。

其实王秋生早已打问好，远方一个舅爷爷前阵子带人去双龙沟开金矿，只要沾亲带故的，每人交二百元就可上班干活，交的二百元是股份，根据效益分红，上班按天计，工资另发。

王秋生等来班车，坐到哈溪镇，换乘大卡车。

卡车上，载着十几个去双龙沟挖金子的人。有说本地话的，有操外地口音的，呜哩哇啦地弄得王秋生听不懂。

卡车在凹凸不平的道路上奔驰，两边是连绵不断的山脉，偶尔看见成群结队的牛羊在金色的草原上悠闲地吃草。一棵棵青松挺拔而立，像守卫边关的钢铁战士，目送着来往淘金的车辆及行人。往深处走，道路变得陡而窄，从山脚下望去，半山腰的路就像一条蜿蜒盘旋的长蛇。

王秋生一手抓着卡车围栏，一手取出馒头啃起来。馒头到嗓门咽不下去，噎住，半天喘不过气，说不出话，王秋生赶紧

捣捣旁边的人，指着后背，像哑巴一样做手势。那人攥紧拳头，捶了几下，王秋生喘过气来，满眼的泪水。没有水喝，王秋生把馍馍又塞回兜里。卡车一路摇晃颠簸，王秋生感到肚子里一个劲地咣唧唧响。

两小时后，卡车终于停下。一个大平滩上，乳白色的帐篷有大有小，东一处，西一处，扎得满满的，像雨后草地上长出的大蘑菇。

王秋生从车上丢下行李，一蹦子跳下，腿硬的不听使唤，打个趔趄，险些栽倒，脚底一阵剧疼，他咬着牙，强忍住疼痛，往前走几步，顿觉眼冒金星，头晕目眩，接着，一阵恶心，他弯了腰，哇哇地吐起来。胃里没东西，吐出几口黄水。

干吐了几口，王秋生觉得舒服多了。他跑到对面一条哗哗流淌的小河旁边，取出馍馍，吃一嘴馍馍，捧一口水喝，不到两分钟，两个馒头吃了个精光。

王秋生站起身，背起行李，走到附近一帐篷口，打问舅爷爷金矿的位置。舅爷爷叫王永成，一瘦高个子男人听后，指着不远处，说再走一公里，看到一小两大三个帐篷，小帐篷顶上插一小红旗的便是。

王永成抽着一支又黑又粗的卷烟，慢悠悠地在帐篷外闲转，远远地看到一小伙子，觉得像极了王秋生，用手指着，喊道:“呔，小伙子，呔，小伙子。”

王秋生顺着声音看过去，正是舅爷爷。小跑到跟前，气喘吁吁的：“舅爷爷，终于找到你了，我也想跟着你挖金子。”

“好，好，这个小伙子，长大了，来了就好，来了就好。”

两人寒暄了一阵。王永成打问了王秋生家里的状况后，指示旁边一年长的带王秋生到大帐篷安排住宿。

大帐篷里，靠里面的一排摆满了铺盖，褥子卷裹着叠好的被子，一个挨一个整齐的摆着，下面是黄色的树叶、树皮、纸板和柴草。没有床板，这些东西放下面隔潮、防湿。

安排王秋生住宿的人指着前面树林，说那里有枯草和树叶，要他也去弄来垫下面。

王秋生钻出帐篷，走进一片树林，把散落的枯叶拋成一堆，脱下外衣，一捧一捧揽到衣服上，包裹好，抱回来，倒地上。来回跑了三四趟，垫出一个床窝，铺上行李，一屁股坐上面，观察着里面的一切。

帐篷四周是用石块垒成的。

双龙沟有的是石块，淘金工从河边挑来石块，垒出一个正方形，上面垫一层草土皮，再垒一圈石头，再垫上草土皮，依照这样垒过几层，最上面担上树枝，盖上厚厚的帆布，四周用土压实，便成了帐篷。也有来打“末糊”的，没有机械设备，纯手工作业，几个人凑成一组，提个金槽，每天在河坝里挑些沙料，涮些麸皮金。他们的帐篷垒得矮，上面搭的是塑料，叫地窝铺，人只能爬出爬进，像猫。

到了中午，王秋生看到淘金工们提着饭缸往伙房跑。他拿起饭缸，走出帐篷。伙房门前，打饭的排成长队，王秋生跟在最后面。

第一锅面捞出后，有两个人端着大铁碗进了舅爷爷的帐篷。淘金工们按队形由前到后逐个打饭，捞到饭的在帐篷旁边就地一蹲，拉屎一样的姿势吃。王秋生最后一个进去，做饭的抓起面条，用手指掐断，放到饭缸里。锅里的臊子剩下锅底，清得见底，做饭的看了一眼王秋生，舀两勺扣进去。王秋生端出去，呼噜噜地吃了。

饭后，王永成来到王秋生住的帐篷，别的人都恭恭敬敬站起来，不敢说话。王永成告诉王秋生，第一天来先休息，熟悉周围环境，第二天上班。

这个金矿是王永成张罗着开的，他出的钱最多，自然是大掌柜，还有二掌柜、三掌柜。

晚饭后，淘金工蹲在帐篷里抽烟的抽烟，打盹的打盹，有两个聊天，一个大胡子，四十多岁，另一个白眼仁，看人像在望天，三十岁左右。

王秋生双手抱着脑袋，靠被子，斜躺着。

大胡子说："我来这地方，已近三个月，金矿都挖了三四十米深，还不见金子的影影子，不知底层有没有，唉……"

白眼仁说："谁也说不准，听说有的挖十几米就出，有的挖上百米也不出，能不能挖上，全靠命，命里有三分，强如起五更。"

王秋生听着来了劲，一骨碌坐起来，看着两人。

大胡子看着王秋生，从头到脚打量了一番，问："年轻人，哪来的？看起来还是个娃娃，这么小，也来挖金子？"

“都十九岁了，还小啥？只是个子有点矮，看起来小。”王秋生说。

“不小个啥？比上我，你就是个娃娃，我都四十多了，到这来，实在是没办法。你们娃娃们不应该到这地方来，苕着哩。双龙沟这地方，是天堂，也是地狱，你们小，不懂。等你们长大，就会明白我说这话的道理。”

王秋生越听越有意思，朝大胡子跟前挪了挪，偏着头问：“我怎么个不懂？听起来神神道道的，你说说，我听听。”

“前天下午，我亲眼看见前面金矿上来了几个纽扣上拴着红布条的男人，他们用红毯子裹着一具尸体，抬上卡车拉走了。原来，那金矿下面一洞口塌陷，活埋了两个，挖出来满嘴泥沙，已没呼吸。掌柜的一个给赔了两千命价，通知家人来处理尸体，拉走的是有家有室的。另一具没人来认领尸体，据说是个光棍汉，队里评五保户没评上，没钱过日子，便来双龙沟挖金子，结果压死了。没亲属，没人管，大掌柜随便安排了几个人，抬到河边的松树下挖坑埋了，上面垒些石头，当坟冢。像这样的情况双龙沟多的是。你说，这地方是不是人间地狱？”大胡子指着帐篷外不远处，望着王秋生，叹口气又说：“你看，前面那地方上垒着石头的那些土堆，下面全是死人。可怜吧？金子没挖上，命却丢在这荒郊野外。”

王秋生听着，想到那些石头有朝一日也可能会垒在自己身上，一股寒气就从脚底往心里蹿。他身不由己地摇摇头，赶紧转移话题：“你说的双龙沟是天堂，又怎么讲？”

大胡子点了支烟，慢悠悠地说："西面一公里有个金矿，掌柜叫李树根，哈溪镇西滩的。以前家里条件差，说不上媳妇，犯了强奸罪，判过刑。出狱后东拼西凑，四处借钱，拉了一屁股账来双龙沟开金矿，他那地方好，挖二十多米深便出金子，听说每天能涮出几百克。李树根有了钱，在家盖了十间八廊房子，全是封闭式的，阔气得很，没老婆、娃娃，只有他老娘一个人住。李树根钱多花不掉，每天下午清完槽子便去了哈溪镇，吃羊肉、逛窑子，寻刺激。"

王秋生听不懂，偏着头："逛窑子是啥意思？你说的窑子是个什么？我怎么没有听过？"

"这个娃娃，窑子也没听过。"

"金窑听过，你说的窑子真没听过。"

大胡子笑着："苕娃子，窑子就是鸡窝。"

"怎么又成鸡窝了，"王秋生一脸疑惑，"李树根那么有钱，没事，天天去鸡窝捉鸡呀？"王秋生憨憨的问话幼稚而可笑。

大胡子噗的一口吐出个烟圈，转着转着没了："就是男女之间的事，你年龄小，还不懂这方面的事，以后会明白的。"说完哈哈笑了。

王秋生听着，心里一阵火烧，忽感身体的变化。他赶忙起身走出帐篷。前走几步，回看四周无人，解开裤带，那东西又硬又热，像烧火棍，半天尿不出尿，却有种粘糊糊的东西溢出。一丝冷风吹来，打个寒战，那东西慢慢软下来，像小老鼠。王秋生自觉可笑，抖进去，勒好裤带，钻进帐篷。

大胡子从衣兜里抽出一小方块报纸，折出一道弯，从小布袋里抖出沫糊烟渣放上面，一只手满把捏住纸条，另一只捏住纸条的尖端，一圈一圈地拧，拧紧后，用大拇指指甲在牙上刮下饭渣，抹到纸缝隙，一根烟便被卷好。摸出火柴，嗤啦一声点上，抽了几口，继续说："来双龙沟挖金子的全是在赌博，拿生命赌明天。我已是四十好几的人了，有老婆、孩子，万一出了事，丢了命，也算活过几天人，不冤枉，不后悔，不遗憾。你一个娃娃家，才出头活人哩，你爹怎么就能下这么大的狠心把你送到这种地方来？"

听了这些，王秋生才明白爹不让他来挖金子的原因，是怕他把命丢掉。双龙沟的危险超出他的想象。

大胡子的话敲醒了王秋生，他恍然大悟，觉得误会了爹，立刻跟大胡子说："我爹没有下狠心，他根本不让我来挖金子，是我偷着跑来的。我们家里穷，兄弟们多，我到现在说不上个媳妇。听说这里能发财，跑来了，若挖上金子就不愁说不上媳妇了。"

大胡子听着，绕开话题："来这儿的，多是跟掌柜沾亲带故的，你是王掌柜的啥亲戚？"

"王掌柜是我舅爷爷，我爹是他外甥。"

"噢，你这关系硬棒，大掌柜肯定会关照，不会让你干井底的活，下面危险得很。不像我，表哥的大舅子的外父跟王掌柜是同学，我转了一大圈问来的，一来就被安排在井底下，一直干到现在。"

“你来之前是干啥的？我看你不像我爹那农民样。”

“来这之前我在一小学教书，当了二十年民办教师。我们那小学民办教师就我一个，其余四个全是公派的。他们工资高，常常笑话我，拿我寻开心，我实在受不了，一气之下才来这里挖金子。我真希望我们这金矿快些出金子，要是我挖到金子，发了财，我一定回去在他们面前扬眉吐气一番。”

王秋生又明白了一点，来双龙沟挖金子的人大多是被逼的，要么家里穷困，过不去日子，说不上媳妇……要么有说不出的烦心事。他们心里只装着一个字：钱。

和大胡子又嘀咕了一阵，王秋生才慢慢睡了。

果真如大胡子所说，第二天早上，王秋生被王永成安排干地面上的活：拉架子车，运沙石。

王永成跟两个副掌柜每天下午亲自涮槽，出金子没有，出了多少，只有他们三个人知道。

王永成是那种深沉的人，不爱说话，很严肃，脸上根本看不出喜怒哀乐，淘金工们都怕他。

半月后的一天晚上，淘金工被通知饭后领工资。得到消息，大伙才知道金矿出了金子。工地上立刻沸腾起来，帐篷成了喜鹊窝，叽叽喳喳的声音冲门外飞。

大掌柜的小帐篷口，淘金工们站成一堵墙。

王秋生在最后面，偏着头看从帐篷里走出来的淘金工，个个抱着成沓的票子，眉飞色舞，笑逐颜开。

王秋生的心咚咚跳得厉害，他的脑海中立刻出现妈妈，妈妈拿了他挣的工资，舔着指头一张一张地数，先是笑，后是哭……

每天八十元，王秋生来金矿上了二十天班，共一千六百元。

三掌柜舔了一下大拇指，从一沓十元的钱中抽去四十张，然后把两沓钱甩给王秋生。第一次领这么多的钱，王秋生的手成了震动棒。半大天，才歪歪扭扭在领款人处签上自己的名字。

拿了钱，王秋生感到心快从嗓门跳出来，低着头，匆匆走出帐篷。就听后面三掌柜的声音："这个王秋生，钱要再领多点，还吓死哩，手抖成那样子……哈哈……"

帐篷里，大胡子把钱分开往兜里塞。裤兜、衣兜塞的鼓鼓的。拿着针，一针一线地缝口子。王秋生发现大胡子是个细心人，做起针线活，跟婆娘一样认真。

大胡子缝好钱兜，两手抱着后脑勺，靠在被子上，直直地望着帐篷顶，除了叹气声，木头似的。

王秋生走出帐篷，在一棵大树下，回看四周无人解开裤带，把钱塞到裤衩上的小兜里，用别针小心地别住口子，捏了几把，走进帐篷。

那晚，王秋生怎么都睡不着，他的心在沸腾。辗转反侧，浑身发热，一身一身地出汗。大胡子也睡不着，转来调去，压得褥子下面枯枝咯吱咯吱响。白眼仁呢呢喃喃，低声自语。

大胡子和白眼仁都请了假，等天亮就回家。

第二天一早，王永成找到王秋生，说有几个淘金工两个月没回过家，请假走了。王秋生来金矿时间不长，想回家得等其

他淘金工回来。王永成临走时吩咐王秋生到井底干几天活。

王秋生听了，一下子吓懵了，想：井底下那么危险，舅爷爷偏要他下去，万一塌陷，要了自己小命，舅爷爷怎么给爹解释、交待？王秋生想着，心里一阵难受，觉得舅爷爷见利忘义，只认钱，不认人，世态真是炎凉……

第二天早上，王秋生到舅爷爷的帐篷里，把工资寄存下。慢悠悠地走到井口，爬着一软梯胆颤心惊地下到井底。抬头一看，天像一小圆镜，射进来一丝微弱的亮光，自己像钻进了老鼠洞，处在另一个世界，阴森森的。

走进侧窑，王秋生抡起洋镐，一锄一锄地刨沙石。一岁数大的把沙石上到架子车里，往井中心运。

中午时分，年长的突然说肚子疼，要到外面拉稀，爬上梯子跑了。

王秋生成了独鬼。感觉一股寒气向他袭来，钻进他体内的每一个细胞，他的全身一下子冷起来，冷到心里。他咳嗽几声，强给自己壮胆,弯下腰,抡起洋镐：嘿……一下,嘿……两下……

哗啦一声，一堆沙石塌滑下来，最上面，一石头旁露出手指大的一点黄。王秋生躬下腰，拨了拨，黄变成手掌大，在灯光照射下发出耀眼的光。他一把抓起，感到沉甸甸的，搓掉上面的沙土，对着灯泡细细看了看，颜色明而亮……

他一下明白过来，这就是传说中的金子，自己日思夜想的金子……

他赶紧解开裤带，塞到裤衩兜里。

他的心成了兔子，快要跳出来。想到父母要是见了金子，不知会高兴成啥样子？是哭？是笑？是疯？他恨不得变成鸟儿，飞出洞口，飞回家里。

王秋生猴一样爬出井口，淘金工们提着饭缸，排到伙房口打饭。他抱着肚子，猫着腰，走进舅爷爷的帐篷。

“怎么了？怎么成了这个样子？”舅爷爷望着王秋生痛苦的样子问。

“舅爷爷，我昨晚口渴，喝了一缸子生水，这阵肚子疼得要命，”王秋生揉了一下肚子，“哎哟，怎么这么疼，咯咛咯咛地疼，疼死我了，哎哟……”

“你这娃娃，这山里的水硬得很，烧开温度达不到八十度，肠胃不好的人喝上都受不了，你还要喝生水，这么大的人了，出了门，不小心。有药没有？”

“没有。”

“那怎么办哩？我的药前几天恰好吃完了。”

“舅爷爷，实在疼得厉害，受不了，要不，给我请个假，我回家看好，再来上班。”

“也行，去吧，顺便把工资拿上，交给你爹。”舅爷爷说着，从床上背包里取出钱，递给王秋生。

王秋生又揉着肚子，走出舅爷爷的帐篷。快到车站点时，像贼一样朝四周看了看，发觉没熟人，一蹦子跳上大卡车。

那天，王秋生觉得大卡车跑得好慢。他恨不得长上翅膀一下子飞到家里。

下了车，王秋生片刻没停，一阵风似地跑到家里。

进到院里，王秋生上气不接下气，“妈，妈……”地喊。头上的汗珠答答往下掉，下雨般的。

李惠芳提着笤帚从厨房里出来，“哎哟！秋生回来了，去了这么久，妈都愁着睡不着。回来好，回来好。”李惠芳笑嘻嘻地盯着王秋生。

“妈，舅爷爷金矿出金子了，我领了工资，给你拿来了。”王秋生说着，取出一沓钱。

“天哪！这么多的钱。”李惠芳说着，笤帚从手里掉下去，眼睛直勾勾地望着钱。

“爹呢？爹来，也让吓一顿。”王秋生看着吓呆的李惠芳问。

“又去赵四家了，给你打听媳妇去了。”

“妈，先给我倒杯水，渴死了，”王秋生感觉嗓门着火似的，干咳了几声，又说：“你去赵四家把爹叫来吧。”

李惠芳给王秋生倒了水，掉头向赵四家跑去。

透过窗户，王秋生看见爹在前面大步流星地走，妈紧跟着，小跑进了屋。

“你妈说你领了工资，好多，是真的吗？钱呢？”爹进门就问，气喘吁吁的。

王秋生取出钱，放到炕桌上，看着爹。

“我的天，这么多，还以为你妈哄我呢。”

王得财说着，眼睛都直了，用指头在舌尖上蘸点吐沫，一张一张地数。数完，抽出二十元，递给李惠芳说：“去买些肉和新鲜菜，给娃子好好做顿饭，改善改善生活，矿上伙食差，娃子肯定受苦了。”

李惠芳走了，王得财打开箱子，把钱放到里面的一个红包袱里，捆扎好塞到箱底，上了锁。

父子二人坐在炕上喧谎儿。墙上的烟囱孔里透出一束光，照进二人心里。

一会儿，李惠芳买来菜和肉，和了行面拉条子。王秋生一连吃过两碗。王得财急急忙忙吃了几嘴，放下碗，要出门。

王秋生走到院子里，从裤衩兜里悄悄掏出金子，捏到手里，又进了屋。

王得财炕沿上站着，正准备下炕。

“爹，还有呢，刚才跟钱没一起给你，怕吓坏你。看，这是什么？”王秋生说着，把金子放到炕桌上，就听哐的一声响。

王得财被吓得一屁股坐倒，他简直不敢相信自己的眼睛。拿起金子，对着窗户，左瞧瞧右瞅瞅。李惠芳跑过去，踮着脚尖看。

金子的整体形状像一头卧牛，在阳光照射下闪闪发光。

王得财攥在手心里，掂量了几下，感觉怎么都有半斤多重。

“天啊，这么一块宝贝疙瘩，哪来的？” 惊喜之后，王得财满脸疑惑地问王秋生。

“今天早上，好几个淘金工领上工资都请假回家了，舅爷爷让我下井干活，我刨沙石时捡的，”王秋生缓口气又说：“没地方藏，怕夜长梦多，我编谎说拉肚子，跑来了。”

“噢，原来是这么一回事。走时，没人搜你身吗？”

“没有，舅爷爷问都没问。”

“别的人回家时，全得搜身，是舅爷爷特意安排不搜你的。舅爷爷是大掌柜，只要他发了话，没人敢搜你身。没出金子时，不让你下井，是怕危险，出了金子，立刻安排你下井干活，是舅爷爷特意照顾你，你才捡到了这块金子，”王得财的话音越来越颤抖，“他知道我们家里穷，拉扯了一把，不亏是给我当舅的……”说罢，挤出几点干泪。

王秋生这才恍然大悟，觉得自己看问题浅，误会了舅爷爷，舅爷爷用心良苦。愣了一会，说：“爹，你把这都搁好，金矿正红，我要赶回去，一天八十元哩，工资这么高，不去，损失太大。”

送走王秋生，王得财又取出红包袱，把金子放到里面，用红布条一圈一圈捆了几道，对李惠芳说：“这是娃子冒生命危险换来的，一定保存好，娃子救了咱们这个家，咱们终于有钱了，成了实实在在的万元户，再也不愁给他们说媳妇了。”

“当初，多亏我没拦挡他去双龙沟，要不然，哪有今天？秋生这娃子，打小就懂事，是兄弟六个中最有出息的，能吃苦，顾大家……”李惠芳说着，眼泪唰唰流下来。

王得财没有接话。

整个下午，李惠芳没再出门。王得财匆匆忙忙到村里人家找着要来一条小黄狗养上了。

王秋生回金矿又干了三个月，期间回过两次家，都拿的工资，再没捡到过金子。

舅爷爷的金矿最终被掏空，淘金工们散了伙，各自回了家。

后来，听人说舅爷爷还开过金矿，可他的金矿再没出过金子，赔了好多钱。

王得财讲过迷信，算命的说王秋生命中注定有一笔横财，得到后，不能再贪，贪多了，他的命附不住，不听，要出人命关天的大事。王得财听后，再没让王秋生去过双龙沟。

第二年春天，王秋生家门前的白杨树发出嫩芽，小黄尖尖顶出像桑杏一样的花苞，整棵树毛茸茸的一片。

田埂上，几个小朋友穿着衩衩裤，提着小铲子，蹲在一起挖辣辣吃，嘴角全是泥巴。

王得财买来几四轮车梁、椽子和檩条，拉来青砖，请来队里泥瓦工，推倒以前的破房，砌一人高的砖墙，上面再用土坯泥起来，腻子粉刮过。南、西、北面共盖了十二间新房，东边庄门框用砖头砌成，门头上留一矩形方框，用带有图案的磁砖铺贴而成，上面有“幸福人家”四个大字。家里新买了自行车、缝纫机和四轮车……

像孙猴子的摇身一变，王秋生一下子成了全村有名的富人。

一天，一位远方亲戚来到王秋生家。聊了半天，套来套去套成王秋生一远方姑爹，说要给王秋生介绍对象，当媒人。

原来，他们村有一姑娘，叫黄尕菊，长相一般，个子高，能吃苦，还没找到对象。之前，他跟那家大人说要给姑娘物门亲事，大人说行哩，后来听说王秋生还没说上媳妇，于是跑来。

王得财拿出好烟，说农民的娃娃说媳妇不讲究长相，长相

好的靠不住。大个子人心实，没心眼，叫他一定去问。遂给媒人装了砖茶和白糖作为礼物。媒人拿了礼，说王秋生的婚事一定能成，高兴地走了。

第三天，媒人来到王秋生家，满面红光。说女方家大人听了王秋生家庭情况，一口答应了这门婚事，还说也不必再来看家道，他们早听说过王秋生挖了金子，是有名的万元户，可直接择日子订婚。

王得财宰了鸡，买了肉，热情招待了媒人。

晚上，王得财到村里一先生家，给王秋生择了订婚日子。

订婚那天，王秋生身着蓝西装、黑皮鞋，开着四轮车接上舅舅、姑爹、媒人到女方家。

女方家里，炕上坐满了客人，媒人领着王秋生一一介绍，王秋生一个劲地点头问好。

热闹了半天，订婚仪式开始。

王秋生的舅舅和黄尕菊的爹爹代表双方大人出场。他俩在地下方桌上各垒了十二个顶上有六个红点点的黄面馒头，抽出三烛红香点燃，对着馒头前放的香炉作完揖，插到里面，跪下，点燃裱纸，纸灰摇摇摆摆往下飘。二人磕了三个响头，站起身，握手，问好。这样忙完后，大人的结拜仪式结束，轮到了订婚的一对新人。

王秋生在香桌旁站着等黄尕菊。黄尕菊被人从厨房叫来，围着红头巾，低着头。一进门，便趴倒磕头。王秋生莫名其妙，匆忙跪到旁边也磕起来。黄尕菊磕完头，站起身，没说一句话，匆匆跑出门。媒人见状，露出尴尬相，说两人没有上香、磕头、跪拜、敬酒、交换订婚礼物，要黄尕菊再回来。黄尕菊爹说黄尕菊自小羞脸大，人多场合害羞得很，他要代替黄尕菊交换礼物。围观者闭了声，媒人点了头，说："没想到这丫头羞脸这么大，行吧，大人代替上也好。"尕菊爹给了王秋生一双绣着鸳鸯戏水图案的鞋垫，王秋生舅舅从包袱里取出一条围巾递给尕菊爹。

仪式举行完，黄尕菊姑妈、嫂子等几个女人翻腾着看王秋生给黄尕菊买的衣裤鞋袜。其他人坐着喝茶、寒暄。

饭熟了，炕桌的中间是一大盘鸡肉，四个角是炒菜，大伙围坐成一圈吃。王秋生成了"新女婿"，要被好好"使唤"。他从厨房端来几碗手工长面，一一地给客人递上。客人全放下碗时，他才端起一碗吃了。

饭毕，媒人叫王秋生开始敬酒。

王秋生端起酒碟，站在炕沿前望媒人。媒人望着黄尕菊爹，对王秋生说："从今天起，这人就成你外父了，你得叫'大老子'，听见了没有？你得叫得响响的，叫不响，不喝。"

王秋生点点头，咳嗽一声，整整嗓门，鼓鼓劲，叫道："大老子，请喝酒。"黄尕菊爹望着王秋生，满脸笑容，接过酒一饮而尽。而后，王秋生又给新认的王姑爹、张表舅、孙姐夫等女方亲戚挨个敬了酒。

敬酒后，双方大人开始划拳，声音如雷，响彻整个村庄。

大老子喝多了，摇着手示意拳手们暂停，说有要求要提。

大伙把目光全部转向大老子。屋子成了哑巴。大老子说："我知道，王秋生家条件好，姑娘长这么大，还没去过个武威城，送婚的衣服鞋帽，最好去武威城买，一者，叫队里人听着羡慕，说我丫头给了个好婆家；二者，也让丫头到城里转转，经个世面，"大老子朝门外望了一下，揉着眼睛，又说："长了这么大，光受苦了，没进过一次城，快都出嫁了，我这当爹的心里全不是滋味。"

媒人听后，一个劲地点头，说小事一桩，一定做到，没啥问题。

过了两天，王秋生叫上张求宝。张求宝常进城，熟悉凉州城里的四街八巷。黄尕菊请了嫂子，四人在车站点会合，搭上客车，两男坐前排，两女后排。一路上，有说有笑地进了城。

客车没有进站，距南关什字二百米处停下。张求宝先下了车，王秋生、黄尕菊和嫂子跟在后面。

市区高楼林立，道路两旁的门店前琳琅满目地摆满了各式商品，商贩的叫卖声不绝于耳。街道上，人来人往，熙熙攘攘，热闹非凡。

张求宝指着一饭店，说："住这儿吧，这饭店我住过好几次，卫生干净，经济实惠，隔壁又有大众市场，吃饭也方便。"

王秋生抬起头，看见楼顶上"大象饭店"四个红字，拽拽张求宝胳肘，用手指着，问："你说的，就这'大象饭店'吗？"

张求宝哈哈哈地笑："呔，王秋生，你这不是到凉州城来丢人吗？你上过学没有？认不认识字？那是'大众饭店'，不是‘大象饭店’，说这话了，你小声些，别叫城里人听见，笑话你。”

王秋生又抬头看了看那“象”字,怎么看，也不像“众”，二字相差甚多，就说：“张求宝，你别忽悠我，那个字明明是‘象’，我也上过几天学，‘众’字，我怎么可能不认识？”

“人给你说实话，你偏不信。这些饭店的字，都是老板请书法家写的,那是草书，‘众’字的繁体字,用草书写,便像‘象’字，武威哪有个‘大象饭店’？”

王秋生还是觉得张求宝在哄他，虽不吭声，但还是不信。直到吧台前登完记，确认是大众饭店后才信了。他心里嘀咕：什么是书法家，书法家就是胡写字，弄得自己进城连“众”字都不认识。

王秋生跟张求宝住一间客房，黄尕菊姑嫂住一间，各自放了行李。已近中午时分，张求宝带他们吃了牛肉面。

整个下午，张求宝带他们去西凉市场买了衣裤及送婚用品。黄尕菊姑嫂跑得脚疼，晚饭后，待在饭店看电视。王秋生以前常听人说文化广场有个“马踏飞燕”，自己从未见过，要张求宝带他去看。张求宝替王秋生装上剩下的钱，说王秋生面相老实，一眼能看出是乡里人，小偷容易下手。怕被偷，他装上放心。

两人一边抽烟，一边聊天，慢悠悠地向大什字广场走去。

站在马踏飞燕下面，几十米高的石砌建筑物顶上，铜奔马昂首嘶鸣，三蹄腾空，一蹄踏一展翅疾飞的龙雀，头顶鬃毛和尾巴一起向后飘飞，风驰电掣，遒劲有力。

王秋生仰望一会，问张求宝："这么大的广场，不弄火箭大炮什么的，整个马有啥意思？我就想不通，有些人进了城，还站在前面拍个照，夹在相框里叫人看。一匹马有啥稀奇的？乡里人多的是。"

"你懂个屁胡子。听说这马是汉代的，能把鸟踏下，你想，是一般的马吗？你们家的马能把鸟踏下吗？看那威风样子，就知道了不得。听说是从雷台挖出的，世界上罕见，一位大作家发现推荐后才慢慢有了名气，现在都成什么全国旅游标志了，各大城市都有。"张求宝说这话时觉得很自豪，比起王秋生，自己简直像教授。

王秋生再不敢说话。两人上到台阶上，钻过拱形洞，绕了一圈，靠在拐角石栏杆上抽烟聊天。

天漫下黑，半空中亮着一疙瘩一疙瘩火烧的云。大街上的路灯刚睡醒，时不时地打个盹，眨眨眼睛。广场上的人越来越少。

这时，从台阶北侧过来一高一矮两个年轻人，都留着长头发，穿着黑色短袖衫，黄色大裆裤，白底布鞋。张求宝看到推了一把王秋生，扔掉烟头，飞快向石阶下跑。没等王秋生反应过来，两长头发堵在前面，其中矮个子盯着王秋生，用手指着，恶狠狠地说："站住，给老子乖乖站着，要动，捅死你！"，一边骂，一边从裤兜里掏出水果刀，露出刀尖，对着王秋生。

"呸，挨炮的，一看是个聪明货，看见老子跑得比贼快。"高个子指着正在广场里逃跑的张求宝骂。

哦，原来是"坏人"。

王秋生的心咚咚地跳起来，他低着头，立正成一具僵尸。似乎有雨点般的拳头落在他的头上、脸上、身上，他躺在地上，抱着头，蜷成一团，像挨了石头的狗一样地叫……

他开始不停地颤抖。尿不听使唤流了出来，裤裆、大腿热乎乎的。

矮个子用手指弹了一下王秋生的额头，嬉皮笑脸地说："呔，看不来老子是干啥的吗？苶兮兮的，傻呀？快点掏钱。"

王秋生怕被打，抬起手护住脸，吞吞吐吐地说："我……我……没……没钱。"

矮个子搊了一下王秋生的下巴，吼道："掏不掏？不掏，是不是要挨锤？"

王秋生趔着头，战战兢兢地说："我真没钱，钱……钱……刚才那人，拿着哩。"王秋生说着，只剩哭了。

"骗谁哩？给老子把兜兜翻出来。"

王秋生把衣裤兜全翻出来，只有一个口袋里掉出皱皱巴巴的一张，高个子捡起，抖着，"真倒霉，又遇一个穷鬼，才十元，土锤，滚！"两长头发骂着，点上烟，抽着走了。

王秋生低着头，慢慢走下台阶，转身望那两长头发已人影全无。他加快步伐，灰头土脸地遛到饭店。

吧台前，张求宝在一椅子上直挺挺地坐着。见到王秋生，伸着脖子朝他身后巴了几眼，发现没人，搊了一把，急切地朝楼上走，边走边问："挨打了没有？"

"没有。"王秋生没有正眼看张求宝。

“你怎么那么笨？一看那两个就不是好人，我都捣了你一把，你还不跑，等着挨打呀？”

“我又不是老江湖，哪能知道？他俩脸上又没写着，谁知是好是坏。”

“多亏我跑得利索，要不，你这钱完蛋不说，说不上还得挨顿捶。”

王秋生像被警察抓的小偷一样跟着张求宝进了房间。张求宝转过身，看到王秋生裤子湿漉漉的一片，问：“呔，你那裤子，怎么了？”

王秋生支支吾吾地说：“尿……憋急了，一路上，找不见……厕……厕所，实在忍不住，整到裆里了。”

“不会吧，那阵出门时你就撒过尿，今天喝的水又不多，你哪来那么多的尿？”张求宝冷笑一声，又说：“我怎么看着，是让那两个人吓的？”

“没有，没有，”王秋红着脸说，“他们叫我翻兜兜，我翻了，只有十块钱，拿上，骂着走了。”

张求宝再不好意思追问尿裆的原因，怕王秋生害臊，避开话题：“算你娃子运气好，才被抢了十块钱，还没挨打，听说有些人成百上千的被抢，遇上这些贼人，挨打是常事情，只能认倒霉。”

王秋生听张求宝这么一说倒欣慰起来，想：多亏这次进城叫了张求宝。张求宝见多识广，反应快，是块“老生姜”，要不钱被抢了不说，再挨上一顿打……这事若被黄尕菊知道，说不上还会影响自己婚事……

张求宝说完，躺在床上看电视。王秋生洗完尿湿的裤子，换上一条新的。为了感谢张求宝，他跑到楼下市场里买了一斤猪头肉，六瓶啤酒。两个人拿扑克玩赶毛驴游戏，一边吃肉一边喝酒，直到深夜两点才睡了觉。

第二天早上，他俩又带黄尕菊姑嫂逛了西郊公园和核桃园。午饭后，四个人坐车回了家。

结婚那天，王秋生亲戚邻舍在四轮车上用胳膊粗的木头棒子搭起一个红帐篷，车厢里垫了麦草，草上铺着羊毛毡，毡上铺了一个红毯子，热热闹闹地把黄尕菊娶回家。

结婚仪式开始。

院子里摆着两排长条凳，中间放着一张桌子，桌子前面搁着一把靠背椅子。长条凳上，一排坐着西客，另一排坐着东客，旁边围满了队里看热闹的大人和小孩。

主持人是队里当民办教师的董大副。没有话筒和音响，他咳了几声，清理完嗓门，走到麻雀窝中间，摇着手："大家静一静，大家静一静，不要呱喊了，"院子里立刻安静下来。"各位来宾，亲戚朋友，在这阳光灿烂、硕果累累的金秋，我们欢聚一堂，喜迎一对新人王秋生和黄尕菊的结婚典礼。首先，我代表双方大人，向在座的来宾、光临的亲戚、邻舍表示衷心的感谢和热烈的欢迎。"掌声啪啪啪地响，院内沸腾起来。主持人不停地摇手，示意掌声停下，"下面，有请二位新人入场，并向所有的来宾鞠躬敬礼。"门外面响起了噼里啪啦的鞭炮声，炮烟像一疙瘩黑云，向空中游。

王秋生和黄尕菊各披一匹红，从人缝里挤出，走到院子中央。在主持人的指示下，向来宾三鞠躬。礼毕，主持人从兜中掏出一张红纸，开始一个接一个地念名字，念到名字的依次轮上坐椅子。先出场的是王秋生的父母，两口子坐凳子上，合不拢嘴。黄尕菊围着红头巾，裹着嘴，跟王秋生给两位大人点烟、敬酒、磕头、端礼品。礼品是黄尕菊多年缝纳的鞋垫和刺绣的苫单布，被放在一长方形木盘里。王得财两口子收到儿媳端的苫单，各取出两个红包塞到儿子、儿媳手里。接着，是给亲戚邻舍端礼品。年老的长辈和王秋生家主要的亲戚，像舅舅、姑爹这样身份的才能领上黄尕菊的苫单，一般客人只能领取鞋垫，客人五元、两元、一元地给两口子送“红包”。

礼品端完，剩了最后一项：闹阿伯子。婚礼达到高潮。

王秋生没有亲哥，他的堂哥王头生被几个人扯着胳膊押上来。那样子，就像押罪犯上刑场，旁边的人都哈哈笑起来。王头生坐到凳子上，大家看到他眼睛边被黑墨水画了个眼镜框，两只眼睛扑腾扑腾望大家。脸蛋涂了红胭脂，像镶着两个红苹果。嘴角挂着牛尾巴长的大白胡须，下面掉到膝盖前，左右甩来甩去。脖子上挂着毛线，上面拴着几个筷子长的红辣椒，吊在胸前。反穿着皮袄，背着一破背篼，里面插着一把铁锨。主持人说王头生是给黄尕菊填热炕的，是“灰头哥”，要王秋生和黄尕菊敬烟敬酒。

王头生跷着二郎腿，昂着头，嘴角噙着烟，目光斜视，故结婚仪式开始啦！

"大家静一静，大家静一静，不要呱喊了。"
董大副咳了几声，清理完嗓门，
走到麻雀窝中间。

意装出一副牛哄哄的样子，好像关公财神一样，接受弟弟、弟媳“最高”规格的招待……

就这样，婚礼在嬉笑吵闹声中进行了一上午，直到主持人说了新郎新娘入洞房才结束。

两年后，王秋生的大姑娘兰花已会走路，王得财说王秋生是有娃的人了，像出了窝的黄莺，翅膀硬了，该独自觅食了。便找队长要了一块宅基地，盖了五间新房子，给王秋生分了家。

分家后两个月，王得财一天趴在炕沿上，一只手一直摁着胸口，想吐吐不出，看似十分难受，没等家人反应过来送医院，王得财就死了。队里来帮忙的人都很惊奇，说没听王得财得过什么病，好端端的一个人说没就没了，私下里议论纷纷。有人说王得财得的是心肌梗塞，也有的说是脑梗塞……

李惠芳哭得死去活来，说王得财临死前没说一句话，没有给她和娃子们交代以后的事，她成了领着一群小鸡的“老母鸡”，一大家子的责任和负担全落在了她的身上。

料理完王得财的后事，王秋生小两口日子过得倒好。黄尕菊能吃苦，性格好。不知啥原因，生下二胎后，脾气开始改变，变得爱叨叨，爱耍小脾气，有时两口子还会吵嘴。

黄尕菊一觉睡醒，翻身时看到屋里灯还亮着，王秋生一只手撑着头在炕桌上发呆，旁边，零乱地放着七八个啤酒瓶，立刻叨叨：“不睡觉吗？都几点了，还没喝够呀！”

黄尕菊的话打断了王秋生漫长的回忆，他看墙上吊钟已过三点，熄灯睡了。

根
第四章

黄尕菊又怀孕了，肚子像扣了锅，走起路来也越来越像企鹅。王秋生承担起多数家务，把黄尕菊像大熊猫一样伺候，焦急地等待儿子的出生。

接生婆是斜对门的小婶子，全队公认的接生婆。队里百分之八十的小孩是她接生的。小婶子见得多，经验丰富，接生过队里几十个小孩，没一个在她手下出过问题。

那天，黄尕菊感觉肚子疼，叫王秋生请来小婶子。

小婶子进到小屋里，转了一圈出来，说黄尕菊阵痛不连，反应不强，宫口未开，还得两三个小时才能生产。她让王秋生在门上吊一块厚门帘，王秋生说没厚的，小婶子说没厚的就吊张被子，厚被子暖和，隔风，月婆子身子脆，风进去钻到骨缝里，把病造下，岁数大了，腰酸腿疼，疾病缠身，抱上药罐子还是他的害。王秋生赶紧拿出被子，拴上绳子吊在小屋门上。

两人又蹲在炕沿上，喝老茯茶，聊天。

小婶子看着王秋生，犹豫了半大天，说："王秋生，依我看，黄尕菊这次怀的又是女娃，不是我说风凉话，给你泼冷水，我平日看她那肚子，扁而宽，像簸箕，而男娃的，一般是尖而圆，像皮球。"小婶子的话似当头一盆冷水，浇灭了王秋生心中最大的希望。

可他硬是不信小婶子说的话，他想起王神婆说过的话：苍天在上保佑了，来年生个胖小子。小婶子是接生婆，接生婆怎能从肚子的形状分辨出男女，小婶子眼睛肯定有走神的时候……他依然相信黄尕菊怀的是儿子，"小婶子，我讲过迷信，那神婆可神了，她让我烧纸、宰鸡、磕头，供奉神灵，说保佑这次黄尕菊生的是儿子。”王秋生说着，额头的汗珠骨碌骨碌往下滚。

“唉，怎么说哩！迷信这东西不能不信，也不能全信。神婆的嘴里能有多少实话？再神的神婆或算命先生，过去的还能说几成，未来的都是乱猜，说准的没几个。”

王秋生听着，心一下子凉到脚后跟，叹口气，无精打采地说：“现在，黄尕菊都快生了，是男是女再也没法改变了，说啥都是闲的，只能听天由命了。”说完，点了烟抽。

中午时分，黄尕菊呻唤声变大，小婶子进去，再没出来。王秋生感觉黄尕菊快要生了，他双手合拢，紧闭双眼，默默祈祷：老天爷，保佑，保佑我，一定生儿子，一定生个儿子……

呱啦，呱啦，呱啦……小屋里传来小孩的哭声，声音细而长。王秋生跑到门前，侧身细听，感觉哭声跟前两个小孩出生时的一模一样，他听人说，男孩的哭声短而粗，女孩的哭声细而长。王秋生的心立刻提到嗓门眼……难道，王神婆算的不准？他一把揭开门帘，钻进小屋。

小婶子正拿一条毛巾洗娃娃身子，看到王秋生，拨开一条腿，指着道：“看，又给你生了个女娃。”

王秋生看了几秒钟，走出小屋，一屁股坐到台沿上，低下头，又开始抽烟。

过了一阵，小婶子出来，王秋生掺好水，让洗过手，给兜里塞了二十元钱。小婶子感到王秋生心情不好，说自己家里有

事，匆匆走了。

李惠芳回来了，看到王秋生垂头丧气的样子，知道黄尕菊又生了女孩。她先去小屋看过小孩，而后到厨房给黄尕菊熬米汤。

李惠芳取开炉灶，拿出砂锅，掠出一碗小米，淘洗两次，从一布袋里抓出一把蕨麻放进去，搭到火炉上熬。

王秋生依然在台沿上坐着，双手搂着大腿。李惠芳袖着手站在旁边看了半天，轻声说："娃子，你这么难过干啥哩？女孩也是你们身上掉下的肉，已经生下了，总不能捏死吧。想要儿子，得想办法。愁，能解决问题吗？"

王秋生低着头，不吭声。李惠芳又说："其实，黄尕菊挺肚子时，我就看出她怀的是女娃，当时没敢给你说，怕你思想上有了压力。近段时间，我早给你想好了办法。知不知道黄尕菊的二哥，当民办教师的那个，叫黄明……啥来着？四十多，要不下娃，找人四处打听，领养也没领到，眼下正在发愁。抱给他们养上，他们肯定对娃好，不会虐待娃。这样，你们也还可以再生一个。"

黄尕菊二哥两口子，感情很好，从不吵嘴打架，可就是不生娃。两口子下河南走山西，跑了好多地方，正规药、土偏方都治了，没效果。有人说黄尕菊的二哥没精液，男人有问题，有人纯粹开玩笑，说黄尕菊的二哥娶了头"骡子"，女人有问题。两口子花了不少钱，跑了好多路，总的没生育。

王秋生站起来，看了妈一眼，没说一句话。正要出门，迎面碰上侯二，又转过身，进了屋。

“我去打碾场上的草垛给骡子背草，碰到小婶子，说黄尕菊生了。这阵没事干，顺便进来转转。”侯二边走边说。

“是，刚生下。”王秋生长叹了一口气，“就是又生了个女娃。”

“侯军军这两天休息，回家来看我，昨天下午还问黄尕菊生了没？是男孩还是女孩？我说不知道，还没听说过。”

“谢谢你家军军，给我们帮了大忙，还记着这事，关心我们，真谢谢。只是怪我们两口子，不争气……”

“你这秋生，生男生女又不由你决定，这事谁都说不准，由老天决定。现在的城里人，早把这些看淡了，有的还说生个姑娘好。就我们乡里人，偏要生儿子，好像不生儿子就没意思活。”

王秋生给侯二递了烟，点上，避开话题：“这阵，你们侯军军呢？怎么不到我们家来坐坐？”

“说起这娃子，我的心里就像喝了蜜。他被提拔成办公室主任了。今年总的回过三次家，前两次来，都没待多久，匆匆走了。这次说要待两天，本跟我要好好喧喧，谁知，这阵又让刘三叫去他们家吃饭了。说给宰了鸡，擀了长面。”

“你的侯军军真有出息，给你争了光。”

“这娃子，学没白上。单位上领导很器重，混的还不错，没给我丢人，”侯二神采飞扬地说，“就是中午那阵，我手闲，干了件日鬼事。唉！全怪这爪子，把他的黑墨坨子弄掉了。他

要晚上回来，肯定会责怪我。”

“怎么弄掉的？”

“这次他回来，戴着个墨镜，你知道，就是我们说的那个黑墨坨子，城里人戴的那种眼镜。有的红边边，有的黑边边，眼镜片全黑。我问他戴上有啥用？他说现在城里人大多都戴，是身份的象征。还说那眼镜保护眼睛，太阳的强光透过后光线减弱，黄的就变成了绿的。他走后，我戴上看太阳，真的，火红的太阳像个绿球球。老黄牛站在槽前不吃黄草，我想要是给它戴上，看到的黄草就会变成绿草，肯定会吃。于是我拴了长线绳，把那眼镜挂在牛头上。结果老黄牛不但不吃，反而扭头甩脖，又蹦又跳，把那眼镜甩下来踩成碎片片……”

王秋生噗嗤一声笑出鼻涕，用手捏住走出门外，甩到地上。进了门仍笑个不停：“呱呱，我的天，这事要是传出去，有人还以为你在开国际玩笑呢。”

两人又聊了一会，侯二便走了。

侯二走后，王秋生苦想起来：黄尕菊从怀孕到小孩出生，计生站再没来人过问过，应全靠那次招待。要生四胎，只要找关系把主管计生的领导巴结好，应该没问题。

王秋生一个一个琢磨着亲戚和朋友。

为了生儿子，王秋生和黄尕菊决定送走三丫头。他带信给黄尕菊的二哥黄明仁，叫他来一趟。

黄明仁两口子接到消息赶到王秋生家，提着一头巾鸡蛋、两包奶粉，还给小娃娃买了一套花衣裳。两人围着小孩转了半天。午饭后，高高兴兴地回家了。

小孩出月第二天，王秋生买了豆奶粉和两套衣服，开着四轮车，拉着黄尕菊娘俩到黄明仁家。黄明仁两口子早已在家等候。

黄尕菊把小孩放到炕上，取掉蒙在头上的头巾，解开布带捆着的小棉袄。小孩露出圆脸蛋，嫩嫩的，睡得正香，嘴角不停蠕动，或许做梦正在吃奶。黄明仁两口子趴在炕上，左看看右看看，不停地笑。两人足足在小孩旁边围了半个小时，黄明仁才发现把妹妹、妹夫晾到了一边，忽地回过神来，立刻打发老婆去端饭。

其实，黄明仁两口子早已做好饭，炒好的鸡和两个菜用盘子扣着，只等锅里添水下面。

黄尕菊嫂子端来一大盘鸡肉，四个人围着炕桌吃。

黄明仁不停地给王秋生和黄尕菊捡肉块。王秋生饿了，吃了好多块。黄尕菊胃里像堵着疙瘩，吃不下去。只是到了最后，嫂子端来的行面拉条子勉勉强强挑了半碗吃了。

那天晚上，王秋生两口子没有回家，黄尕菊含着泪给嫂子当“老师”，教她如何冲奶壶，喂奶、穿衣、哄小孩入睡。嫂子耐心大，模仿、学习、实践了一晚上。

第二天早饭后，王秋生两口子要回家了，临走时，黄明仁问小孩起了啥名字，黄尕菊说：“大的叫王兰花，二的叫王桃花，三丫头是冬天生的，前晚上才起的名字，叫王梅花。”黄尕菊说完，突然转过头，拿头巾角捂住嘴，哽咽着：“以后，就改姓叫黄梅花吧。”

黄明仁看着黄尕菊伤心的样子，宽慰道：“尕菊，你别难过，你们不是还要生儿子吗？梅花又没送给别人，送给了你的亲哥哥，肥水不流外人田。我们两口子一定会好好照顾她，供她上学、读书，把她养大、成人，绝不动她一指头蛋儿，你们尽管放心。”

黄尕菊听着，哭成了泪蜡烛。站在一旁的王秋生拽了一把，瞪了一眼，话到嘴边又咽下去。

黄尕菊转过身，擦着眼泪，慢慢爬上四轮车。王秋生揉了几下眼睛，从一小铁箱里取出摇把，吧嗒嗒发着四轮车。四轮车朝着一下坡路飞速奔跑，排气管冒出的黑烟和车后的尘土夹杂在一起，就像一道屏障将黄尕菊娘俩分离……

根
第五章

几日来，王秋生一直在苦苦寻找能熟悉乡长或主管计划生育副乡长的人。他左思右想最终想到张求宝。

上个月，他去张求宝家串门。院子里放着一张崭新的写字台，有拉门、抽屉，张求宝正在刷大红油漆。王秋生开玩笑，说张求宝老子当的伟大，给娃做这么阔的写字桌。张求宝说自家娃哪有条件享受这种待遇，是张副乡长要他做的。张副乡长在城里买了楼房，家里恰好缺一张小孩写字的桌子。听说张求宝心灵手巧，是全乡有名的木匠，便找到他订做的。当时张求宝推脱说自己做的不好看，买的好看，张乡长说买的不结实，不耐用，硬要张求宝做。张求宝便把自家的一根松木椽子截开，给张乡长做了写字台。

想起这些，王秋生赶紧向张求宝家走去。

进了庄门，张求宝老婆于凤英正拿扫帚唰唰唰地扫院子。见到王秋生，抬头冷冷地问了一句“来了”又低头扫起来。

“张求宝呢？”王秋生问。

于凤英朝门看了一眼，没吭声。这是暗示张求宝在屋里。

王秋生感觉怪怪的。平日里，于凤英见了人，又是说又是笑，嗓子车门大。今天，不知犯哪门子神经病，见了人，爱理不理的。肯定两口子闹矛盾了。

他揭开门帘，进到屋内。

张求宝蜷缩在一块，蒙住头，睡着。王秋生抓住被角，抖了几下：“呔，懒黄胎，还不起吗？太阳都照屁股了，能睡呀！”

张求宝微微睁开眼睛，看到王秋生说：“原来是你呀？”

正要起身，于凤英进屋来，抱着两胳膀，靠在面柜前，气乎乎地开始骂："娃娃的王爸，你看看，他这个屄样子，都睡两天了，跟自个儿女人吵个架，一个大男人，睡着不起，好像把功劳立来了。"

王秋生一脸惊诧："怎么了？"

"他干了驴事，死不承认，我丢人着没嘴给你说，"于凤英挖了张求宝一眼，加了一句"你问他。"说完，出了屋。

张求宝坐起来，被子蒙着大腿，穿了毛衣，一只手撑炕上，另一只从兜里摸出烟，递给王秋生："秋生，你看，你看，这苕女人，最近好像神经病犯了，清早巴事的专跟我找茬，"稍停，吸口烟，朝门看了看又说："前天晚上，我镇上办完事，回家时，恰巧遇到灯泡厂的几个姑娘在路边挡车，我觉得，三轮车空着也是跑，实着也是跑，就把她们拉上，也算行好积德。谁知，半路上，这个苕婆子提着铁锨堵住我们，铁锨在路上剁的冒火星。当时，我还以为是哪来的疯子，气乎乎地停下车想赶走，一看是她，当下吓懵了。没等那几个姑娘反应过来，她抓住其中一个又骂又打，还把人家衣服撕掉，摔地上。我怕出大事，丢人，扔下三轮车先跑屋里来。你不看，这两天，这疯婆子像得了狂犬病，天天跟我叨叨叨，叨叨叨，破烦得很，实在受不了……"

于凤英一直在门口偷听张求宝说话。冲进来，气狠狠地瞪着张求宝："编，到现在，你还编，死不承认，干了驴事不怕丢人，倒有脸给人说了，"看了一眼王秋生，"家的王爸，根

本不是那么回事，他以为自己聪明得很，把人当瞎子、苕子，好骗。他聪明过头了，眼睛亮的人多的是。我给你说实话，你听听。前几天，严嫂去镇上学校给她的两个娃娃送馍馍，送完后等回家的车。他和郑万财领着几个小骚货说笑着进了歌舞厅，被严嫂看的清清楚楚。这会儿，他却说是碰上的，还说行好积德，你听，恶心不恶心？窝琐不窝琐？他和郑万财都是窝琐鬼，一棍子打下去，没个漂上漂下的。他们早约好那几个小骚货去跳舞的，他以为人不知道。哼，天下哪有不透风的墙，要想人不知，除非已莫为。”

张求宝这才恍然大悟，原来是严寡妇告的密，于凤英掌握的事实铁证如山，自己是在捏住鼻子哄嘴，自作聪明，自欺欺人。

张求宝牙咬得咯吱吱响，心里骂严寡妇：严寡妇，好你个碎嘴婆娘，说闲话，捣是非，你等着，总有一天跌到老子手里，老子一定好好报复你不可。

于凤英说的严嫂是队里唯一的寡妇，长着一张小方脸，高高的颧骨，黝黑的皮肤。平日，一头乌黑浓密的头发随意盘起来，两鬓的碎发挽在耳后，笑起来，眼睛眯成一条线。上身穿一件白底蓝碎花衣裳，下身穿一条黑白相间的裤子，走起路来，屁股一扭一扭的。队里男人没有不对严寡妇想入非非的，只是她是队里女人中唯一的高中生，平日里话少，弄得男人们像癞蛤蟆吃天鹅肉似的可望不可及。严寡妇嫁的男人是队长，一次喝酒后骑摩托车掉水渠里被淹死，剩下两个娃娃，靠严寡妇一人抓养，都上了中学，全在住校。家里平时就严寡妇一个人，孤孤单单的。

俗话说寡妇门前是非多。可严寡妇男人死了近五年，却从没听见有关她的一句流言蜚语。她看不起进歌舞厅的人，觉得那是伤风败俗，不务正业。为了向队里人表明她守妇道，她专门养了一条大白狗，拴在自己睡的小屋门口，并放出大话，说哪个男人没经她允许，能进了她的小屋，就跟他睡一觉。五年了，没人进得去。队里人说严寡妇不愧是上过学的，是个好女人。

张求宝终于无言以对。

看着王秋生夹在中间尴尬的样子，于凤英转身出了屋。

于凤英刚出门，张求宝拽了一把王秋生，把嘴塞到他耳朵里："呔，谁知道，这苕婆子原来知道。我给你说，全是郑万财惹的祸。大前天，他来，于凤英正好不在家，他说灯泡厂开业时招了三百多女职工，有的长的水得很。有一次，他开三轮车去镇上，路边'捡'了几位，拉上车，有说有笑，最后还留了地址和联系方式。约过几次后，有一个居然跟他好上了，说要是他离了婚，一定嫁给他。恰好前天，这女的又约了几位女同事，说跟郑万财晚饭后去跳舞。女多男少，郑万财想到我，说让我经个世面，也去耍耍。我明明知道他烟囱里招手，把我往黑路上引，但还是忍不住，便跟他开三轮车去了灯泡厂。郑万财在后墙对着院子里吹了几声口哨，不一阵功夫，便出来四个女孩，坐上三轮车，我都不认识。我们跑镇上歌舞厅去跳舞。谁知，不早不迟，恰好被严寡妇看到。这严寡妇你也知道，是扫把星，见不得男女偷欢，一根筋，回来就告诉于凤英。那天可危险了，要是我那苕女人真发了疯，几铁锨把那姑娘的头铲掉，事情可就闹大了，后果不堪设想。我到今天已装睡两天，故意不吃不喝。她天天叨叨，把我弄的头昏脑涨，倒霉死了，你要不来，我还给她睡着。”

王秋生一个劲地笑：“行了，行了，张求宝，牛不吃水戈叉里按不倒，猫儿能拉到井上吗？别给郑万财赖了，你是啥人，我不知道吗？你们真有闲情雅致啊，没事干，到我们屋里来打打扑克，喝个小酒，多好！哼！偏去干那勾引婆娘的事，歌里都唱路边的野花不要采，看不，这下采出乱子了。”

“什么不要采，那歌的后半句不也唱不采白不采，采了也白采吗？”张求宝说完，两人哈哈笑起来。

于凤英听见笑声，又冲进屋来。张求宝的笑戛然而止，低下头，不说话。看着两个大男人尴尬的样子，于凤英自觉没趣，又出了屋。张求宝朝门指了一下，挤着眼睛，小声骂：“你看那样子，母老虎似的，吓唬谁呢？老子又不怕。老子就是她手里的沙子，捏得越紧，漏得越多，你不叫老子干的事，老子偏干。”

“别老子老子的，于凤英要听见你骂的这些话，再要进来，要不整死你我给你写个牛皮纸奖状。”王秋生朝门望了一眼，搗了一把张求宝，“行了，行了，再不说这蛋干话了，说点正经事吧，你认识咱们乡哪个乡长？”

“张副乡长啊，怎么突然问起这个，有事吗？”

“看来我没记错，年前，我来你屋里，看到你正做写字台，我问给谁做，你说是给咱们乡的张乡长，说明你肯定认识这个乡长，而且关系不错。”

“能叫我做写字台，认识是肯定的，至于关系嘛，说不上‘铁’，可说句话，还是可以的。”

“知不知道，他管的哪个口？”

“我听他提过，好像是管婆姨们的那个口的。”

“太好了，真是天无绝人之路，”王秋生高兴地拍了一下张求宝，“你能抽空联系他吗？是送个礼呢，还是请着吃饭呢，你说了算。”

“你究竟要办啥事情？神神叨叨的。说了半天，我还是没听明白。要说你说清楚，我看，行不行？”

“话都说到这份了，你还不明白，脑子里装猪大粪了。你难道不知道黄尕菊又给我生了姑娘，都三胎了。若有人告了状，肯定得结扎。我想生儿子，托你去找张乡长，还能办啥事？”

“就是，我这脑子，这两天转不过弯，”张求宝拍了一下额头，“这事，应该没问题。前阵子，我给他小孩做了一张写字台，去他家送时，他给钱我硬是没要。目的就是落下个人情，以后万一遇上事，好请他帮忙。”

“真太好了，有你这个好邻居，是我王秋生八辈子修的福，要不，我提上猪头哪里去找庙门。你一定得帮我，欠你的情，我慢慢还。”

“你这秋生，还用说这客套话，远亲不如近邻，抬头不见低头见，你这事情肯定能办成，就得花些钱。”

“这节骨眼上，还计较花钱？你放心，没钱，就是拆锅头

卖炕，我想办法。至于怎么花，哪儿花，你说了算。”

“好吧，我先打问打问，探探口风，过两天告诉你。”

两人说完话，王秋生回家了。张求宝没有送，躺下，蒙住头，又睡了。

王秋生兴高采烈地朝家里走。刚到门口，看到从小婶子家出来一群人，带头的是一位大瞎仙，旁边是一位小瞎仙。小瞎仙一手牵着大瞎仙的手，一手拎着弦子。后面跟着队里的男女老少，大部分是妇女和小孩，正朝他家走来。

进了门，邻居们站在院子里，黄尕菊赶紧拿来小板凳，大瞎仙摸着坐稳。小瞎仙一只眼半睁，露出黄米大的黑眼仁，另一只全瞎。他把弦子塞到大瞎仙手里，大瞎仙把弦头放在腿上，右手大指头轻轻弹弦，左手在弦把上拧来转去，弦子噔噔地响。小婶子指着说：“看，调弦呢，侯二家唱的《王哥放羊》，我们家唱的《小男子出门》，说到黄尕菊家要唱《孟姜女哭长城》，那个《孟姜女哭长城》可好听得很。”

王秋生这才明白，这么多人跟来，都是为了听《孟姜女哭长城》。

大瞎仙调好弦，右手指在弦头上不停地拨拉，左手在弦把上移动，开始唱：“正月里来是新春，家家户户点红灯，别家丈夫团团圆，孟姜女丈夫造长城。二月里来暖洋洋……”

大瞎仙每唱一句，都会举起头，歪着脖子，朝远方的天空挤挤他那睁不开的眼睛。

曲调越来越凄凉，越来越悲伤。

小婶子第一个忍不住，流出眼泪，拿头巾角擦。接着，黄尕菊也捂着鼻子流眼泪。唱完《孟姜女哭长城》，大部分女人都在擦眼泪，引得几个小孩举着头莫名其妙地看。有两位妇女控制不住情绪，哽咽出声，捂着鼻子匆匆走出王秋生家。

大瞎仙唱完，手箍成圈圈，不停地对着嘴晃。黄尕菊立刻端来一杯老茯茶，递上，围着的人逐个散去。

黄尕菊站在大瞎仙旁边，一边拭眼泪，一边说："这几年，我们家来过好几个瞎仙，他们唱得都一般般，你唱得最好，听着叫人心酸。"

大瞎仙慢溜溜地说："哎呀，刚才，把人嗓子都唱哑了，说不出话来，"噗噗喝了几口水，又说："曲儿这东西，看你怎么去唱，唱的好了，听的人多，不好，就没人听了。听曲儿的也一样，会听的听门道，不会听的就'听了'我这双眼睛了。心肠硬的，你唱的再好，他听了也不会滴个眼泪渣渣，眼软的，听着哭了鼻子的多得是，尤其你们妇女们。"

"我们当女人的，一般心都软得很，不像男人，心硬着个石头。"

"心肠软是一方面，这曲儿，心里没事的人听了就听了，不会哭，就怕心里有事的人，遇上不顺心的事，日子过得不顺畅，不如意，生活压力大，听了才难过，会哭。"

"是，是，确实是这么个，你说的太对呀，这话，说到我心坎坎上了。我心里，真有烦心事。"

"这些年来，经济发展这么快，谁家的日子都越过越好。

大瞎仙每唱一句，
都会举起头，
歪着脖子，
朝远方的天空挤挤他那睁不开的眼睛。

我是瞎子，干不了正常的活，没法出外搞副业，挣钱，所以只能靠这点手艺养这三寸葫芦系。你们正常人，能有啥心事？”

“你不知道，谁家有谁家的愁头，家家有本难念的经。我们日子过得倒凑合，只是几年来，我生了三个全是姑娘。八字也掐了，迷信也讲了，都不灵验。把人愁的……唉……有时，晚上都睡不着。”

“原来是这么个情况，你的三个姑娘叫啥名字，说来我听听？”

“大的叫王兰花，二的叫王桃花，三的……三的……”黄尕菊犹豫一下，“三的送人了，叫黄梅花。”

“别看我是瞎仙，其实，我也懂点风水八卦。你的姑娘是这个花，那个花。我听着，你们家花太多，就像那沟里的马莲花，越引越多。花多的地方树少，树多的地方花少，啥事都要阴阳搭配，要生儿子，依我看，得改你三个姑娘的名字。”

黄尕菊听着，慢慢蹲倒，盯着大瞎仙好奇地问：“还有这个说法？我原以为名字就是区分娃娃们的个代号，就像猪呀狗呀的无所谓，今天才知道，生不生儿子还跟生下的姑娘的名字有关，真是个新鲜事。那你给我说说，这三个姑娘的名字怎么改？”

“娃娃们起名字很重要，你别以为这是小事情，这里面是有学问的。首先要根据生辰八字，还要看五行金木水火土里缺哪行，根据所缺，要仔细揣摩推敲，才能起出好名字。起个好名字能幸福一辈子，起不好，受罪一辈子，这里面学问深得很。”大瞎仙喝一口水，又说：“我们是平头老百姓，讲究不了那么

多，娃娃们的名字由着心里随便揣摩个，猪娃狗娃的，不要紧。可你要生儿子，把姑娘起成这花那花的就不吉利，你的三个姑娘必须得改名字。”

“按你这么说，改就改吧，那……改叫什么？”

大瞎仙思谋良久，说：“大的改叫王存兄，二的改叫王招弟，三的改叫王领男，改了这三个姑娘的名字，就是别人叫着，也能给你叫出个儿子来。”说完，喝口水，“你们两口子琢磨琢磨，看合适不合适？”

没等黄尕菊反应过来，一旁的王秋生说话了：“这位先生说的对，我听着有道理，我们这就把姑娘的名字改了，就按这先生说的，从今起，大的叫存兄，二的叫招弟，三的……唉，三的送人了，就先不管了。”

王秋生叫黄尕菊挖来一碗白面，倒进小瞎仙提着的面袋里，又说大瞎仙心肠好，帮了自家忙，再给装上两个白面馒头。黄尕菊拿来，塞到小瞎仙背包里。大瞎仙站起身，躬腰连说谢谢。抓着小瞎仙的胳膊，慢慢走了。

一周后的一天清晨，张求宝匆匆来到王秋生家，他要王秋生杀上一只羊，准备上两条好烟，说已跟张副乡长提了他的事，张副乡长说要见面细谈。正好晚上张副乡长在家，张求宝觉得是个大好机会，要带他去送礼。

王秋生从邻居家买来一只大羯羊，杀过后装到尿素袋子里，扎住口子，又去附近商店买烟。两个小商店都没啥好烟，卖烟的说好烟价格高，村里人抽起的没几个，货进来，卖不掉。王秋生无奈，只能等晚上进了城买，便回家了。

天色黑影下来，张求宝开着三轮车突突突到王秋生家门口，两人装上羯羊，往城里赶。

在一家超市门口，王秋生让张求宝停下车，进去买了两条烟。张求宝看到王秋生提的塑料袋，摇着手，说烟不能用白塑料袋装，白塑料袋透明，别人一眼能看出来，提在手里万一被张乡长的邻居看到，对张乡长肯定影响不好。王秋生折回去换成黑塑料袋，两人来到张乡长楼下。

停好三轮车，张求宝把烟揣在怀里走前面。王秋生肩上扛着羊跟后面。

敲开门进去。张乡长穿着拖鞋，坐在沙发上看电视。见到二人，站起来打过招呼。王秋生把羊放到阳台上。张乡长客气道："你们来就来，拿东西干什么？走时你们原拿上。"张求宝笑嘻嘻地说："一点小心意，乡长客气了。"说着，悄悄把烟放到茶几上。

三人坐下。张乡长从冰箱里取出一盒中华烟，抽出给两人递，张求宝接过便抽。王秋生推着张乡长的手说："张乡长，我不会抽烟，不会，真不会……"

张求宝被王秋生的举动弄得莫名其妙，他明明知道王秋生烟瘾大，平日里一天能抽一包，可这次碰上张乡长，却说不会抽烟。张求宝猜测是王秋生见了领导紧张，吓得不敢抽烟，便说："王秋生，别装了，你抽就抽吧，这可是中华烟，一根几块钱呢。"

张乡长说："就是，听人家求宝说得多好。到家来别客气，

抽一支吧，尝尝跟你平日抽的一样不一样。”

王秋生红着脸，接过烟捏在手里，转着看了看，点着，开始抽。

张乡长老婆从卧室里出来，给张求宝和王秋生泡了茶，指着茶几上一果盘小吃要他俩吃。张求宝和王秋生各抓了几个瓜子，一边抽烟，一边嗑瓜子。

张乡长对王秋生说：“前两天，张求宝去乡政府找我说过你的事，生三胎好说，睁一眼闭一眼就过了。四胎麻烦多，不向局里分管领导通融，万一出了问题，上面查下来肯定追究我的责任，若是这样，我受牵连不说，你生儿子的事也会暴露，到那时，你老婆不结扎都不行。所以这事急不得，得慢慢来。等我这个周末约上领导，到酒店一边吃饭一边汇报这事。到时候，你和张求宝再来一趟，听听领导的口气就知道了。”

两人听完，一个劲地点头。怕打扰张乡长休息，张求宝给王秋生使个眼神，两人站起来，说天色已晚，要早点回家。张乡长没有挽留，送到门口。

下了楼，张求宝问王秋生：“呔，王秋生，今晚你怎么不抽张乡长的烟？那么好的烟，不抽，苕着哩吗？”

“张乡长的屋里墙壁那么白，我怕抽烟给他熏黑，惹他不高兴，我们来是求他办事的，又不是来抽烟的，所以我忍了忍。”

“真没想到你的心还这么细。”张求宝说完，发着三轮车，和王秋生回了家。

星期四下午，张求宝到王秋生家，说张乡长已约好领导，电话里简单提过王秋生的事，领导没有表态。又说领导吃遍武威市里大小酒店，已不稀罕城内的饭，想到乡里吃山羊肉，而且是红山羊肉，开锅黄焖都行，还想吃乡里人做的牛肉黄米香头子。领导要张乡长星期六下午安排好。张乡长给张求宝打来电话，说要王秋生早做准备，把家里收拾干净，早点打问着买上红山羊肉。张求宝满口答应，回来给王秋生说明情况，并商量买山羊肉的事，两人说好，星期五到祁连山脚下的农村去买红山羊。

星期五早晨十点，张求宝开着三轮车，王秋生坐在后车厢里放着的小板凳上，两人在祁连山脚下的村庄里打问着买红山羊。找了三四家，都没有红山羊，卖羊的说红山羊得到哈溪镇附近的藏族人家去买，那地方红山羊多。二人绕着山路，跑了一个多小时才到哈溪镇。养羊的听说王秋生买了红山羊是宰杀后招待客人，都摇着头不卖。王秋生无奈，只好买了白山羊，时过中午，两人急匆匆往家赶。

刚出哈溪镇，张求宝老远看见前面一群山羊过油路，立刻不停地按嗽叭。领头的几只蹦蹦跳跳地给三轮车让了路，只有最后面的一只长角山羊一点不慌张，不紧不慢地走。到了路中间，居然停下，若无其事地看着冲过来的三轮车。张求宝车速快，躲闪不及，一脚踩下刹车，三轮车吱吱吱冲向长角山羊，长角山羊被撞出一米多远，横在路上，四只蹄子不停地乱蹬。张求宝下了车，弯腰查看三轮车轮胎，轮胎好好的，在车后画下两条黑线。前轮上的护泥瓦已被撞烂，几块碎片掉在路上。

王秋生从车上跳下，走到山羊前。地上已流下一大摊血，山羊的鼻孔、嘴里仍在不停地出血。

一牧羊人身穿皮袄，头戴棉帽，脚穿一双大头皮鞋，从不远处跑来，累得气喘吁吁。见到王秋生二人，嘴里呼着热气，指着山羊问："呔，你是怎么开车的？会不会开车？把我的羊撞成这样？"转头看着流下的血，"这山羊肯定活不下了，流这么多的血，一看就撞坏了内脏。"又转回头，对着张求宝，"一个三轮车，你当飞机开呀？"

张求宝站直身："我老远开始打嗽叭，你这山羊，好像是聋子，听不见，根本不给让路，哼！险些把我都拐到阳沟里。"

"呔，你搞清楚，我的羊，是羊。一个牲畜，不是人，它怎么能听出你打喇叭的意思？它不给你让路，你不会停一停，等它过了再走？你直接一个猛冲，撞死。啊？看来，你钱多得很。"

两人正嚷嚷，长角山羊蹬着蹄子，眼睛翻了几下变成一对蓝宝石，一动不动了。

牧羊人看羊死了，语气冷起来："说吧，羊已经撞死了，怎么给我赔？"

张求宝看着牧羊人，指着三轮车里的羊："这羊是前面那村庄里我花三百元买的，你这羊比这个稍大点，给你赔四百元。"

牧羊人冷笑一声："简直开玩笑，你睁大窟窿仔细看看，我的羊是羝羊，你买的是母羊，我这个羊……最少得赔一千元。"

"呔，搞清楚，你这是一只羊，骆驼吗！一千元！就是羝羊，能值这么多吗？你这不是宰人吗？"王秋生听不下去，接上嚷。

“嫌我的羊贵，你可以不赔一分钱，我的这一百多只母羊现在大多在发情期，全靠这一只羊伺候，你要能伺候这群母羊，让它们怀上羊仔，我，呵！绝对不让你赔一分钱。”

张求宝听着哭笑不得，牧羊人的理由听起来是笑话，可也是事实。他转过身，看到羊群里的确没有第二只长角公羊。

张求宝给王秋生使个眼神，王秋生明白张求宝的用意，上到三轮车里。牧羊人看情况不妙，走过去堵到三轮车前面：“想跑呀？本事大，能上天吗？不赔钱，想走？小心，我今天打断你们的狗腿！”

牧羊人彻底发火了，一只脚踩在三轮车前轮上，恶狠狠地瞪着王秋生。

王秋生立刻跳下车，站在牧羊人前，话音软下来：“这位大哥，你别生气，我们撞死你的羊，肯定要赔，不会跑。就是能不能少点？我俩也是庄稼人，家里困难，你知道，庄稼人有钱的有几个？”

“也就看着你俩是农民，我才要了一千，”牧羊人说，“要是这次遇上开卧车的，非要两千不可。你们还说我讹你们，你们也不去打听打听，我这羊是种羊，价值一千元，一点没问你们胡要，哪里买，也得这个价。”

张秋宝和王秋生相互对视了一眼，两人成了哑巴。

王秋生拿出兜里所有的钱，只有五百多元，张求宝也拿出凑，总的凑不够一千元。牧羊人拔了三轮车钥匙装自己兜里，让王秋生等下，张求宝回家去取钱，张求宝只好坐客车回了家。

张求宝一个来回天色已晚，两人赔了钱，把死羝羊抬到车上，饿着肚子赶回家。

黄尕菊早早做好饭，焦急地等待。见到二人，赶紧上菜下面。王秋生和张求宝狼吞虎咽地各吃了两碗拉条子，便到院内剥撞死的公羊。

张求宝把一根长棒子斜立在墙上，上面拴了麻绳，跟王秋生把羊提起来，用绳子挂住羊的后腿，吊起来，嘴里噙着刀，光着膀子剥羊皮，挖肚子。

黄尕菊洗完锅，端着一脸盆脏水到后院去倒。看到张求宝剥羊皮，又听到三轮车里一只羊的叫声。走到张求宝跟前，瞪大眼睛："你们怎么买了两只羊，都杀掉煮呀？"

张求宝抬起头："唉，给你怎么说哩？倒霉得很，这只是我们回来的路上撞死的，它站在路中间不走，我开得快，来不及收车，一头就撞死了。命尽了，活该。我们给那放羊的赔了一千元，换来的，"指着三轮车，"车上拴的那只，是正儿八劲买来的。"

黄尕菊听了，把王秋生叫到屋里，压低声音："张求宝是为了我们撞死羊的，钱可万万不能让他出。剥完了，剁开，羊肉给他分上一半。我们得有良心，不能让他既帮忙又出钱。"

王秋生连连点头："我知道，这么个事还用你交代，我又不是苕子，连人之常情也不懂。"

黄尕菊刚走出屋，突然拧过身，返进去，捣了一把王秋生："呔，我想了个好办法，干脆明天把这死羊剁了煮上，那只活

牧羊人冷笑一声，
"简直开玩笑，
你睁大窟窿仔细看看，
我的羊是羝羊，
你买的是母羊，
我这个羊……最少得赔一千元。"

山羊原卖了。这样，我们能省点钱。”

“回来的路上，我也这么想，可觉得不行。配种的公羊煮上有股膻味，骚得很，厨房里煮肉，满院子都难闻。领导点名吃红山羊肉，肯定要的是羯的。这骚胡味这么大，别说尝了，一闻都闻出来了。他若感觉我们宰了公羊，认为我们没诚心招待他，要是来了气，一嘴不吃，回去安排乡计生站的人把你结扎了，我们可就赔了夫人又折兵。”

黄尕菊听了，立刻无语。

王秋生说完，走到门外问张求宝：“张乡长说要我俩买红山羊，这是白山羊，能行吗？”

“不行能有啥办法？你也清楚，跑了一整天，买不上，还倒这么大的霉，现在，只能死马当活马医了。”

“为什么这个领导偏爱吃红山羊肉，同是山羊，难道红山羊肉跟白山羊肉有区别？”

“我也是听一个水管处干部说的，他说红山羊肉吃起来就是比白山羊肉香。”

“我就不信。红山羊跟白山羊吃的一个山上的草，喝的一个沟里的水，跑的一样的路，卧的同样的圈，怎么可能红山羊的肉香，白山羊的不香？难道是山羊……出怪了，还是吃肉的人嘴木掉了？”

“人家啥都没有木掉，是你的头木掉了。公的跟母的能一样吗？人家那叫会吃。你这是杞人忧天。正愁的不愁，不该愁的瞎愁。”

“哈哈，人喧个谎儿，说说领导，你倒挖苦我了？你这人，一听就是拍领导马屁的，哈哈哈……说实话，现在当领导就是好呀，吃肉都吃到这份上了，哪像咱们老百姓，整顿猪肉炒白菜，就像过了个年。”

“呔，王秋生，少损我，说点正事行不？别狼筋拉到狗腿上，酸溜溜的。有本事，你也上个中专、大学，当官去，山珍海味，生猛海鲜多得是，顿顿让你吃个够。你我都这个怂命，黄天背个老日头，想吃红山羊肉，这辈子，简直痴心妄想，就等到驴辈子吧！”张求宝站起来，舒口气，“你还跟人家当领导的比哩，真是没个比得了，人比人，有个活头吗？驴比骡子，有个驼头吗？”

王秋生听着没了趣：“张家爷爷，行了，行了，再不闲扯了，说正事。领导们要吃红山羊肉，我们买的是白山羊，这能行吗？”

“刚才回来时，我一路上也想这个问题，思来想去只有一种办法，”张求宝站起来，点了一支烟，“明天一早，我俩到镇上找个大的美发店，给这白山羊焗上红油。而后拉回来杀了，羊皮挂院内墙上，领导看到红羊皮，就是吃肉不香也不会怀疑我俩买了白山羊。”

王秋生听完，实在佩服张求宝的聪明，说：“你这脑子，关键时候能想出这个鬼点子，挂羊头，卖狗肉。若在国外，都能当总统，佩服，佩服。”拍拍自己的脑袋，“我怎么就想不出来？”

“你可别胡说，我哪挂羊头卖狗肉了？我这是挂羊头，卖羊肉，哈哈哈，我可不是拐子，是良民，哈哈……”

第二天早上，王秋生和张求宝早早等到镇上最大理发店“金剪刀”门口。

九点钟左右，卷闸门哗啦一声响，从里面钻出一位黑衣女孩，披肩发。伸个懒腰，手搭额头上斜眼看太阳。张求宝走过去，跟着女孩进了理发店。

女孩打开灯，指着一椅子，说：“先生，这么早就来理发呀？你先坐会，我洗个脸。”转身向洗脸间走去。

张求宝紧跟女孩，忙道：“丫头，你先等等，你先等等，我不理发，我有个忙，想请你帮帮。”

女孩回过头：“不理发，能叫我帮啥忙，我们这可是理发店。”

“就知道你们是理发店，才找来。我有只白山羊，你能焗上油变成红山羊吗？”

女孩听了，先是一愣，后退几步，惊奇地看着张求宝：“大叔，我们老板还没来，店里没一分钱，你要是要钱，求你到别处去要吧。”

张求宝一头雾水，丈二和尚摸不着头脑。原来女孩把自己当成了乞丐，或者是精神不正常的人，立刻解释：“丫头，我不是来要钱的，我说的实话，白山羊我都拉来了，在门外三轮车里，不信，你出去看。”

女孩偏着头，慢慢走出门。

对面马路上，白山羊在三轮车里露着半个身子咩咩地叫，羊角上的绳子拴在三轮车栏杆上。王秋生在旁边，一只手扶着三轮车，像个木偶。

张求宝指着白山羊:“这会信了吧，我确实需要一只红山羊，打问了几天没买上，无奈才买来这白山羊，求你帮帮忙，给焗上红油。”

“我从十六岁开始学理发，今年二十二岁，六年多来，从未听说给羊焗油的事。给人焗油我会，给羊焗油，真不会，”女孩稍犹豫一下，“要不，你等等，我给老板打个电话问问，看行不行?”

女孩进到店里，拨通电话告诉老板实情，张求宝抱着双手站在旁边等候。

打完电话，女孩脸色变白，站起身朝门外推张求宝，“叔，你走吧，赶紧走，老板骂我哩，说你们有神经病，赶紧让你们走。”不等张求宝解释，女孩便把他推出门，锁上门，朝远处走了。

张求宝红着脸走到王秋生跟前，王秋生准备解绳子，抱羊。

“别解了，人家都把我当神经病了，还给焗?你不看，锁上门跑了，避我们呢。”

“其实，你昨天说时，我就觉得不可能，哪有给羊焗油的，听起来，怪不津津的。”

张求宝点上烟，眉头紧锁，思谋了半天，道:“看来，焗油是行不通了，要不买几瓶红墨水，到家染走?”

“这能成吗?”

“成不成，试试才知道，总不能待在街上再丢丑，走一步看一步吧。”

两人买了十瓶红墨水回到家。

王秋生端来脸盆，倒进墨水，拿出毛刷，正准备蘸上刷。张求宝走过来，一把抢过毛刷：“你这人，怎么这么笨？长的猪脑子吗？这会儿染色，山羊又蹦又跳，不但难染，还染不均匀。把它杀了，剥下皮，铺地上，一刷子一刷子地染，肯定染个好。”

两人宰了山羊，张求宝收拾肚肚肠肠，王秋生染色。染完色，王秋生在墙上插一根木棍，将山羊皮搭上面。张求宝站老远看，山羊皮在阳光照射下红得像一团火。张求宝暗自佩服自己：这种杰作，只有我张求宝这样的人才能想出来。

张求宝将羊肉剁成小块，王秋生洗涤两次，捞出，下到厨房灶炉上的大锅里。黄尕菊背来麦草，一把一把地烧。

下午四点钟，一辆黑色小车停在王秋生家门口。车上下来四个人，走在最前面的是一位瘦老头，左眉梢上有一个扁豆大的黑痣，痣上有一撮一厘米长的黑毛，穿着黑呢子大衣，王秋生感觉他就是张求宝说的领导。领导后面跟着张乡长、胡记者和杨师傅。

张乡长一一介绍完毕，全都进了屋。

领导脱下黑大衣，二话没说上到炕上。张乡长和胡记者也跟着上了炕，杨师傅坐炕沿上。王秋生怕踩脏领导们的鞋，提起来小心地立到墙根边。抽出烟，各递一支，又拆开一盒放炕桌上。

黄尕菊拿出杯子，沏上早已熬好的老茯茶。杨师傅说领导的里面不要放糖，问黄尕菊家里有没有馍馍，黄尕菊说有哩，是前几天烙的油饼。杨师傅让黄尕菊拿来，说先让领导嚼上点，要不领导心里会难受。

原来，领导有糖尿病，不能喝甜茶，到饭点不吃点东西心里就感到难受。

黄尕菊端来一盘油饼，张乡长坐起身，撕半块给领导。领导一只手接过，另一只手从盘里取出一块递给胡记者，看着张乡长说："这可是市里有名的记者，无冕之王，我们单位大部分先进事迹全是他报道的，今天，你们可得把他招待好。"

胡记者立起身，双手接过油饼，笑道："领导过奖了，今天怎么能让领导招待我呢？应该把您招待好。"

张乡长感到不好意思，脸上泛起红晕。自己给领导递了油饼，却忽略了胡记者，领导这话明明是提醒他别冷落胡记者。想到这，捣了一下张求宝："张求宝，快来给胡记者添上茶。"张求宝接过胡记者茶杯，沏满后，双手递上。

黄尕菊拿着抹布进到屋里，问："肉煮好了，这会上不上？"

"好了就上吧，别煮的太烂了。"杨师傅说。

王秋生把炕桌上的盘子、烟灰缸挪掉，接过黄尕菊手里的抹布，左三圈右三圈地擦完，跟黄尕菊去厨房捞肉。

一会儿，王秋生端着一大盆羊肉进来放到炕桌上。盘子似蒸笼，散发着一股扑鼻的香味。胡记者首先捡起一块，搁到领导碟子里："领导，这是块肋条，肥夹瘦，您先动动筷子，我们再吃。"

领导抓起来，说："大家都来吧，不要客气，开锅羊肉放心用手抓，用筷子，倒啰嗦。"

领导手指捏了盐，撒在肉上，拿起一个大蒜，一口肉一口蒜地夹着吃。吃完第一块，看了看大家，说：“你们也吃点蒜，羊肉不吃蒜，营养减一半。”在坐的都拿了蒜，学领导吃。

一会儿，王秋生看盆子里的肉剩了肥膘，又端来一盘扣进去。张乡长看见上面有一块鸡蛋形状的油疙瘩，立刻捡起来，放到领导碟子里：“领导，这是‘六味地黄丸’，补肾，今天就由您慢用。”

领导望着胡记者：“我岁数大了，这东西吃上不中用了，还是叫记者吃上。记者跑的地方多,吃上,跑起来才有劲。”说着，把羊腰捡到胡记者的碟子里。

胡记者笑道：“正因为领导岁数大了，才要领导吃。这东西好，吃上好交作业。”大伙听着，哈哈哈笑了。

杨师傅连吃了四块，拿到第五块：“你们说怪不怪，为什么红山羊的肉就格外的香，比绵羊肉香得多？”

领导犹豫一下：“我怎么感觉今天这红山羊肉没有以往的香？”

王秋生立刻紧张起来，心提到嗓子眼。

张求宝接上话:“领导,这红山羊是我俩到哈溪山里找来的，是那群羊中最红的一只，”用手指着窗户外，“你看外面墙上那皮子，那颜色，就知道有多地道。”

领导偏过头，打窗户看了一眼，没吭声。一旁的胡记者也朝外巴了一眼，“领导经常吃红山羊肉，吃多了，就找不到感觉了，物以稀为贵嘛，”捡起一块，“我吃着，也感觉今天这肉格外香。”

大伙又吃了一阵，领导说要喝羊肉汤。

王秋生赶紧走到厨房，和黄尕菊端来四碗羊肉汤。羊肉汤白花花的，上面漂着油花和香菜。

张求宝站起身，猫着腰：“领导，这肉是大灶台用柴火烧着煮的，煮了一个多小时，这汤是原汤，没兑一点水，滋阴壮阳，补身子，您多喝点。”

“好，好，我喝，”领导看着张求宝，“老张懂得多呀，连原汤补身子的都知道，还知道个滋阴壮阳……”

屋里又是一阵哈哈哈的笑声。

黄尕菊端来一盘锅盔，切的像西瓜牙，张乡长拿起一块，泡到领导碗里：“领导，这原汤里把锅盔渗上，比西安正宗的羊肉泡馍都攒劲，你再吃点。”

领导吃了半碗，靠在被子上抽烟。其他人见状，纷纷放下筷子，各自擦嘴角的油。

张求宝和王秋生赶紧收拾完桌上的碗、筷、骨头，端来一小瓷碟，里面放着六个小白瓷盅。炉子上的小铝壶里，滚开的白酒正冒着热气。王秋生端起酒碟，站到炕沿前。张求宝沏了酒。张乡长指着王秋生，说：“领导，那天我给你汇报的正是他的事，想要个儿子，却生了三个姑娘，要我们关照关照。”

领导看了王秋生一眼，偏过头望着张乡长：“这事在你乡里，又是你具体负责，怎么办，还用我教？今天，我们喝酒不说事，说事不喝酒。”

“领导，我明白了，领导，我明白了。”张乡长点头如捣蒜。

领导接过王秋生的敬酒，向酒碟里滴掉几滴：“我有糖尿病，今天少喝点，你们跟胡记者好好喝。”

领导不喝酒，提议张乡长跟胡记者划十三太保拳，说那么玩，热闹些。

张乡长和胡记者个个摩拳擦掌，一副不撂倒对方誓不罢休的样子。

几分钟后，第一轮划拳结束，张乡长输了，喝了十三盅，胡记者只喝了五盅。

张乡长打心眼不服胡记者，喝了十多年酒，拳输的这么惨还是第一次。今儿又在自己管辖的乡里，没发挥出一点东道主的优势，若传出去，旁人听了，定当笑话。为了挽回“损失”和“面子”，他卷起衣袖说：“我们领导划拳在场子上是出了名的，曾有人都为此编了对联，上联是拳打四十八个乡镇，下联是脚踢二十六个部门，横批是凉州无敌。我们单位的人在谢局领导下，干啥都是杠杠的，别说划拳了。今天，我不能给单位丢脸，跟胡记者再划个‘十三太保’。”

“这还像个乡长，男子汉，有骨气，要不胡记者以后笑话咱们，说我单位没人才，连喝酒都没长毛出血的，让他随便撂倒了。”

听领导这么一说，张乡长更是来了劲，指着张求宝，望着酒盅：“酒沏上，沏得满满的，咱俩提前把话说清楚，点点不罚流流罚，要喝喝尽。我就不信，胡记者的拳有多厉害，会把我赢成个啥样子。”

张求宝一边沏酒，一边给王秋生悄悄说：“给领导们把茶沏好，待着别走，准备给张乡长代酒。”

胡记者听到这里，捋了一把头发，脱掉皮夹克，双手扶一下眼镜框，盯着张乡长：“看这样子，今天非得把我放翻。我说拳好惹人嘛，张乡长这架势，像到景阳冈打虎呀。都是河西的，谁怕谁。今天，你代表你们单位，我代表我们单位，咱俩不代、不卖、不赖，划三十六拳，输了的人把酒喝上，还要写服条，免得以后不承认，”

“好，多大的个事。男子汉说话如拔牙，一言即出，驷马难追，绝不反悔。”

两人正要划拳，领导却把手放在中间：“暂停、暂停，听起来，你俩嘴上怎么都冒火星子了。气氛这么紧张干什么？别人听到还以为吵架呢。听胡记者说河西，我倒想起一件趣事，给你们讲讲，缓和缓和气氛再划嘛！”大伙都转过头，看领导。

“我上大学时，有位室友，是省城的，自个起外号三爷。毕业后，留一家银行工作。听同学们说他拳好量大人稳当。前几年来凉州，那时我是副职，在一家羊肉馆的包厢里招待他，点了四斤开锅羊肉，两斤排骨垫饺子，一条清蒸鲈鱼，六只清炖乳鸽和几个炒菜，‘海陆空’都有。”

张求宝听着，一脸疑惑，偏着头问领导：“领导，点菜怎么点出‘海陆空’了，‘海陆空’是啥意思呀？”

“哎哟，这也不懂，就是海里游的，地上跑的，空中飞的。

这三样全点上，说明菜点的全，接待的也是有层次的人。”

张求宝听后红了脸：“原来是这么回事，领导不说，我还以为菜点上，部队来了……”

一阵哄堂大笑。

领导继续道：“大伙先坐一块喝茶聊天，可我那同学猴急猴急，嚷着非要划拳喝酒。我心里嘀咕：几年不见，怎么变成酒鬼了，心急吃不了热豆腐。我让服务员抓紧上了油炸花生米、水萝卜、凉拌小油菜和五香驴肉四道凉菜。他吃了几嘴，又嚷着要划拳，好像拳里藏着秘密，要急于显露出来。我单位的办公室主任先跟他划了六拳，接着是三个股长，他们轮流过庄。同学拳划得不行，喝了许多酒，主菜上来后已微醺。可他酒到酣处，兴奋得一嘴不吃。大家劝他说吃点肉，胃里垫个底，再慢慢划。有位还跟他开玩笑，说酒到胃里一看没肉，原会出来。他不听。我看他不吃肉，就硬劝他吃了半碗面条。他放下碗，又开始划拳。那天，他输的一塌糊涂，越输越来气，越气越不服，越不服越喝。到了最后，他突然站起身，两手捂住嘴，大伙看他眼睛里都是泪，鼻孔里钻出几根面条，立刻挪凳子让路。他没走几步，便开始吐，弯下腰，吐了好几分钟。包厢地上吐下一堆秽物，酒臭味弄得服务员捂着鼻子跑出去，站在门旁不进来。后来，我们便把他送到宾馆休息了。到了第二天下午他才醒来，对我说头疼胸闷，胃里难受，浑身没一点力气。我故意问他喝好了没有，他说他把人丢大了，划了十几年拳，没有一次像来凉州输得这么惨过。凉州地皮硬得很，凉州人划拳喝酒太厉害，给他把喝酒的毛病取了，河西走廊干脆改叫‘河西酒廊’吧。我笑着继续吓唬他，说我那几个弟兄们还没真喝呢，他们喝酒讲究‘宁可胃上开洞洞，不让感情裂缝缝’。平日喝酒撂倒像你这么三五个，很正常。同学听了，脸色煞白，摇着头，伸着大拇指一个劲地说凉州人喝酒了不得，了不得。”

胡记者听完，笑了一下：“张乡长，领导在给咱俩上课呢。酒场没英雄，咱俩还是悠着点为好。”

“胡记者，我们仅划三十六拳，多不划一拳，你我见高低，就行。”

“高六升，三桃园，四季红，八匹马……”两人声嘶力竭地划了三十六拳。领导掰着指头当裁判，结果，张乡长还是输了。

胡记者从一个小包里取出稿纸和钢笔，放到炕桌上，盯着张乡长呵呵呵地笑。

张乡长一看真让他写服条，红着脸道：“胡记者，真让我写呀？刚才是在开玩笑，这服条写不得，写了，我怎么在圈子里混？”说完挪动屁股，朝后退。

领导笑道：“张乡长，你得给胡记者写服条，刚才说得好好的，你不能叫胡记者踩住咱们‘毛辫子’。男子汉大丈夫要说话算数，你也是一个堂堂的乡长，几十岁的人了，又不是年轻娃子们，嘴上没毛，说话不牢。”

“张乡长若是男子汉大豆腐，这条子可以不写。”胡记者说。

大伙都望张乡长，张乡长拗不过，脸上红一处紫一处，无奈之下，拿起笔写道：我和胡记者于某年某月某日划拳喝酒，

总共划了三十六拳，场上比分十四比二十二，胡记者拳术高我一筹，我表示佩服。

胡记者拿起服条塞到包里：“张乡长，哪天要是抽条子吭个声，不过，得好好请个客。”

张乡长表情很是尴尬，嘴皮慢溜溜的：“好……好……小事，小事……请……一定请。”

张乡长写完服条去上厕所，张求宝跟在后面。张乡长边走边说：“今天太没状态，这拳臭得像狗屎，平日咱们乡那么多大队书记、主任，哪个是咱对手？今天遇到这无冕之王，输得一塌糊涂，唉，真丢人，哪天得抽个空，非报这‘一箭之仇’不可。”

“是，是，一个记者，写文章的，怎么能跟你比。”张求宝说。

“求宝，这你就不懂了，记者是无冕之王，吃的饭喝的酒比我多，档次都比我高，惹不得。那笔头子像升降机，能让你上，也能让你下，你不看咱们局长都敬他三分。只是今天我这臭拳不争气，输得多，还当你们面写了服条，太没面子，算我今天倒霉，恰好碰上这拿笔的，要是别人，给他写个屌。”

张乡长说完，进了灰圈，张求宝站在外面等候。

一会儿，张乡长出来，勒着裤带，说：“求宝，我们领导自从得了糖尿病不怎么爱喝酒了。过去白白胖胖的，二百多斤重，走起路来一摇三晃，像头棕熊。现在变成瘦老头了。我听办公室主任说领导现在喜欢唱歌跳舞，有些办事的要是能把他请到歌厅去，再难办的事也能办妥。”

“张乡长，跟您认识又不是一天两天，我这人您是了解的，只要你们关照着让王秋生生四胎，怎么都行，由你定。”

“这个，我知道，你放心。歌厅去花钱多，拿上几百可不中。你们准备宽裕些，要伺候一次伺候到位，不要前爪子有劲哩，后爪子没劲。免得以后有个三长两短，前功尽弃。”

二人说完话，进了屋。

张乡长上到炕上，给领导点上烟：“领导，我们酒已喝多了，再喝，醉了难受。今日时间还早，王秋生说请你进城到歌厅去唱会歌，放松放松。”

领导抬起手，看了看手腕上的表：“唉，就是，才七点钟，还以为迟了，回家也是闲待着。”又转头问胡记者，“胡记者方便吗？若再没啥事，一块去玩一会？”

“今天是周末，事倒没事。本想着早点回去给娃娃辅导下功课，既然领导说了，玩，就玩一会走。”

“那好吧，等会咱们进城，坐一会。”

张乡长听到这里，朝张求宝摆了一下手吩咐道：“快去安排下面，吃完面，我们早点进城。”

张求宝站起身，拽了一把王秋生，两人走到厨房里要黄尕菊赶紧下面。张求宝对王秋生说：“刚才去上厕所，张乡长说去歌厅花费大，要我们多准备点钱，家里有哩吧？”

王秋生听着，额头上爬了癞蛤蟆，吞吞吐吐地问：“得多少？”

“得一千吧。他要我们准备宽些，少了，万一结不了账，出不了门，可是要丢领导们面子的。”

看着王秋生半天不吭声，张求宝着急了："你说呀，你屋里究竟有没有？若没有，我就赶紧到我们屋里给你去取，先拿来垫上，要不，领导们快要走了，迟了，来不及。"

"求宝，你是清楚的，我一个捋牛尾巴的，不像你这手艺人。我年年地里就收拾着那几个猴食蛋子，除去籽种、化肥钱、水费和日常开支，本身就剩不了几个。二丫头生下时，攒的那几千块全被罚去了，家里最近确实没钱了。你给我帮这么大的忙，还让你垫钱，应说不应该，可又有什么办法。遇上你这么个热心肠，好邻居，好同学，就当我这脸有城墙厚。唉，欠你这么多情，这辈子怎么还？"

"你这人，婆婆妈妈的，现在还说客套话，咱俩全村算关系最好的吧。记得不，小学五年级时，我又矮又瘦，刘二在放学回家路上常常欺负我，天天要我给他背书包。把我衣服脱下，铺地上让他坐，还要在上坡时要我从后面推他。有一次我病了，没力气，推不动他，不小心松了手。他没防住，后退了几步，一个白仰肚子整倒。他翻起身，暴跳如雷，跑过来打我，还满嘴不干不净地骂。你看不惯，过来拉架，站到我俩中间。结果刘二不管三七二十一，两个嘴巴把你打得直流鼻血。你开始呜呜地嚎。刘二看你样子，怕回到家你爹去找他，就再没敢打我。自那后，刘二才不怎么欺负我了。多少年过去了，这件事我一直记着，没有忘记。要是今天遇到的是别人，我哼一下哈一下地走走过场，做做样子，可你的事，我是真心想帮，我不能忘记你替我挨过的打。"

张求宝说着，挤出几滴泪珠，用手抹了一把："唉，想起这事，就让人心酸……先不说了，你给领导们端饭，我赶紧回家取钱去。"

张求宝走了，王秋生两碗两碗地来回端黄尕菊做的牛肉黄米香头子。

领导吃完饭，说一下午坐炕上难受，便下到地下跟胡记者抽烟。

张乡长知道领导难受的意思，本想再吃半碗香头子，却放下碗："领导，歌厅包厢我已定好，是大什字那的梦巴黎歌舞厅，一切我已安排妥当，咱们这会就走。"

大家正说笑着出门，恰好碰上张求宝，慌慌张张的。张乡长问："去哪了？正等你呢，半天不见，我们这阵要进城了。"

"乡长，我回家给牛添了点草，你们坐一个车刚合适，先走，我和王秋生跟着来，是哪家歌厅？哪些哩？"

"就大什字那儿的梦巴黎歌舞厅，好找得很，你们到了大什字，头一偏就看见了，楼顶有霓红灯牌子，清楚得很，瞎子都能看见。"

张求宝和王秋生站在门口，看着领导们上了车，转身进了屋。

张求宝拿出钱递给王秋生："给你取了一千，应该够了吧，你先拿上。"

王秋生接过钱塞到兜里，说："过完春节，我的包谷籽儿卖了给你还。"正说着，听见黄尕菊在厨房里喊，"王秋生，娃娃的张爸还没吃面哩，到厨房吃面来。"

王秋生跟张求宝走到厨房，两人坐在小板凳上，从地下盆子里捡起领导们吃剩的冰羊肉大口大口地吃起来，黄尕菊说等热烫再吃，张求宝说来不及。黄尕菊赶紧舀了热香头子，两人又各吃了一碗。

厨房里，小灯泡发出微弱的亮光，漂白王秋生家清瘦的四壁。门外，凛冽的黄风肆虐着整个村庄，呜呜的声音凄凉而悠长，村庄似乎在呐喊，让人不寒而栗……

张求宝戴上棉帽，发着三轮车。王秋生穿上皮袄，坐到车厢里，蒙住头，袖着手。

队里的土路坑坑洼洼，三轮车左摆右晃，不时还跳起来，再哐一声跌地上，惹得全队的狗汪汪地叫。王秋生被颠的屁股生疼，大声喊："呔，我的张家爷爷，慢些，你这么开车，牙都蹾掉了。"

"王家爷爷，你坚持坚持，到了油路就不蹾了。太慢，啥时候到城里哩？领导们等着都气上来了。"

王秋生听张求宝这么一说，微起身，手抓着三轮车护栏半蹲着。护栏像冰块，一骨寒流穿过手心渗到心窝。王秋生缩着脖子，摇着头，打了几个寒战。

出了村口，便是笔直的油路，三轮车的眼睛射出一束亮光，一直指引着前方，就像爱尔克的灯光。王秋生坐在小板凳上，看趴在车头上的张求宝像极了癞蛤蟆。

两人到了大什字，三轮车拐到人行道，慢悠悠地走。张求宝左看看右瞧瞧。

大什字东南角屹立着一幢高楼。四五层中间，红色的霓虹灯若隐若现。王秋生一蹦子跳下车，抖抖身上的土，抬头望那几个字。最先出现的像绳子一样弯弯曲曲盘出的人影，能分辨出是一男一女搂着跳舞的样子，后面接着出现梦字、巴字……几秒钟内，那人影和梦巴黎歌舞厅几个字便全部出现，又闪烁几秒，突然熄灭。紧接着，那人影和字一个挨一个又开始出现，又熄灭……王秋生看了三遍，觉得奇怪，问张求宝："这灯为什么会这样？忽儿忽儿的，把人眼睛都绕花了，一直亮着多好，别人找起来也容易。"张求宝说："这你就不懂了，忽明忽暗，才能引起路人的注意，有新鲜感，广告效应强，一直那样，死气沉沉的，有的人倒不注意。"王秋生听着明白过来，觉得张求宝脑子多长根筋似的，懂得多，反应快，干啥都比他聪明。他朝远处看了看，发现凉州城里楼顶的灯夜晚大多都是那样的闪亮。

两人推着三轮车，穿过马路，走到楼下，靠墙停好。张求宝说尿憋了，提着裤子朝一墙角走。王秋生也感尿憋，跟过去。两人眼睛贼里贼气地向四周扫了一圈，发现没人，赶紧对着一拐角哗啦啦地尿。正在这时，从旁边大门里出来一位妇女，指着两人，喝道："呔，你们是干啥的？"

王秋生被吓了一跳，正想提起裤子跑，一看张求宝，聋子似的，好像一点没听到那女人的说话声，低着头，一个劲地尿。看张求宝那样，王秋生也没理睬那女人，又低下头，硬着头皮尿。就听那妇女骂："两个不要脸的，有处吃哩没处撒。大男人，

站在那里尿尿臊不臊，窟窿瞎实了吗？掰开看下，那是尿尿的地方吗？不讲一点点文明，没一点修养。一看，都是几十岁的人了，臊的不知道吗？也就今儿恰好是我看门房，要是碰上我们的人，不把你们那驴腿敲折才怪哩。”妇人骂着，转身走了。

王秋生看妇人进了大门，边提裤子边埋怨张求宝：“人家刚说那阵，走，她也就不说了，你硬要尿，看，叫人家劈头盖脸连辱带臊骂一顿，这下，没气了啥？舒服了吧？真没想到，撒泡尿挨的这种骂。”

张求宝听着来了气：“呔，少说上些行不行？人都说打折的牛肋巴朝里拐哩，你拐哪了？我那阵子实在是尿憋急了，总不能整到裤裆里吧。她长嘴着哩，我们就没嘴，真是屎拉到墙缝里把狗急坏了。又没尿到她家锅头上，碍她啥事。吃的不多，管得多。”

王秋生怕张求宝的话叫妇人听见，肯定又要骂他俩，说不上叫来人，两人还得挨打。撕了一把张求宝，快快上了楼。

两人沿着楼梯走到四楼，两扇用黑皮包着的门上有一对一人高的金色拉手，门头上是一个彩虹形式的灯箱牌，上面梦巴黎三个字散发着柔和的灯光。

张求宝推开门，王秋生跟着进去。

门正对面是一水池，池内有一座假山，山上有假木假草。山缝里叮叮当当流淌着一股小溪。小溪从猫儿鼻孔大的半山空里流出，到前面小悬崖，形成一个小瀑布，拳头大。悬崖下面是聚水池，池边有一小缺口，水从小缺口流出，沿着一弯弯曲曲的小沟流假山后，转一圈，又回到前面一小水槽，像小孩撒尿一样冲到下面一手掌大的木制圆轮上，轮子一圈一圈地转。流水最后聚到蓄水池。蓄水池外沿是用镜面和一厘米大的黑色石砖夹杂铺贴而成。池内有五个小喷泉，噗哧哧向四周喷水，又哗啦啦流下面，像玩具伞。水中有二十多条红色小金鱼，有的趴着一动不动，有的摇头甩尾的四处乱蹿。

水池两边直挺挺地立着两个二十岁左右的服务生。背着手，白衬衫，黑领结，黑裤子，黑皮鞋，一样的姿势，一样的穿着。见到张求宝和王秋生，走过来挡住，其中一位问："呔，你们有事吗？是不是走错地方了？"指着门口牌子，"这可是梦巴黎歌厅。"

张求宝说："我俩找的正是梦巴黎歌厅。怎么？这地方我们不能来吗？"

两服务生对视一眼，吃惊地望着他俩。

"谢局长在吗？"张求宝问。

一听谢局长，服务生说："你们先等等，我去问一下。"

服务生走到吧台前，附着里面一高个子女孩的耳朵说完悄悄话，回来又问张求宝："你俩找领导，有事吗？你们是他什么人？"

张求宝说："我俩是他的亲戚。今天下午，他在我们家，这会刚进了城，他要我俩来这里找他。"

服务生听了，立刻弓下腰，彬彬有礼地说："先生，晚上好，慢待了。"看着王秋生，"先生，对不起，您穿这棉皮袄到我

们歌厅实在不雅观，请您把它脱下来，寄存到吧台，然后我带你们去见领导。”

张求宝猛然意识到是王秋生的穿着引起了服务生的怀疑。服务生的行为艺术地告诉他，像王秋生这样穿棉皮袄戴棉帽的人本不应该到这种地方来。

王秋生解开纽扣，脱掉大衣。服务生接过，连同棉帽一并放到吧台旁边的纸箱上。转过身，领着二位朝里面走去。

穿过S形的走廊，到最后面的一间包厢门口。门边有块一拃长的弧形铜牌，上面印有忆江南三个字。服务生轻敲了一下门，推开，弯腰做了一个请的姿势，张求宝和王秋生先后进去。

对面一组长沙发上，领导、胡记者、张乡长三人都坐着，没有了司机杨师傅，却多出了三位女性，分别坐在三人的旁边。

张乡长看到二人，微起身，指着侧面的短沙发示意他俩坐下。

服务生进来，沏了茶，提起一手电筒大的啤酒瓶倒了两杯。张乡长用手指着让服务生退出去，服务生弯着腰，倒缩着出了门。张乡长要张求宝和王秋生喝啤酒。张求宝站起来，说要给领导们敬酒。领导摆着手，摇着头示意张求宝不再敬酒，顺手递过一小盘黑瓜子和开心果，要他俩吃。

张求宝和王秋生一边嗑瓜子，一边看领导们玩热闹。

胡记者去了趟卫生间，回来后站在茶几前，从抽纸盒抽出两张纸，边擦手边说：“领导啊，今儿这酒喝成风搅雪了，下午是辣的，现在有红的、啤的。拳也是大拳、小拳，整得人累着。这阵，我们换个节目，放松放松，你看行不行？”

“有啥不行的？来了，玩高兴是目的，怎么舒服怎么来。”领导望了一眼在座的，“就按胡记者说的来。”

“这会我们讲故事，我和领导、张乡长为一组，蓉蓉、燕燕、丽丽为一组，双方派一代表各讲一个故事。如果大家听着都笑起来，酒可免掉不喝。如果讲完没人笑，讲的这组每人五杯，这节目，怎么样？”胡记者说。

大家一致说好。

胡记者指着领导旁边的小姐：“蓉蓉，你先讲。”

蓉蓉一手套着领导的胳膊，一手指着胡记者：“哥，你先来。”

胡记者又指着张乡长旁边的小姐：“那就燕燕讲。”

燕燕说：“你先讲。”

“你先讲，你先讲，你先讲……”结果，三个小姐同时指着胡记者，异口同声地喊。

胡记者拗不过，摆着手：“别吵了，别吵了，这几个臊丫丫子，把人都聒噪死了，我先讲，我先讲。”

说完，喝了一口水，咳嗽一声，捏住咽喉，清理嗓子。

蓉蓉头靠在领导肩膀上，盯着胡记者。燕燕也跟上学了。只有丽丽，一手搭在胡记者腿上，一手撑着下巴，偏着头看。

胡记者开始讲：

“有位外国女记者去战地采访，看见战马很是兴奋，拿摄像机从头到尾拍摄。恰逢那时马鞭外露，有一尺多长。女记者未见过，很是疑惑，问旁边一战士。战士看女记者指的马鞭，不知如何回答。情急之下，急中生智，说那是战备腿，若遇上

战争，马腿被炸断，那条腿就是用来替换的。女记者说晓得了。过了一月女记者又来采访，看到马鞭不见了，就问战士是不是发生了战争，战备腿为何没有了。战士说她走后恰好发生了一场战争，战备腿被敌人的炸药炸掉了，没保住。女记者又说晓得。回去后，女记者在报纸上报道了战备腿的故事，结果看得人莫名其妙，哭笑不得。”

领导听着第一个哈哈笑起来，其他人也笑了。

张求宝跟王秋生也跟上笑，可笑的声音小。

王秋生从未经过这场面，侧过头，悄悄问张求宝：“呔，这三个女的是哪来的？干啥的？”

张求宝对着王秋生的耳朵，低声说：“喂，看不出来吗？是卡姐，听过没有？”

王秋生还要问什么，结果被张求宝推开，细声说：“今晚领导们在哩，先别问这么多，等以后方便了，慢慢给你说。”

王秋生明白过来，再不敢吱声，取出一支烟抽。

王秋生细瞅过这几个姑娘，个个二十左右岁。穿着低领短袖衬衫，顶着馒头大的乳房，大半显露出来。裙子刚包住屁股，露出白萝卜似的大腿，浓妆艳抹、风情万种。王秋生心里产生一大堆问号：她们为什么不去上学或是上班，偏到这种地方来？为什么要学会抽烟，喝酒，作践自个身子？为什么让客人又抱又摸，给家人丢脸，家长为什么不管教？这样下去，以后怎么找对象？怎么见人？怎么活人……王秋生想了半天怎么也想不通，倒想起自己来。假若上小学时，家庭条件好点，不辍学，上出个高中来，像邻村的董万红，高中毕业后被招聘成乡镇干部，多牛，多光宗耀祖。据说，他老爹一年四季抱的羊肉锅子，把同村的老人羡慕着隔三差五地骂儿子。唉……不，不能学董万红，董万红后来出了事，听人说，检察院的工作人员从他家地下室搜到六个冰柜，里面全是牛羊肉。地下室成了冷肉库，检察院的人被弄得哭笑不得。这事传出去，董万红自然成了圈内有名的收肉书记，被当作饭后的笑柄四处传说。王秋生觉得董万红可惜，好不容易混个书记，却一夜间坏了名声。要是自己有他那好命，当了书记，或者学谢局成了领导，第一，绝不在地下室放那么多冰柜收羊肉。第二，绝不像领导这样，搂抱可给自己当孙子的姑娘……可自己没这个命，自己偏不是书记、局长，是地地道道的农民。王秋生想着，突然冷笑起来，原来自己想到“珠穆朗玛峰”去了。

胡记者的故事讲得好，大家都笑了，不用喝酒。轮到三个姑娘了。蓉蓉说，自己跟丽丽是初中还没毕业被学校开除的，文化水平低，不会讲故事，要燕燕讲，燕燕文化水平高。燕燕犹豫了一下，说讲个故事害怕啥哩，又不是猫儿，拉不到井上，扭扭捏捏的，她讲就她讲。

大家都未吱声。

“我小的时候，爸爸妈妈特别喜爱我，疼我。那时，我学习特别好，几乎每年都是三好学生或优秀班干部，我们一家可幸福。可后来，我爸不知听了啥人的话，非要我妈生二胎。我初二那年，他俩生下弟弟，从弟出生那天起，我的命运就发生

了天翻地覆的变化。我爸变得对我冷漠，不关心我，不心疼我。下班一回到家，抱着他那小先人乐滋滋地逗，一点不在乎我的感受。后来开始让我干家务活，还骂我，甚至发展到打我，好像我是捡来的，不是他身上掉下的肉。我那时到学校常常胡思乱想，已听不进去课，成绩开始下降，从前三名一下掉到倒数第二名。老师也开始看不起我，骂我。我丢不起那人，一气之下辍了学，跟一块的一个去西安学理发。学了一年，也觉得没意思。回来后，我遇到了一位帅哥，小白脸，个子高高的，追了我一月，我俩便好上了，我还为他怀孕。后来他说领我去一个能挣钱的地方，我就被他带到了这个夜场，天天晚上泡歌厅，陪客人。我挣的钱，除了生活费大多被他要去了，说是存下，以后跟我结婚用。直到有一次，我碰到一个小姐姐，跟我是同行，坐一块闲聊。她说她对象对她多好多好，她要趁年轻多挣些钱，交给他保存下，过两年结婚。我听了大半天，听出她说的那个对象正是每天跟我要钱并说娶我的男人。我一气之下找到他，跟他吵了一架。他打了我几个嘴巴，骂着要我滚。那件事伤透了我的心。我看透了这个世道。自那后，我就什么都不顾了，学会了抽烟，喝酒，只要给足钱，干什么都行。我到现在这样，只恨两个人，首先是我爸，重男轻女，然后是收了我爸礼的那个领导，就是因为他，才生了我弟。是他们害了我，毁了我的一生。”

领导听到这里，摆着手：“停下，停下，要你讲搞笑故事，你却讲你的人生，我们又不是听你的人生来的，一点不可笑，罚酒一杯。”

燕燕端起酒，流着眼泪，喝下满满一杯罚酒。

王秋生听着，觉得后背发凉。为了生儿子，前两个姑娘大部分时间被送到外婆家掩人耳目，几乎没有享受过父爱，三姑娘出月就领养给他二舅哥。她们长大后，若知道这些真相，肯定会恨他，恨他这个当父亲的重男轻女……王秋生想到这些，心跳一下加快，脸上似抹了辣椒水烧烘烘的。他跑到洗手间，打开水龙头，两手捧起水，使劲搓自己的脸并拍打额头。洗完脸，抬头看镜子里，好像不认识自己一样，呆呆看了几分钟，长喘一口气，又回到包厢里。

燕燕讲的故事没有过关，喝了罚酒开始重新讲。她从桌上取了抽纸，擦去眼泪，说：“对不起、对不起领导，对不起大家，我的故事以往没处说，也没人听，今天喝了些酒，没防住讲了出来，结果扫了大家雅兴，实在对不起，我给你们重新讲。”说完，挤出一丝苦笑，又开始讲“前几天，厅子里来了一位客人，我们玩真心话大冒险游戏。我问他有几个情人，他说一个也没有，还给我讲他老婆多好多好，他要对得住他老婆，不会在外找情人。其实他是个大色鬼，一晚上不停地对我动手动脚。他说一套做一套，从不讲实话，还要我讲实话，我能跟他讲个啥。所以我也讲假话忽悠他。”

“一听就俗得很，讲个别的吧。”胡记者插了嘴。

燕燕立刻停下，说好好。思谋了良久，开始讲。

非洲某国家的一位总统，注重权力，贪生怕死。副总统却

深爱自己的人民，誓言鞠躬尽瘁，死而后已。一天，两位总统带领小朋友乘飞机去异地考查。中途播音员说飞机出现机械故障，希望大家准备跳伞并保持冷静。突然一小朋友大哭起来，说找不到自己的降落伞。副总统见状，脱下降落伞说，“小朋友别害怕，爷爷这把伞给你，你是祖国的未来，你跳下去以后要好好学习，将来为国家多做贡献。我已经老了，也为人民做了点贡献，死而无憾。”说完，帮小朋友系好降落伞。正当小朋友们为副总统的生命担扰哭泣时，前面突然跑过来一小孩，他把一副降落伞塞到副总统手里说：“爷爷，我这还有一副呢，你系上。”大家正疑惑他怎么多了一把降落伞。那小朋友说总统先生急了，抱着他的书包已经跳下去了，正好余出一副。

胡记者听完，笑了几声，望着张乡长：“呔，张乡长，你听人家的副总统多好，多爱他的人民。你也应该学他那样爱你乡里的乡亲啊。”

“胡记者，你这话说的……”张乡长说，“自上班以来，我从未刁难、欺负老百姓。你去打听打听，我们乡的乡亲哪有一个骂我的，说我老张不好的！我这副乡长是干出来的。”

“好了，好了，别再说了。你这是厕所门上的刺玫花，没人夸了自己夸。你的能干，对乡亲的好我都了解，刚才说这话还不是故意逗逗你。”

“来吧，我们共同干一杯。”领导说，“这丫头讲的故事听起来也凑合，就不罚她喝酒了。”

“好，”张乡长说，“今晚段子先讲到这儿吧。下面该活动活动，跳舞了。”

张乡长知道领导想跳舞了，立刻换了话题。

服务生进来，拿着遥控器对准沙发对面的墙按了几下，墙沿与顶子相接的缝隙便出来一大白屏布，缓缓往下滑落，到墙中间停下。服务生转过身，拨了一下沙发上面的开关，一束光线便射到大屏幕上。胡记者点了歌，歌名叫《长相依》。屏幕上方出现画面，下方是歌词，还有极具浪漫情调的人物。胡记者拿起话筒，拉着丽丽的手站在拐角唱。领导搂着蓉蓉在沙发前的空地上转来转去。张乡长站起身，走到门旁关了灯。包厢里的光线立刻暗下来，大家都像患了白内障。领导转着转着两手便楼住蓉蓉的腰，蓉蓉也搂住领导的脖子，两人紧紧贴在一起……张乡长跟燕燕低头聊天，假装看不见领导。胡记者望着大屏幕，只顾唱歌。只有王秋生，目不转睛地盯着领导跟蓉蓉跳舞……张求宝怕领导难堪，捣了一把王秋生，附着他耳朵说：“别盯着看，苕着哩吗？假装睡觉。”

王秋生吓了一跳，转过身趴在沙发上，开始装睡。

王秋生怎么也睡不着，心跳倒厉害起来，浑身骚热，出冷汗，汗水变成了胶，把内衣粘在身上。他抖抖身子，站起身，走出包厢，到了吧台前。服务生见了，问：“先生，有啥需求？”

“没啥，包厢里太热，出来凉快会。”

服务生搬来凳子，王秋生坐下，感到浑身散了架，累成一堆肉，迷迷糊糊睡着了。

半夜里，王秋生被张求宝推醒，说领导们已经走了，要他

结完账，两人赶紧回家。

走到吧台前，里面的小姐拿着计算器算消费单，王秋生听着计算器加数字的声音：二百八加二百八，五百六加一百四……计算器每报一次数字，王秋生的心里就咯噔一次，最后是一千三百五十元整。

收银员从一手掌大的册子上撕下一张小红纸："先生，这是你的消费单。你们一共消费了一千三百五十元。"

王秋生接过消费单交给张求宝。张求宝从头到尾看了三遍，说："小姐，你这啤酒是小瓶的，还十八元一瓶，一壶茶也二十八元，太贵了，能少点吗？"

"先生，你们是领导的亲戚，看在他的面子上，可以给你们打九折，九折后，一分不能少。你们别看我们这啤酒瓶子小，但这是精品啤酒，大街茶摊上摆的是普通啤酒，我们的进价本来就高。我们的茶叶也是一斤一千多元的，和你平常见到的不在一个档次上。这账单，已经是最低价。"

王秋生从一旁站出来，说："能少给我们再少点，说实话，你这东西，所有的都贵。"

收银员听着不耐烦起来："不可能再少，我已经给你们解释了，结不起账，你们以后别到我们这地方来。嫌这里贵，可去别的地方试试。"

张求宝感觉收银员狗眼看人，笑话他俩，故意问："真的一分不能再少吗？"

"折已打过了，还怎么给你少？一分也不能再少了。少了，我交不了差。”收银员无奈地摇了摇头。

王秋生从兜里掏出一沓钱，一张一张地数完，望着张求宝。张求宝意识到王秋生带的钱不够，问：“是不是钱不够？”

王秋生点了点头：“是，这些钱，还是你下午拿来的，我身上只有二十元，一共一千零二十，还差一百九十五元。”

张求宝缩着脖子摸自己的口袋，半天，摸出一张五十元的，还有几张是一块两块的，全部合起来，还是不够结账。他接过王秋生手里的钱，对收银员说：“小姐，我们没想到能消费这么多，钱确实没带够，这些，你先收下，欠下的明天给你结行不行？”

收银员指着吧台上立着的小牌：“先生，不行，你看，这上面明明白白写着呢。”

张求宝偏过头，看到小牌上写着“本店概不欠账”六个金字，明白结不完账，走不了人，口气软下来：“小姐，我俩是乡里的，离这儿几十公里，这会去取，来回得一个多小时，实在太迟了，天又这么冷，你行个好，体谅下我们，把这些钱先收下，我给你单子上签个字，欠下的明早一定给你送来，要不送来，说了假话，骗了你，我这会出门让车撞死。”

收银员听后，先是唉了一声，又道：“先生，我没说你是骗子，就是骗子，脸上也没写着。你别吓我，车撞死可与我无关。我只是收银的，没有欠账的权力。今晚按单子交不了账，依照我们厅子的规定，不够的钱就要我垫上。我可没钱垫，你就别难为我了。”

张求宝把钱放到吧台上，摸着兜兜，说：“除了这些，我们身上确实没一分钱了。”

“要么你们把身上值钱的东西押下，等到明天把钱拿来，再赎走；要么你俩留一个，另一个去取钱。取回来，结完账一同回去。”

张求宝和王秋生立刻找身上值钱的东西，从头找到脚也找不出价值一百多元的物品。两人穿的衣裤鞋袜全算成新的卖了，也值不上三百元。唯一值钱的是楼下面停着的三轮车，张求宝想：三轮车押下，两人根本回不了家。大什字离家三十多公里，出租车嫌远，大多不送，即使送也得三四十元，贵得很。张求宝思来想去想不出办法，最后决定让王秋生留下当“人质”，自己开三轮车回家取钱。

张求宝回到家已是深夜三点钟，他敲开门，让于凤英从箱底里取出三百元钱，揣兜里，又赶到梦巴黎歌舞厅。

结完账，两人一前一后朝楼下走。王秋生嘴鼓得像包子，张求宝说：“王秋生，是不是嫌钱花多了不高兴？这事不由我做主，要是我开的歌厅，绝不让你结一分钱的账，今天遇到这情况，也实在没办法。”

王秋生一把抓住张求宝的胳膊：“求宝，你别多想，我王秋生是个啥人你最了解。我不是计较花钱多少的事，我是觉得欠你人情太多了，以后还不起，心里难受。”

“别再说这些了，我张求宝又不是天天帮你忙，生儿育女是人生大事，我理所当然应该帮忙，只要你能如愿以偿生个儿子，也算我张求宝这忙帮得值，积德了。以后，我可能帮你的机会越来越少了。”

“我就觉得遇上我这么个邻居，你还嫌不够破烦，今天这么个，明天那么个，后天不知又是怎么个。或许，以后会把我当瘟神看，躲得远远的。”

“不是这原因，你又想歪了。今晚你出去睡觉那阵，领导说他虽只见过我两次，但觉得我头脑机灵，会来事，要帮帮我。问我会不会开车，我说会开。他说他们单位有辆旧桑塔纳轿车，如果我想要，就低价处理给我，还建议我到西小十字那的商业大厦下面去载客。说跑出租挣钱快，还轻松，当木匠辛苦，挣不下钱。这会，你明白了吧？我若进了城，以后肯定帮你忙的机会少了。”

王秋生听着，心里好像失去了什么，空荡荡的，忙道：“求宝，我王秋生若能生下儿子，是我的福，生不下，是我的命。你有贵人扶持是你的福。我已欠你太多了，不能因为我的事影响了你的发展。今晚你也看出来了，这世道，没钱是万万不能的，几乎寸步难行。你有这样的好事千万别错过，一定去好好挣大钱。”

“我也不知道去城里能不能挣上几个，”张求宝说着，长长叹口气，“先不说这些了，我肚子有些饿，咱俩到汽车站前面的夜市上吃碗臊子面走，顺便给你说说你的事，吃完后，暖暖身子，再回。”

“正好我肚子也饿得不行，吃就吃走吧。”王秋生说着，抓住栏杆，一脚踏进三轮车。

根
第六章

两人到了车站前的夜市，缩着脖子，钻进帆布搭建的帐篷，蹲到长条凳上，要了臊子面和煮鸡蛋。王秋生拿起一个鸡蛋，赶紧剥去皮，放到张求宝面前：“求宝，这个你先吃，真辛苦你了，给我办事，帮忙，还得饿肚子。”

张求宝推过去：“你这人，我又不是小孩，还客气，你吃你的，我自己来。”

张求宝拿起蛋，剥完皮，撒了盐，举在手里，胳肘撑在饭桌上，吃了一口，一副无奈的样子，长长叹口气：“今晚你不在那阵，张乡长中途跟我坐一块，表情很严肃，好像极不好意思，悄悄告诉我，说你老婆非得结扎，最近风声紧得很，不结扎说不过去。”

王秋生手里的蛋咣一声掉桌上，蛋黄咕噜噜跌落地上，脸色一下子铁青，比扣西瓜还快。张求宝看着，哈哈哈地笑起来。

王秋生一脚踩到蛋黄上，气呼呼地说：“怎么会这样？他们吃也吃了，喝也喝了，玩也玩了，花这么多钱，叫我俩三更半夜受这么大罪，还要结扎我老婆，我这命怎么这么苦，像黄瓜。早知这个结果，这饭吃个啥。”说着，站起来要走。

张求宝一把拽住王秋生，按到凳子上，说：“你这人，怎么这么沉不住气，我话都没说完，你就气成这怂样，你不怕气大伤身吗？小心得病。”

“就是得病，也比这样强，这样活着有啥意义？窝囊死了。”

“呔，悄声些，我又没惹你，也不是我要结扎你老婆，你驴声抬上这么高，好像是我张求宝跟你过不去，别人还听着跟我嚷仗哩。”张求宝气狠狠地扔了一句，扭过头，不再看王秋生。

王秋生感到话说过了，没有给张求宝面子，没在乎他的感受。张求宝默默帮了自己这么多忙，把他的事当自己的事办，从未有过半点推辞、有过半点私心，而且任劳任怨，自己却对着他发火，实为不该……想到这些，他立刻回过神来，像干了错事的小孩，不敢多说半句。

张求宝看着这个滑稽的“孩子”，险些笑出来，又装出后悔的样子，说：“王秋生，今天我看出来了，万一有朝一日黄尕菊真被结扎了，你肯定会恨我一辈子，把我当仇人看待，说我张求宝不厚道，打着帮你办事的旗号，哄着把你的钱花掉，老婆再被结扎了，事也没办成……叫人听见，我还成了骗子，骗了你王秋生。”

王秋生听到这些，一把抓住张求宝的手：“求宝，你别这样想，即使黄尕菊被结扎掉，我也不怪你，怪就怪我们两口子这怂命，只是我刚才听了你说的话，脑子里嗡的一下，接不住，心里实在难受，没把握住情绪，直来直去地胡说，让你多想了。”

正说着，臊子面被端上来。王秋生赶忙拿了一次性筷子，取掉塑料套，担到碗上，双手递给张求宝。

张求宝接过碗：“不是我说你，你那么怨天尤人，发牢骚，我就觉得我吃力不讨好，你说话也眼中有个人，考虑考虑我的感受，别太伤人。我又不是空气，不存在，也不是聋子，听不见。行了，先不说这扫兴话了，不管三七二十一，咥饱了再说。至于你的事，听天由命吧，反正，有些事也不是我张求宝能左右的，

我做到问心无愧就行，至于你怎么认为，怎么想，那是你的事。”说完，呼噜噜吃起来。

王秋生刚才还饿着，听了张求宝的话，心里立刻像堵了疙瘩，一嘴吃不下去，望着一大碗臊子面发呆。

张求宝趴在碗上，猪一样地吃。

王秋生看着张求宝吃饭的样子，心里难受起来：要是自己这境遇跟张求宝换掉，听到老婆要结扎，他还能吃下去吗？毕竟不是自己事……唉！再好的弟兄也有私心。俗话说路遥知马力，日久见人心。此话一点不假。张求宝明明知道要结扎黄尕菊，口口声声说是好邻居好哥们的他好像一点心事都没有，一点不难受，只顾一个劲地吃……”

“呔，你怎么还没吃？我都吃完了，你的搁着快凉掉了，赶紧吃完回呀！”张求宝吃完饭，一边擦嘴上的饭渣，一边望着发呆的王秋生问。

王秋生吞吞吐吐的：“胃里难受，好像饱饱的，一嘴不想吃。”

“行了，行了，别睁着眼睛说瞎话了，你这人我不知道吗？遇上点事，好像死了娘似的，看起来孽障着，可怜兮兮的。事归事，总有解决的办法。车到山前必有路，走一步，看一步。前提是你也得把饭吃了才行，非饿死呀？”张求宝把碗往王秋生跟前推了推。

王秋生愣了半天，拿起筷子，慢悠悠地吃。

张求宝在旁边抽着烟，望着王秋生，偷着笑。

吃完饭，王秋生像没了嘴，不说一句话，无精打采地爬到三轮车里，一屁股坐倒，身子靠向前栏杆，袖着手。

张求宝拉下棉帽两边的扇子，系上帽带，把耳朵和脸裹得严实，一脚发着三轮车，向家里赶。

夜风呜呜地刮，针刺一样划过王秋生的躯肉，而后又咆哮着，鬼哭狼嚎般跑向远方，听着让人胆怯而森寒。

张求宝想起晚上歌厅结账的事，感觉内心压抑，突然间唱起歌来：

是谁制造了钞票
你在世上称霸道
有人为你愁眉苦脸
有人为你哈哈笑
东奔又西跑　点头又哈腰
你的威风真不少
钱呀
你这杀人不见血的刀
……

王秋生听着，心里像打碎了五味瓶。平日里，全村对自己最好的，除了张求宝数不出第二。就像今晚，冒着严寒回家取钱给自己结账，亲兄弟不一定做到这份上，张求宝却做到了。张求宝确实帮了自己好多忙。王秋生为这辈子能交这么好的邻居不知默默祈祷过多少次。可今晚结完账，张求宝的行为完全出乎预料，使王秋生不敢相信自己的眼睛。张求宝似乎变了一个人，通过这次招待，他认识了领导，结交了贵人，领导答应要帮他，把单位小车低价处理给他叫他进城发财。在好事面前，张求宝像被胜利冲昏了头脑，全然忘记结扎黄尕菊的事，忘记给自己办的事泡了汤，居然发疯似的唱歌，一点不考虑自己的心情、感受。王秋生觉得终于看清了张求宝的庐山真面目……这样想着，突然感觉头疼起来，脑子里像装了浆糊，一片混乱。他抓住棉袄领子，向上提起，包住耳朵，他不想再听到张求宝的歌声。

回到王秋生家门口，张求宝停下车，王秋生一蹦子跳下，张求宝二话没说，走了。

王秋生把门踹得哐哐响，大黄狗在院子里不停地叫。一会儿，门缝里透出一丝亮光。

黄尕菊打开廊灯，披着棉袄，穿着线裤，趿着鞋，开了门："怎么这会子了？干没遇上啥事么？"

王秋生拉着脸，不吭声，直往屋里走。

黄尕菊插上门闩，追了几步，跟在后面。

进到屋里，王秋生坐在炕沿上脱鞋。黄尕菊弯着腰，两手扶着炉沿，问："喝不喝水？我给你倒。"一手去提炉上的茶壶。

冬天的炉子是焐着的，睡觉时加上煤块，上面用烧过的煤渣盖一层，留个通气的小缝隙，整个晚上煤子一直在慢慢燃烧。屋里不感到冷，炉上的茶也是热乎乎的。

王秋生像是没了耳朵，不理睬黄尕菊，上炕蒙头睡了。

黄尕菊被弄得一头雾水，觉得热脸贴了冷屁股，就思谋：下午出门都好好的，进门就变了，拉个驴脸，三更半夜像吊死鬼，肯定是遇上不顺心的事了，或者办的事砸了锅了……

早晨，黄尕菊一睁眼，觉得屋里有点冷，爬起来摸了一下炉沿，冰冰的。她穿好衣服，下了炕，拿起铁钳，挑掉炉盖，煤块早已着过。她把着后的煤块捡出，放到灰匣里。弯下腰，一手扶铁炉，一手抓住炉底铁勾来回抽，小炉渣冰雹似的掉到灰匣里。黄尕菊站起身，提着小笆篓，从后院拾来一笆篓驴粪蛋，撕来一把麦草，点着，塞到炉腔里，上面丢上驴粪蛋。

一股黑烟从炉口冒出来，黄尕菊赶紧挑起炉盖盖好，抽掉灰匣，拿笤帚在灰匣口使劲地扇。炉内忽腾一声，炉口缝隙便有了火焰的亮光，火苗从炉腔冲到烟筒里。

黄尕菊丢下笤帚，剥了煤块，舀满一大壶水放上面。

天亮了。黄尕菊扫完地，擦完桌上的灰尘，坐在炉旁烤火。看到王秋生起床，立刻拿来铁锅，打了两个荷包蛋。

王秋生穿好衣服，去了后院。

上完厕所，王秋生撕了一背篼麦草给驴去添。驴槽里空空的。王秋生明白自己出门后黄尕菊也忘了给驴添草，小骟驴整整饿了一晚上。

走到驴槽前，小骟驴围着王秋生不停地跳，嘴头蹭王秋生的肩膀，还哽哽地叫。添完草，没等王秋生走开，小骟驴从侧面一头挤进去吃起来。王秋生转过身，刚走两步，小骟驴突然掉转屁股，啪啪飞起两蹄子，一蹄子踢飞王秋生手里的背篼，一蹄子恰好踢在王秋生的屁股上。王秋生打个趔趄，搓着屁股哎哟哎哟地往前跑，屁股针刺一般疼……

人倒霉，鬼吹灯，放屁都砸脚后跟。

王秋生转过身，一手搓屁股，一手指着驴龇牙咧嘴地骂：“你个驴，老子尿了你也来欺负，老子又没惹你，还给你添了草，你却把老子美美踢了一蹄子，好心当的驴肝肺，老子今天不把你整死才怪哩，正好老子心头烦着呢。”

王秋生骂着，一瘸一拐走到院内，取下墙上挂着的鞭子，又一瘸一拐走到后院。绕过驴，抓住缰绳，把驴拴到槽上的木桩上，而后拿起鞭子，“这会你踢呀，”啪一鞭子，“有本事，你一蹄子把老子踢死，”啪一鞭子，“反正老子活的没意思了，”啪一鞭子，“你个驴，吃老子喝老子的，还踢老子，”啪一鞭子……

小骟驴被打的直叫唤。

黄尕菊听到驴的叫声，跑到后院里。看到王秋生疯了一般地打驴，她扑过去一把抓住王秋生的胳膊，瞪着眼：“呔，你疯了吗？有啥你说，把驴往死里打哩吗？驴又没惹你，怎么在驴身上撒气着哩？”

王秋生一把甩开黄尕菊，黄尕菊冷不防摔倒在地。王秋生斜着眼：“今天老子给你说清楚，少管老子，再管，老子连你一起打。”黄尕菊看王秋生一对红眼珠成了马路上的红灯，一骨碌爬起来，撒腿向张求宝家跑去。

张求宝洗完脸，正拿着毛巾对着墙上的镜子擦。黄尕菊冲进屋，一把抢掉毛巾，拽住张求宝：“快走，娃娃的张爸，了不得了，王秋生一早起来就去后院打驴，小骟驴快被打死了。”

两人气喘吁吁跑到后院里。张求宝一把抢掉鞭子，望着怒火中烧的王秋生说：“王秋生啊王秋生，叫我怎么说你哩，有气别往驴上撒，冲我来。都怪我，跟你把玩笑开大了，要打你来打我吧。”说着，把王秋生推进屋里。

王秋生坐到炕沿上，呼哧呼哧直喘粗气，不说一句话。黄尕菊搓着手，靠着面柜给张求宝说：“娃娃的张爸，你看看，早晨起来，我就给他打了荷包蛋，他一口不吃，跑到后院里打驴，我挡不住，还说我要是拦挡，把我跟驴一块打。自从昨晚回来，他就拉个脸，到这阵没跟我说过一句话，这究竟是怎么了？我这是前辈子造了什么孽呀！”黄尕菊说着，泪水在眼圈里打转。

张求宝听着倒笑起来：“多亏你叫我叫得及时，要不，驴被打死，我还得给你们赔驴。我只想叫他难受一晚上，然后给他个意外的惊喜，谁知，这玩笑开大了，险些酿出大祸。”

黄尕菊听着，赶紧给张求宝倒了水，张求宝喝了一口，说：“昨天晚上，我俩请领导们去唱歌，花的钱多了，结不了账，他都当了一个多小时的人质，是我回屋里来取的钱结的账。好不容易熬到领导们走后，我又故意说张乡长说要结扎你。结果，这人一下子变了。模样变了，脸色变了，心情变了，好像纯粹变了一个人，连我也似乎不认识了，既不说话也不吃饭，弄得我哭笑不得。我本想试探他的忍耐力，要哄把他哄到底，就故意气他，回来路上还一个劲地唱歌。我知道那会把他气成‘王翁’了。刚才洗完脸，正打算要来，怕迟了这人撑不住，弄出个三长两短。结果，你先跑来了。唉，也就是打驴打对了，要不，万一这人想不通，跳了河，我可是跳进黄河也洗不清，没办法

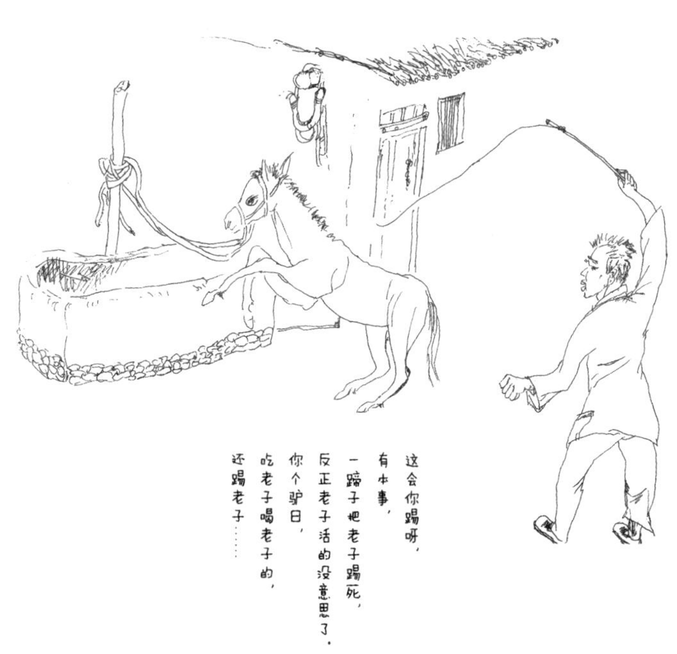
这会你踢呀，
有本事，
一蹄子把老子踢死，
反正老子活的没意思了。
你个驴日，
吃老子喝老子的，
还踢老子……

给你交差啊。”

“我说今天怎么了，像神经病犯了似的。”

“不是神经病犯了，是脑子转不过弯。花了好多钱，就是为了不结扎你，要生儿子。结果，钱花掉，又说非要结扎哩，认为我张求宝没有把事办好，让他赔了夫人又折兵。昨晚就能看出来他生我的气，对我有看法，打我又不可能，所以只能来打驴，我这玩笑开得让你们家的驴受罪了。”

王秋生坐着，还是不说一句话，张求宝摸出烟，递过去：“抽支消消气吧，这阵子了驴脸还皱上，叫谁看呀，抽完，我给你说实话。”

王秋生被张求宝这一招弄得哭笑不得，没了一点点脾气，勉强接过烟，抽起来。

张求宝正要讲事情的真相，突然，门外传来一阵哭声，黄尕菊立刻跑出去，张求宝也跟出去。

巷道口，刘三的女人蔡桂香坐在地上大哭，身边围了四五个人。黄尕菊以为刘三出事了，走过去才知道，原来是计生站的人把她家盖新房的木头拉走了。蔡桂香哭着拉不起来，几个人在旁边低声议论。

蔡桂香头两胎也生了姑娘，二胎生下后，已被罚过。刘三和王秋生一样，非要生儿子。蔡桂香一直东躲西藏，从来不去环检，计生站的人抓过好多次，抓不住。

有一次，计生站的人晚上去抓蔡桂香。他们到刘三家，正准备翻墙进院，刘三家的狗却叫个不停。刘三猜测是计生站的

人来了，赶忙把蔡桂香从后院墙上搊出去。那时蔡桂香已怀孕三个月，若被抓去，肯定会引产。蔡桂香翻过墙，没命地往河坝里跑，结果栽了个跟头，嘴唇碰在一块石头上，报销了两颗前门牙，说起话来走风漏气，像吹哨子。计生站的人翻过墙，扑了空，觉得蔡桂香狡猾得像狐狸，抓不住，后来再不去抓蔡桂香，说是等蔡桂香生下三胎后要好好把她罚一顿。

两个月前，蔡桂香生下一男孩。计生站催交罚款，刘三交不起，一直赖着。计生站的人到刘三家，除了破锅烂碗找不到值钱的东西，便拉走了刘三家的几麻袋粮食，合算下来，还是抵不够罚款，就一直等机会，再追缴。

刘三也是聪明人，听到计生站罚款的事多了，自己也学会了对付的方式，跟计生站的人玩起猫捉老鼠的游戏。他明明把驴圈到侯三家养，却给外面人说把驴卖给了侯三，自己常背着草偷偷去侯三家喂。队里的人大多知道实情，只是见怪不怪不言传罢了。刘三的“聪明”确实把驴保住了，没有被拉走，可盖房子的木头却没有保住。

原来，刘三一秋上在河坝里放了几棵大白杨树，还有几十棵小的，准备年后开春时盖房子。刘三家房子少，一个小厨房和一间大书房。刘三觉得太窄小，平日一家人挤挤，也觉得无所谓，过年那几天来亲戚没处住，很难挨。所以他准备再盖三间，宽敞些。怕计生站的人来罚走木头，就把放倒的白杨树拉到侯三家后院里，刮掉树皮，晒干。

刘三提前在自家院子里泥了土坯墙，就等择上好日子从侯三家拉来木头快刀斩乱麻地盖。只要房子上了泥皮，封过顶，形成事实，计生站的人就只能默认，不会拆除。

前几天，刘三听了天气预报，说最近几天天气好，虽是初冬，气温却在二十度左右。正好闲着没事，刘三翻看了老黄历，挑了日子，悄悄张罗来队里几个男人，半夜里从侯三家拉来木头，整晚上干活。天亮时已把木头全部担到墙上，书房屋的大梁上还拴着一条红被面子。

蔡桂香看着木头已担好，心里美滋滋的，熬好茯茶，喊大伙吃早饭。刘三和几个男人一人拿一个馒头，端着老茯茶，屁股靠着墙根处慢悠悠地吃。结果，不知啥人告了状，门口传来汽车的喇叭声。刘三出门迎着十几个人，是计生站和村上的干部，还有派出所的警察。刘三当下被吓得瘫坐在地。来人说刘三违反了计划生育政策，生了三胎拒交罚款，房上的木头将全部被拆下拉走，抵顶罚款。大伙都吓得不敢吱声，眼睁睁地看着刘三的木头被拆下一根不剩地拉走。刘三跟上跑了计生站，蔡桂香追着卡车哭。

黄尕菊明白了事情的真相，觉得蔡桂香实在可怜。她走过去，伸出胳膊想从蔡桂香后面抱她起来。没等黄尕菊下手，蔡桂香突然捏紧拳头，牙咬得咯吱吱响，已哭不出声，腿脚不停地抽搐，整个身子一下子跌倒，平躺到地上，嘴里冒出白沫。张求宝看情况不妙，一步上前，揽起头，放胳膊上，一只手掐人中，一边掐一边对黄尕菊说："快来帮忙，人哭疯了，赶紧掰开指头，搓她的手心。"

黄尕菊立刻坐倒，使出浑身力气掰开蔡桂香的指头，不停地搓掌心。张求宝抬起头看到王秋生。其实，他和黄尕菊出门时王秋生也跟了出来，只是一直站在他的身后。看到眼前这情景，王秋生也蹲下来，掰开蔡桂香的另一只手搓。

过了一阵，蔡桂香长长喘出一口气，开始不停地呻唤，张求宝们几个人把她抬起来，送回家。

三人回到王秋生屋里，王秋生的脸色好看多了，把张求宝让到炕沿上坐下，递上烟。

张求宝说："这会子，看到了吧？比起蔡桂香他们两口子，你们是多么的幸运，说实话，我也没想到领导和张乡长给你想了个两全其美的办法。昨天晚上，张乡长悄悄告诉我，要我和你最近几天去找卫生院的朱有宝大夫。你知道，朱有宝是全乡专门结扎女人的，妇孺皆知。张乡长还吩咐，去找时不能空着手，要么给他准备好二百元钱的红包，要么买上价值二百元以上的礼物，就说是领导和张乡长让来的。朱大夫见到礼物，自然明白是怎么回事。我当时听了，脑子转不过弯，问张乡长，这事是他主管的，怎么又让咱俩去找朱有宝大夫？张乡长说，今年到乡政府、计生局告状的人一下子增多了，前两年那样的好事已一去不复返了，局里和乡上领导都谨慎起来，生怕出了事，丢掉乌纱帽。对违反计划生育政策超生多生的不再睁一眼闭一眼，开始认真起来。这次遇上你的事情，张乡长幸好请来了领导。说实话，领导到咱们老百姓的屋里，一般是做梦的事。那么大的领导，在城里一般人都请不出来，不要说咱俩这怂劲了。可领导不但到你屋里来吃了红山羊肉、喝了酒，给你王秋生长了精神，还毫不犹豫地去歌厅唱了歌跳了舞，玩了个开心，应该也给足了你面子。领导给张乡长说，看咱俩是实在人，应该关照关照。所以，他给朱大夫打电话亲自安排了你的事，又叮嘱张乡长具体落实。张乡长才要我和你去找朱大夫……”

王秋生听后恍然大悟，惊出一身冷汗：“求宝，你为啥昨晚不给我说清楚？你知道我这人心小，背不住事，你卖的这关子把我糊弄了一晚上。昨晚上，我都想活着有啥意义哩……”

张求宝听着哈哈地笑：“我就想把你的心往大里练一下。你这人一根筋、想不通，都啥年代了，还老思想、老封建，非要生儿子，三个姑娘多好。听人说，南方，广州深圳一带，不要孩子的一大层，你却还是穷汉养儿子，图数字。人活着不就几十年么，也得学会生活享受，不枉来世一趟。你这样，何苦呢？”

王秋生听着，眉头又皱在一起。张求宝知道，又把话说多了，立刻解释：“秋生，你别嫌我话多，也就是咱俩的关系，我才不怕你计较，说了实话，忠言逆耳。要是跟我关系一般的人，他生十个八个，穷死、累死，跟我没有一点关系，也不是我张求宝生了两个儿子，就盼你不生儿子。你生了儿子，又不吃我的饭，喝我的茶，花我的钱，不叫我养活。我说这话，还不是为了你好。”张求宝说着，回头望了一眼旁边发呆的黄尕菊，“黄尕菊，你说我说的对不对，我可说的不是风凉话。”

黄尕菊看着王秋生，说：“我现在认命了，刚嫁来时，还

觉得跟了个好男人，能过上好日子。到现在才知道，我来是给他干活生娃的机器。三丫头生下，我就死了心，决定再不生了，可这人驴一样犟，说不生儿子是给王家断后，他死了阎王爷不收。起初，我还叨叨，可没一点用。有两次，我们为这事争吵着险些打起捶来。为了避免再有矛盾，我现在想通了，他叫我干啥我就给他干啥，活上一天算两半日子……”

王秋生终于听不下去，打断黄尕菊的话：“一个女人家，少叨叨，你懂个啥？叫你生，你就生。”

黄尕菊吓得再不敢吱声。

王秋生拧过头：“求宝，你说的这些我也懂，要是其他的事我可听你的，牵扯生儿育女的事你就别给我宽心了，我非要生个儿子。养儿防老，老先人们祖祖辈辈……”

“好了，好了，再不说了，你的这些话，我听着耳朵里都把老茧磨下了，我再给你说也是对牛弹琴，没一点用处，反正你就是犟得很，就按你的意思来。”张求宝听着王秋生又要老生常谈，立刻打断他的话。

王秋生红着脸：“生娃娃怎么去找朱大夫送礼，朱大夫是搞结扎的，结扎了，怎么生娃娃？”

“呔，王秋生，话都说这份了你还不明白，真是笨驴一头，给你说起来，怎么就这么费劲。”张求宝点上烟，抽了一口，“给朱大夫送礼就是为了不结扎黄尕菊。你想，领导和张乡长给他说了话，他肯定得买两个领导的面子，再加上收了你的好处，朱大夫既活人又得好，肯定不会结扎黄尕菊，这会儿，听懂了没有？”

王秋生听着，长舒了一口气：“求宝，这事你不说清楚，我怎么会懂？我若有你想得那么聪明就不受这瞎苦了。”

“你还有点自知之明，承认自己笨，你要真聪明，长点脑子，今早就不会跟驴嚷仗了。”

黄尕菊听张求宝这么一说，噗哧一声笑出声来。结果三个人都笑了，气氛缓和了好多。

张求宝最后说：“王秋生，你们两口子嘴要牢靠点，张乡长说了，这事打死都要咽到肚里，不能朝外说。过完年，乡政府会通知黄尕菊去结扎，你们两口子一定要装出黄尕菊被结扎的样子，天天愁眉苦脸，不能露出半点猫腻。朱大夫在黄尕菊肚子上最终要割个小口，你们不要害怕，那是假的，割开后，会原缝好，里面的一丝不动。外面的人认为黄尕菊被结扎了，不会去告状，计生站的册子上也会明明白白写着黄尕菊已被结扎的事实，也不来催环检，最好的是生下儿子都没人来罚款。这么大的事，领导和张乡长给你考虑得太周全了，给你省了不少钱，操了不少心，他俩的大恩大德，你可得记着。”

王秋生算是彻底明白了。想起刚才蔡桂香的样子，他是多么的幸运。他觉得领导、张乡长和张求宝都是他生命中的贵人，是他先人上辈子烧高香修来的。

他站起来抓住张求宝的手：“求宝，我误会了你，你用心良苦，我却小肚鸡肠，我的不颠不倒之处请你谅解，你的好，我这辈子也忘不掉，尤其欠你的情太多了，我王秋生若这辈子

还不上，下辈子一定还。”说着眼眶湿润了。

“什么下辈子下辈子的，一个大男人家，这样子多难看。以后，我也给你帮不上多大忙了，不要怪我办事给你把钱花多就行了。”

王秋生听着心里愈加难过。几年来，张求宝无私地帮了自己好多忙，而一个玩笑，使他对张求宝产生了那么多的怀疑与误会，轻易地否定与张求宝笃深的友谊，冤枉了好人。他恨自己心胸狭窄，目光短浅。这时的他，恨不得有个老鼠洞钻进去。

张求宝说完，要回家，王秋生低着头，红着脸，默默地送出门。

第七章

春节过后，计生站的人发来通知，要黄孕菊必须在规定时间去卫生院做绝育手术。

那一天，王秋生套好驴车，车厢里垫了厚厚的一层麦草，上面铺了羊毛毡、褥子，最上面盖着一条厚红被子，慢慢地往卫生院走。随行的有张求宝两口子、蔡桂香和严寡妇。王秋生赶着驴车走在最前面，后面跟着黄尕菊，再后面是张求宝们四人。一路上，黄尕菊和王秋生装出愁眉苦脸、闷闷不乐的样子，弄得没人敢开玩笑，话都格外少。他们在紧张和压抑的气氛中走到了卫生院。

王秋生把驴拴到卫生院大门外的树上，陪黄尕菊做结扎前的检查。张求宝跟朱大夫在办公室抽烟、聊天。于凤英和蔡桂香觉得黄尕菊结扎得一阵功夫，叫上严寡妇到乡政府旁的市场里逛去了。

黄尕菊做完检查，跟着朱大夫进了手术室。两位护士被朱大夫使出来。朱大夫关上门，一个人做完了黄尕菊的“绝育”手术，出门对王秋生说：“进去抬人吧，手术已经做完了。”

张求宝看朱大夫出来，赶紧跑到市场上去叫三个女人。

王秋生进到手术室，帮黄尕菊穿衣服，一边穿一边问：“疼不疼？”

“不疼，就觉得一个火柴棍棍子在肚子上划呢。或许是打了麻药的原因。”

“悄声些，他们就快来了，不能叫他们听见。见了，你也一定要装出疼的样子，不能叫那三个女人看出破绽。”

“放心吧，我知道，我又没有苕着，见了，还给他们笑哩？”黄尕菊乜了一眼王秋生。

张求宝们四人进来，他们慢慢把黄尕菊抬起来，朝驴车走。黄尕菊紧闭双眼，捂着肚子一个劲哎哟哎哟地呻唤。大伙把黄尕菊轻轻放到驴车里，于凤英、蔡桂香和严寡妇掖好两侧被子。王秋生耷拉着头，牵着驴车，慢慢地往家走。

到了庄门口，王秋生停下驴车，从后院里抱出一大把麦草和几根小柏树枝条放在门口，点着。麦草冒着一股火焰向天上冲，柏树枝噼噼啪啪地响，散发的浓香压住了烟熏味。

王秋生让大伙抬着黄尕菊，绕着火苗左转三圈右转三圈后进了门。

这是队里的一个讲究，不知延续了多少年。只要动过手术或住过院的人痊愈回家，都要举行这个“讲究”。王秋生觉得黄尕菊挨了一刀，身子弱，回家时一路上会跟上野鬼冤魂。野鬼冤魂附了黄尕菊身子，随到家里，会使全家人不安宁。放火一燎，野鬼冤魂会被吓跑。

王秋生还不放心，又急匆匆地取出一串鞭炮丢到火堆里，一阵噼里啪啦后才放下心。

王秋生进到屋里，看大伙已把黄尕菊放到炕上，还盖了被子，他擦着额头的汗水说：“把你们有心着，来给我帮了这么大的忙。要没你们，我一个人真还不行，根本抬不动这个骚婆子。”一边说着，一边拿茶杯给大伙泡茶。

已近中午时分，蔡桂香和于凤英说娃快放学了，要回家去给

做饭，喝了几口水，匆匆走了。屋里剩下张求宝、严寡妇和躺在炕上装睡的黄尕菊。张求宝和严寡妇坐在炉子两旁炕沿上喝水。

王秋生走出门，卸了驴车，把驴拉到后院，添了草。而后提着一块煤砖直冲冲地往屋里走。

揭开门帘，他看到张求宝正摸严寡妇的脸蛋。他哎呀一声，直挺挺地立在地上发呆。张求宝见撞进来的王秋生，手像触电一样地抽回去。严寡妇立刻低下头，脸色唰的变红。张求宝红着脸，说："哎呀啥？小声点，别把黄尕菊聒噪醒来了。"随后，朝王秋生使个眼色，"人和严嫂开了个玩笑，还……还……被你……看见了。"

王秋生不知如何是好。匆忙从箱子里取出纸烟，慌慌张张地递给张求宝，自己也点上。严寡妇站起来，没说一句话，低着头，飕飕飕走了。

张求宝站起身，拽了一把王秋生，朝门外走。王秋生跟着，来到后院。

两人面对面站着，张求宝的额头渗出汗珠，"王秋生，刚才你看到的这事可不是开玩笑，你可千万不能向外说，给黄尕菊也不能说，女人们头发长，见识短，大多是碎嘴婆娘，爱捣闲话，她要知道，传出去，可就了不得了。"张求宝一脸严肃地说。

"放心吧，看把你吓成这样子，我给谁说去，我又不是女人精，闲话筒子。"

"你是知道的，于凤英那是个啥人？母老虎。她要是听见我和严寡妇好，苕疯一旦上来，肯定会去把严寡妇的嘴撕烂，跟她打上一架，问个马式把。这事若闹大，全乡传出去，我丢人着以后还哪有脸见人。”

“行了，行了，你和严寡妇好的事，别人不知道，我还不知道吗？只是我不说罢了。要说，我早说去了，说不上你们两口子早把捶整成一祸汤了，离婚了，还能站这儿，跟我叨叨。”

“知道，知道，全怪去年的那天早晨，我早早从严寡妇家出来，就怕被人看到，结果偏偏碰上你。当时，我险些被你吓个半死。”张求宝踮着脚，朝里院子看了一眼，“我知道你人实在，嘴牢，靠得住，再加上我俩的关系在这里摆着呢，你肯定不会乱说。”张求宝说着，把手搭在王秋生的肩上。

“对，对，我记起来了，你说的那天早上，天麻麻的，我起得早，去打碾场上给驴背草，恰好碰到你从严寡妇家贼头鼠脑地溜出来。我那时想，这么一大早从严寡妇家出来，肯定是跟严寡妇勾搭上了，睡了一晚上才出来的。当时，你还装做不认识我似的，掉过头走了。”

“确实，确实，你不知道，我那阵臊的都不知往哪儿钻，尿都险些被你吓出来，一下子脑子里空空的，躲都来不及，别说跟你打招呼了。”

张求宝说完，取出纸烟递给王秋生，擦满脸的汗。

王秋生呵呵一笑：“今天你老实说，你是怎么把严寡妇挂上的？严寡妇那么正经的女人，怎么能让你张求宝搞上，我有点想不通。虽然我明白你好那口，狗改不了吃屎，但能把严寡妇当床板，你本事可了不得。你说我听听，要不，我非把你俩

的事传出去，到那时，可别怪我没给你面子。”王秋生故意吓唬张求宝。

“王秋生，就凭这几年我对你的好，你肯定不胡说，要说，你早就说出去了，既然你想听，我也不怕臊，就实话告诉你。”

看来纸包不住火，张求宝倒淡定了许多，开始给王秋生讲他和严寡妇的事。

“你记得不，你到我们家来问我认不认识张乡长的那次？我和于凤英吵了架，我在炕上睡着不起？”

“怎么不记得，我记得清清楚楚，于凤英动不动进去，把你骂几句。”

“引起那事的祸害正是严寡妇，她给我那臊婆子告了黑状，臊婆子跟我闹了好几天。那件事，我对严寡妇有了意见，就想瞅机会报复她，整她一顿。可想到人家是个寡妇，可怜兮兮的，我若欺负了她，肯定被人笑话，说我张求宝不够男人，欺负一个寡妇。思来想去，觉得还不如找机会占她的便宜，况且严寡妇模样也俊秀，我又为何不一举两得。你知道的，严寡妇家那狗厉害，把她看得紧紧地，再加上严寡妇是老封建，不允许男人进她的屋，全队的人都知道。我几乎找不到下手的机会。那段时间，我真把头都想成蒜锤子了，实在想不出个妙招。直到有一天，我吃过黑饭，到河坝边去看浇过的冬水地，恰好路过严寡妇家庄门前。严寡妇庄门轧个缝，我偷偷看了一下，她的狗便叫起来，把铁绳扽得哐哐响。我一看那架势，正准备走，却见她的庄门旁扣着一个背篼，是用柳条编做的，柳条有小指头粗，结实得很。我灵机一动，想出个好主意。看了一下旁边没人，提起背篼，一把推开严寡妇的门，鬼一样地钻到院内，赶紧把门关上。严寡妇的狗使劲朝我扑，有时身子都立起来，两只爪子在半空不停地挖，看起来像老虎，吃人哩。我硬着头皮前走几步，快到跟前时一下蹲倒，把背篼扣头上，朝屋里慢慢挪。那背篼大，把我整个身子罩的严实，狗扑过来，咬在柳条上。就这样，我溜进严寡妇的屋里，站起来，取下背篼，放到门口。屋里没人，我正纳闷，坐炕沿上抽烟，心砰砰砰跳得好厉害。原来，严寡妇在后院里上厕所，听着狗叫，提着裤子出来，院子里没一人，严寡妇正发愣，发现狗朝屋里不停地叫，便伸着脖子走进来。看到我叫了一声‘我的妈呀’，吓得后退几步，险些跌倒。我呵呵地笑。严寡妇走出门，勒好裤带，又转身走进屋，脸红得像一团火，结结巴巴地问我：‘你……你是怎么进来的？’我望着门口的背篼，使了个眼色，一个劲地笑。严寡妇似乎明白了，靠门口低下头，六神无主，脸色由红变白。

“严寡妇曾说过，没经她允许的男人要能进她的屋，就跟他睡一觉。我猜想严寡妇正为她说过的大话发愁，或许还怀疑给于凤英告过我的状，我知道后是不是来报复她。

“严寡妇被我的突然出现吓得呆若木鸡，不知所措。我看那情景立刻转移话题，给她舒缓情绪，就笑着说：‘严大嫂，啥意思嘛，你这屋里轻易进不来，来了，也不给口水喝，撵哩吗？’严寡妇反应过来，说：‘不是，不是，我都被你吓着苕掉了。’她手忙脚乱地给我倒了一杯老茯茶，又靠回门框，一

只脚在门外。为了打消她的警惕，我开始问她两个娃的学习和生活情况，还跟她聊她死去的男人，还有她的娘家人。渐渐地，她对我放松了警惕，第二次给我沏完茶，不再去靠门框站，蹲在炕沿的另一端。我俩中间是铁炉，严寡妇起初虽然跟我说话，但一直低着头，几乎没正眼看过我一次。怕她撵我，我无话找话，东拉西扯，厚着脸皮拖延时间。不知不觉扯到十一点多。严寡妇慢慢自然了起来，开始正眼看我，听到我说可笑话时，还捂着嘴咯咯咯地笑。我看时机成熟，就给她讲了一个鬼的故事，结果严寡妇按我的设计上了当，钻进了我的圈套。”

“什么圈套？我的天，呱呱，你这故事听起来像天方夜谭，给我现编现导吗？”王秋生急不可耐地问。

“不是天方夜谭，也不是编造的，是真事情，怎么，听着过瘾吧？给我点支烟，嘴都说干了，抽几口，再给你讲。”

王秋生抽出烟递给张求宝。张求宝猛吸几口，开始讲他给严寡妇编的故事：有个小警察，刚被分到看守所，一次值夜班，半夜去号子查看犯人。他站在窗口外，问犯人犯了什么错，家住哪儿等问题。犯人一直偏着头回答他的问话，面却从不朝他，而且话音阴阳怪气。警察感觉不正常，要求犯人转过头看他的真实模样，犯人死活不肯。警察突然感觉阴森森的，害怕起来，就要求犯人伸出他的手。犯人极不情愿地慢腾腾地把手伸到窗口，警察看着没一丝血色，惨白惨白地，摸了摸，那手凉如冰块。警察感觉遇了鬼，问犯人：“你是人还是鬼？”话音刚落，犯人哗的一下不见了，房间的灯泡也啪一声瘪了。警察吓得抱住头，转身就跑。“我正说到这里，忽听到严寡妇家后墙里传来嘡嘡嘡的声音。我朝窗户巴了一眼，大声喊‘鬼来了，鬼来了’，严寡妇吓得抱住头，一骨碌爬到炕拐角，拿头巾蒙住脸，缩成一疙瘩，妈妈老子地叫。我趁机关了灯，爬到严寡妇旁边，一个劲地喊鬼来了……严寡妇一把抱住我，头顶到我胸口剧烈地喘粗气，不停地颤抖。我赶紧拉开被子，蒙住我俩，而后一块躺倒。”

“呔，张求宝，你当我是娃子们，讲《西游记》骗我呀？”王秋生觉得不可思议，打断张求宝的话。

“不骗你，听我说完，别打断话题，”张求宝说着来了劲，“等严寡妇回过神来，她已枕在我胳膊上，整个身子在我怀中不停地颤抖，一个劲地喘着粗气，像只羔羊。我揽住她，准备亲她，可严寡妇不给脸，头一直顶着我的胸口，手捏我的胳膊。那手劲，似乎要把我的骨头捏碎。我怕真吓着她，就放慢节奏，把嘴往她耳朵上凑。刚挨她耳朵，她就往下溜，头下移，顶到我肚子上。我挪动身子，跟着往下溜，她又往下溜……直溜到她把脚蹬到墙上。她终于没处‘跑’了。我用腿绕住她的腿，像两条打架的蛇。而后一手按住她胳膊，一手掰起头，把嘴堵到她的嘴上。她的嘴唇滚烫，身子也似着了火。一阵后，我松了手，她不但不反抗，倒抱紧我，主动起来……”张求宝停下，换口气，“故事就这么个，后面的不用给你说你也清楚，你我都是过来人，就那么回事。”

王秋生听得目瞪口呆。张求宝的“传说”弄得他像看电影似的。但他仍不相信这一切发生在他的身边，发生在他最要好

的邻居身上……

“人们都说兔子不吃窝边草，你怎么偏吃？那晚，你和严寡妇干柴遇烈火，我猜该有十来八次？”王秋生越来越好奇。

“这些，你也叫我给你说呀，我看你不打烂砂锅问到底，不会饶我。”

“知道就好，只有你全部说清，我才能猜出你是不是在给我演‘三国’。”

“兔子不吃窝边草……哼！苕子吗？留下等别的来吃呀？呵呵，我才不那么想。再者，我又不是驴，哪能来八次。就四次，最后那次都没货了。我只感觉严寡妇一晚上没睡着，抱住我摸这搓那，还不停地唉声叹气。”

“那晚你没回家，怎么给于凤英解释的？回去没挨整吗？”

“于凤英前两天恰好带着两个儿子回娘家去了。家里就我，我一晚上不在，她连个鬼影子都不知道。只是怕在严寡妇家睡得太迟，出来被人看到，就想趁天黑早点跑掉，可严寡妇那早高兴得很，早早打了荷包蛋等我。我醒后，穿了衣服要走，她堵门口，我不吃不让出。无奈，我只好吃了三个荷包蛋和半个锅盔。吃完后，天已麻麻亮，我出门，才碰到了你。真是倒霉死了，你这个吭气鬼，不早不迟，偏偏那个时候去给驴背草。”

“噢，我终于明白了，原来是这么回事，你张求宝真能日鬼，占了人家便宜还能混上荷包蛋吃，太会享受了，现在享受着都不分场合了。刚才在屋里，你摸严寡妇脸蛋，就不怕叫黄尕菊看见告给于凤英吗？你可真是色胆包天。”

“你不知道，我那阵看严寡妇的脸蛋，白里透红，与众不同。她的鼻梁骨上汗津津的，眼睛扑闪扑闪，太好看。我心里急得猫抓似的直痒痒，实在捺不住，就想去摸，又怕被黄尕菊看到，硬是忍了几分钟。后来，我仔细瞅了黄尕菊，发现她真的睡着了，你又不在，就想赶紧摸一下，谁知，被你这不识趣的撞进来看见了。真是倒霉，好像我张求宝上辈子欠你的，两次都偏让你看见了。”

“你跟别人我能想通，跟严寡妇我确实有点想不通，方圆几里，知道她的人，哪个不夸她好，说她稳重、娴静、守妇道，我以前都把她当圣人看哩。今天才明白，原来，她也不是个什么好鸟。”

“啥好鸟不好鸟的，严寡妇是人，不是神，也有七情六欲。平日你看到听到的都是她装出来的，是假的严寡妇。要说，她够优秀了，男人死掉五年，能这么忍过来，要是有些女人，早改嫁了。这几个月来，她要做了好吃的，都想办法偷偷叫我去吃，我都吃掉她几只老母鸡了。对我可好，比于凤英好多了。我俩偷着约了十几次会，有一次没地方去，都去过包谷地。这会我给你说的是真的严寡妇。”

“你还能呀，整来整去整出个‘真假美猴王’，把我都搞糊涂了。这严寡妇也真是的，老鼠摸着了油打子，都舍得自己的老母鸡了，”王秋生哈哈笑了几声，又问：“严寡妇家没电话，你是怎么跟她联系的？”

“我和她第一次的那晚上已经商量好了联系方式，当时她枕我胳膊上，我俩为这事，脑子都想疼了，最终想出个好办法。”

“什么好办法？”

“我给严寡妇说要她每天晚饭后到她家后墙看炕洞门上面有没有我画的小圆圈，若有，说明那晚我方便，一定去，若没有，她该干啥干啥去。严寡妇要是看到我画的圆圈，就会把大黄狗拉到后院，庄门轧个缝，一直等到我去。你要不信，这会到她家后墙去看上面有没有我画的圆圈。”

王秋生仍不信张求宝说的一切，当下跑到严寡妇家后墙。最外面的一个炕洞门上面，王秋生看到整齐的两排鸡蛋大的圈圈，每个圈圈里面有一个点点。王秋生数了数，一共是十一个圈圈。看着那十几个圈圈，王秋生彻底相信了张求宝所说的一切。

张求宝从后院出来，站在王秋生庄门口抽烟，见到王秋生，附着耳朵问：“这会信了吧？”

“信了，信了，你俩干的这男盗女娼的事，要不是我亲眼去看那圈圈，还以为在听神话故事。你再说说包谷地里又是怎么回事？”

“你怎么问着没完没了了。”张求宝说着，又把王秋生拉到后院，“有一次我画了圈圈，晚上就去严寡妇家。刚推开庄门，严寡妇一把把我推出来，吓了我一跳。原来，那天是星期六，她的两个娃娃在家，怕娃知道，她一直站在门背后等我。出了门，严寡妇扽了我一把，径直往前走，我跟在她后面去到河坝边的包谷地，包谷地里潮得很，我脱下衣服衬她下面……”

王秋生听得目瞪口呆，觉得眼前的张求宝是陌生人，严寡妇是外星人，人们常说：文文茶茶，组事的爷爷。他一点没想到，严寡妇这“奶奶”也能干出这么大的事。

张求宝望着发愣的王秋生：“想不通吗？人世间有啥想不通的，我和寡妇这情是上辈子修的，听过没有，‘百年修得同船渡，千年修得共枕眠’。我俩上辈子相互欠了情，这辈子来还了，老天注定的。要不，那晚我讲鬼故事，最关键的时候，严寡妇后墙里怎么会突然出现噔噔噔的声音？第二天中午，我才知道是刘二家的驴半夜挣脱缰绳从严寡妇家后墙边跑了。你说，不早不迟，偏偏那个时候……这一切是不是天意，是不是上帝的安排？”

“行了，行了，我知道你张求宝不是省油的灯，把严寡妇整成了褥子。干了日鬼事，还越说越能了，再能，都能拉出狗屎了。我只眼热你生了两个儿子，什么嫖风打浪、见不得人的事，还说是天注定，我才不相信，”王秋生终于听腻了，转过身，“屋里走吧，再不听你这烂蛋话了。”

两人进了屋，倒了开水喝。正喝着，门帘一掀，严寡妇进来了，提着一个头巾，里面鼓鼓的。她把头巾轻轻放到面柜上，说：“这是我平日收攒的鸡蛋，一点小心意，让黄尕菊吃上补补身子，黄尕菊结扎时肯定流了好多血，伤了元气。”

王秋生皱起眉头，他觉得严寡妇脏，严寡妇的鸡蛋也脏。便提着头巾往严寡妇手里塞，“严嫂，你拿去吧，留着叫你的两个娃娃吃，我们也有几只老母鸡，平日下的蛋黄尕菊都收下着呢。”王秋生说话时低着头，不敢正眼看严寡妇。

严寡妇不接，两人推来推去。

张求宝看不过眼，走过来，从王秋生的手里接过头巾："你这秋生，谁又说你家缺蛋了，这是严嫂的心意，你就收下吧。"说完，把头巾又放回面柜上。

王秋生看了一下张求宝，没再吭声。

王秋生嫌严寡妇脏却不说张求宝恶心，源于他小时候听过的故事给他造成的心理影响。

队里有个刘瘸子，五十多岁，据说年轻时是火车司机，一次出了事故，一只脚被火车轮子轧掉，小腿剩了多半，从此不再去上班，回家娶妻生娃过日子。他穿着圆柱形铁桶鞋。其实，这铁桶鞋是专为他量身定制的，鞋底和帮子是铁做的，鞋腰是皮革，留着好多黄豆大的眼孔，穿着密密麻麻的绳子。

刘瘸子穿着铁鞋，拄着拐杖，常引来一群小孩围观，这群小孩除了爱看刘瘸子的圆柱铁鞋，还爱听刘瘸子讲故事。刘瘸子喜欢听收音机，听后又给小孩讲，什么《岳飞传》《杨家将》《穆桂英挂帅》《西游记》《水浒传》等，刘瘸子都会讲。时间久了，刘瘸子成了说书匠，村里的"名人"，引得有些大人也去听他说书，这其中就有王秋生。只是有大人的时候，刘瘸子的故事增加了西门庆和潘金莲这样的内容，常常惹着大人和小孩哄堂大笑。刘瘸子爱说"好男采百花，好女嫁一家"，还能举出好多事例。王秋生听了几年刘瘸子讲的故事，印象最深的是这句话。所以王秋生知道张求宝和严寡妇相好的事后，认为张求宝是好男人，有本事，而严寡妇是坏女人，恶心。

"严嫂，我看这阵你没事，闲着也是闲着，能帮王秋生把炉子生着吗？你看他，一个大男人，笨手笨脚的。”张求宝望着靠柜站着的严寡妇说。

“还以为他炉子着呢，这么点小事，娃的王爸也不早说。”严寡妇说着，弓下腰，抽灰匣，取煤渣……忙了起来。

王秋生在一旁看着，心里乱成一堆麻。那阵，严寡妇一声不吭走出他家时，他都有些担心，担心严寡妇想不通，回家上吊自杀。可他多虑了，严寡妇转眼又来了，而且提着二十个鸡蛋，大大方方来看黄尕菊，好像什么事都未发生过。王秋生感到眼前的严寡妇跟他脑海中的严寡妇判若两人。脑海中的严寡妇，谨慎、神秘、神圣，很遥远、不可侵犯，像座神；而眼前的严寡妇，自然、大方、随意、脸皮厚，是个人……这个“真假美猴王”彻底改变了王秋生的人生观，人们常说，眼见为实，耳听为虚，而他觉得亲眼看到的不一定是真的，这个世界很复杂，很深奥……

严寡妇生着炉火，跟张求宝一前一后走了，王秋生待在家里伺候黄尕菊。几天来，队里侯二的老婆、小婶子、张大妈等左邻右舍都来看过黄尕菊，说的都是给黄尕菊和王秋生宽心的话，什么姑娘多了女婿多，女儿疼娘老子的多，谁家的女婿对丈人多好多好……黄尕菊听着，面不改色心不慌，装出一副伤心的样子，有时还能挤出几滴眼泪。来人提的礼物不是鸡蛋就是豆奶粉，王秋生收下半柜。

半月后，黄尕菊下了炕，开始干零星活，第一件事是拾了三十个鸡蛋，叫王秋生送给张求宝。王秋生提着鸡蛋去张求宝家，张求宝两口子没有拒绝，领了王秋生的情，收下鸡蛋。

根
第八章

春种结束后，王秋生一周没见张求宝，他感觉奇怪，就去张求宝家。于凤英说张求宝几天前接到张乡长的电话，随后托人考了驾照，信用社贷了五千块钱，进城买二手小车去了。到浇水时才回来，估计得七八天。王秋生埋怨张求宝不近人情，没给他打声招呼就走了。出门时叮嘱于凤英，说张求宝回来要紧给他说一声。于凤英说张求宝回来就让去找他。王秋生低着头，闷闷不乐地回到家。

回到家里，王秋生心里仍不是滋味，暗骂：好一个张求宝，你要进城了，为何不给我吭一声，你眼中有没有个人，欠你那么多情，还没还呢。凉州城那么大，就是去找哪里才能找到你？既然找不到，就弄个找你的办法，别怪我不客气……

王秋生噔噔噔溜到严寡妇家后墙，从旁边树上折下一树枝，回看四周无人，在严寡妇后墙的炕洞门上照张求宝画的样子画了一个一模一样的圆圈，而后望着小圆圈倒缩几步，转过身，一溜烟回到家里。

严寡妇好几天没看到张求宝画的小圆圈，心里很是焦急，自己又不敢去于凤英那儿打探，又来气，又着急，又无奈。这日晚饭后，严寡妇又去后墙看，忽然发现多出一个圈圈。严寡妇的眼睛一下亮起来，心提到嗓门，细细数了两遍。她记得请清清楚楚，以前是十一个，今天变成十二个，她又细瞧，那十一个圈圈上落满了灰尘，只有最后一个上没有，她肯定圈圈是新画的。

严寡妇转过身，跑到屋里，重新折了被子，扫了炕，扫了地，把屋里收拾得一干二净。熬上老茯茶，里面放了一大把枣儿和核桃仁，把大黄狗拉到后院，轧了庄门，坐在靠窗户的炕沿上一边敹衣服，一边等待张求宝。

天终于黑了。严寡妇觉得每一分每一秒都很漫长，她不停地隔窗户看门外，急得像热锅上的蚂蚁。晚上十点，张求宝仍然没来，严寡妇出了门，看不到任何人影。她急匆匆走到张求宝家门前，庄门紧扣着，门缝里没有一丝亮光，她猜张求宝睡了，转过身，气呼呼地回到家。

严寡妇回到屋里，好像空肚子里吃了生萝卜，难受得想哭。她蹲到炕沿上，想：张求宝从来没有骗过自己，他不是骗子，不是说白话的人，那十一个圈圈是最好的见证，自画下后，一次没少地来过。今晚或许是他不在家，遇到了急事，去了别的人家……要是忙完，一定会来，只是迟点罢了……

直到十二点，张求宝依然没来，严寡妇心凉到脚跟，她判定张求宝不可能来了，心灰意冷地闩好门，睡了。

严寡妇躺在炕上，怎么也睡不着，脑海里不停地出现那十二个圈圈，那些圈圈是那么的诱人，珍贵，丰富。每次看到它，都令她兴奋，激动，幸福。每个圈圈后面都有一个故事，那故事使她心生荡漾，魂销神醉，如痴如醉。严寡妇一遍一遍地想，想着想着迷糊起来，圈圈慢慢变成了张求宝，从她的门缝里斜着身子进来，咯呜一声关上门，进到屋里，微笑着，跟她滚进被窝，屋里立刻成了瞎子，一片黑云遮盖了她，她不停地呻吟，挣扎……

严寡妇被自己的呻吟声惊醒方知做了个短梦，空喜了一场，内裤似抹了浆糊，黏糊糊的。她脱下，扔旁边，气不打一处来，心中暗骂张求宝：张求宝不是人，是大骗子，说话不算数，不讲信誉，不是男人……

严寡妇决定下次见了张求宝，一定给他点颜色看。

根
第九章

张求宝进了城，顺利购买了计生局淘汰的桑塔纳2000轿车，“乌龟”一样地开到东二环路。

东二环路上人车稀少，张求宝停下车，围着小车从头看到尾，从尾看到头，来回看了几个回合。小车上面落有一层薄薄的灰尘。张求宝取出灰掸，一下一下地抹，抹得连个小数点都没剩下。放下灰掸，张求宝站在车旁，一边抽烟，一边欣赏小车，黑色的桑塔纳虽已开了六年，但看起来仍有八成新。在阳光照耀下发出鲜亮的光泽，张求宝由衷地高兴，心里默默感谢张乡长和领导。

张求宝以前开过车。

年前十月份，刘招财买了一辆面包车，说是为了方便去西凉市场取货。

开到队里，左邻右舍不约而同去给刘招财祝贺。祝贺的方式像是立下规矩，每人一匹红，一鞭炮，二十元钱。刘招财宰了鸡，割上牛肉大肉，买了诸多新鲜蔬菜，做好吃的招待大家。

来人先坐一起喝茶聊天，嗜酒的围成一团，划拳喝酒。两间屋里乌鸦开会般挤得黑压压一片，一番热闹。

那天，张求宝是最后一个到刘招财家的。放完鞭炮，把红拴到面包车倒车镜上，围着车转了几圈。崭新的奶油色面包车像是一块磁铁吸引了张求宝的眼球，他想：自己要有这么一辆车，该是多么的幸福呀。

张求宝进到屋里，恰好碰上刘招财，两人握住手，张求宝说：“恭喜啊，招财，你终于鸟枪换大炮了。”

刘招财笑道：“哪里，哪里，我这是面包车，不是小车，怎么就成鸟枪换大炮了？”

“以前开的三马子，这会开的面包车，不是鸟枪换大炮，是啥？”张求宝斜了一眼刘招财，“是不是整个飞机，才算鸟枪换大炮？”

“呔，张求宝，你别挖苦我了，就买这面包车，我已经一干二净了。不像你，要弄，肯定是小车。”

“行了，咱俩不逗嘴了，你说实话，这车好开不好开？”

“好开得很，猴儿绑个油饼子，都会开，”刘招财松开手，指着屋内，“你先进屋喝茶，今天忙，没时间，明天来，我教你试试。”

张求宝吃完饭，跟队里人喝了一会酒，出门又去看刘招财的面包车。面包车旁围着七八个小孩，有的用手摸摸这摸摸那；有的踮着脚，隔玻璃窗巴驾驶室；有的蹲倒，偏着头瞅下面；有一个拿一小木棍，在车膀上划。张求宝看到，用手指着喊道：“呔，我把你个小毛胡卵子，干啥着哩？那样能划吗？漆要是划掉，叫你的爹爹赔哩。”

小孩一惊，丢下木棍，转过身，斜着眼，呆呆看张秋宝。

“呔，小碎贼，还学会瞪人了，再瞪，给你把眼珠珠挖掉哩……”张求宝继续吓唬。

小孩转过身，拽着旁边的小孩：“走，那些点脚板走。”又回头斜了一眼张求宝。

张求宝觉得奇怪，跟过去看。

两小孩前走几步，
蹲到地上，
脱掉小布鞋，
露出四只又黑又脏的小脚丫，
一个用食指在脚趾点来点去。

两个小孩前走几步，蹲到地上，脱掉小布鞋，露出四只又黑又脏的小脚丫，一个用食指在脚趾上点来点去，念念有词：

点、点、点脚板

脚板脑儿过三年

三月三，桃花开

有钱的，买着吃

没钱的，拨上个球锅锅子了

滚过去，滚过去，滚过去……

点完，捣了一下另一个小孩的胳肘，叫道："噢，我赢啦，你输啦，滚过去，滚过去……"说完，站起身就跑。另一个追过去，两人一溜烟消失在张求宝的视线中。

张求宝看着这一切，觉得可笑，点上烟，转身走了。

第二天早晨，张求宝早早起了床，吃过早饭，他朝刘招财家走去。刘招财的庄门关着，张求宝推了几下，推不开。他在门口转来转去，焦急地等待。

刘招财头天晚上睡觉迟了。队里几个嗜酒的，喝到深夜两点才回家的，他熬得迟了，早晨醒来已是九点多钟。

门咯呜一声响了，门缝里长出一个头，是刘招财老婆满丽梅的，四下张望。张求宝微笑着，赶过去。满丽梅揉着眼睛，招呼道："娃的张爸，起的早呀。"

"早个啥，都这会儿了。你们能睡呀，太阳晒屁股才起。招财起来没？"

"刚起来，正洗脸呢，昨晚忙完迟了，今早我俩都睡着了。"

刘招财洗完脸，正端着一碗拌面汤吃，看到张求宝，问："这么早呀，吃过了吗？"

"都快十点了，还早？吃了。"张求宝答。

刘招财拿过烟，递给张求宝："你先抽烟，我把这碗拌面汤喝完就走。"

满丽梅站一旁，问："去哪呀？没事吧？"

"不去哪，就去到打碾场上遛遛，给张求宝教教怎么开车。"

刘招财放下碗，从炕上提起外衣："走。"

张求宝跟后面，走出门。

刘招财从裤带上取下钥匙，打开车门，上了车，张求宝从另一侧上车，坐到副驾驶室上。刘招财叭哒哒发动车，开到打碾场。

打碾场四方四正，平得像飞机场。

刘招财停下车，给张求宝说哪是刹车，哪是油门，还有离合、挡位等。张求宝像小学生，一边听，一边盯着看。

刘招财讲解完，开着转了两圈，给张求宝做了示范。而后，两人换了位置，张求宝在刘招财的指导下，开着面包车一圈一圈慢慢地转。

那个上半天，刘招财一直教张求宝学开车。张求宝学得快，在三挡位上已能开着来回地跑。中午时，还把车开到刘招财家门口。刘招财不停地夸张求宝，说张求宝天生是当司机的料，聪明过人，一点就通。

张求宝后来又跟刘招财学着开过三次车，各个环节都掌握得很熟练，刘招财开玩笑，说他可以给张求宝发驾照了……

张求宝再没去过驾校，直接托人弄来了驾照，买上二手小车后，自个儿就开到东二环路了。

根
第十章

张求宝钻进小车，准备先开到队里显摆。刚发着车，前面停下一辆面包车，下来两个人，一男一女，女的抱着一褥子，男的拿一纸箱。两人走到路旁人行道上，男的放下纸箱，女的蹲下，慢慢把褥子放到纸箱里，男的又从怀里取出一塑料袋，搁纸箱旁。两人转过身，一步一回头，上车走了。

张求宝看着这一切，觉得好奇，熄了火，下车走过去。

纸箱里卷着个小花褥子，旁边的塑料袋里是奶壶和两袋奶粉。张求宝一惊，猜测褥子里裹着小孩。他揭开褥子一角，露出一小脑袋，上面稀稀疏疏长着黑黄相间的头发。张求宝屏住呼吸，把小花褥慢慢朝下揭，他先看到的是皱皱巴巴的额头，紧接着是黑线一样细的眼睛，一张嫩嫩圆圆的脸蛋，兔唇，人字形。张求宝恍然大悟，原来，小孩先天残疾。怕小孩着凉，张求宝盖好脸部，从脚下面揭开，又看到小孩大豆大的小鸡鸡。他用手轻轻摸了摸，小鸡鸡动了动，哐啷啷撒出一泡尿。张求宝站起来，突然间想到王秋生，他急忙转过身，跑到车里，直奔王秋生家。

一节课的时辰，张求宝来到通往村庄的土路上，他把车开得慢下来，打开两边的玻璃，不停地朝外看。

路的两边是一拃长的麦苗，绿油油的一片。麦田里东一处西一处三三两两地蹲着锄草的人。张求宝老远看到王秋生和黄尕菊在自留地里锄草。他把车开过去，停在地埂边。 王秋生和黄尕菊屁股底下垫着个小圆布垫，握着铲子，两口子并排齐儿背在锄草。张求宝按了几下喇叭，王秋生听到喇叭声，回头看了一眼，没有认出是张求宝，又调头去除草了。张求宝又按了几下，王秋生还是没反应。张求宝下了车，一蹦子跳到地埂上，望着王秋生大声喊，王秋生偏着头，认出张求宝，站起身，伸了个懒腰，提着铲子走过来。

“呔，王秋生，你啥意思？我又是打喇叭，又是大声喊你，你装着听不见。才走了几天，你就不认识我了？”张求宝说。

王秋生把铲子丢到地上，拍打着屁股上的土，道：“你整上个小车来，一下子把我懵住了，我听到喇叭声了，还以为找谁的，根本想不到是你。”

张求宝拽了他一把，“走，上车里再说。”

张求宝上了车，王秋生在另一侧，一手扶着车顶，一手使劲掰车门上的窗框。

张求宝看到王秋生开车门的姿势，急了，摇着手说：“呔，王秋生，慢些，慢些，不是那么个开法，别把我的车门子掰掉了。看，门子中间有个小拉手哩，抓住，一拉就开了。”

王秋生拉开车门，一屁股坐上面，脸羞得通红：“原来是这么个开法，以前没坐过小车，纯粹不知道。”

王秋生抬起屁股，转过身，朝车后排看着，赞道：“哎呀，求宝，这车攒劲呀，你可终于活出人了，呵呵，谁能想到，我王秋生也有开小车的哥儿们了，以后哪些家，可以蹭蹭了。”

“攒劲个啥，要是新的，你说这话我能接住。一辆二手车么，你就别挖苦我了，”张求宝抽出烟，递给王秋生，“先不提这些了，给你说个正事。”

呔，王秋生，
慢些，慢些，
不是那么个开法，
别把我的车门子掰掉了。

张求宝把路上碰到被遗弃小孩的事告诉王秋生，问王秋生：“你掂量掂量，要不要去看看？若不嫌弃，我俩赶紧进城去抱，若迟了，或许就被别人抱走了。”

王秋生听了，眉头缩在一块，半天不说话。

张求宝急了，说：“黄尕菊虽然没有被结扎，能不能给你生下儿子，不好说，你想过没有，万一再生了女孩，怎么办？”

王秋生唉了一声，慢悠悠地说：“我也正想这个问题，这怂女人生姑娘把我给生怕了，一个接一个的。”

“现在，这可是儿子，现成的，抱回来养上，给外人就说是黄尕菊生的，谁会知道，至于那个小豁豁，过两年补住就好了。长大，一个小印印，一般人也看不出来。”

“自己能生个，最好了，我就觉得抱的这个靠不住。你把他辛辛苦苦养大，要是他以后知道实情，说不上还会跑掉，去找他亲生娘老子，到那时，我还是竹篮打水一场空。”

“事情不是那样，这要看你们两口子待他好不好，关爱不关爱他。若当亲生的关爱，教育好，你撵都撵不走；若不关爱，就是亲生的，也靠不住。”

“我就觉得，抱的这种不好，毕竟隔了枝叶。他做得不对，你连话都不得重些说，更别说打了。若是骂了，打了，他觉得他不是亲生的，当大人的不疼他，怨这说那，到那时，跟上气都淘不清楚。不像亲生的，想怎么收拾，就怎么收拾。”

张求宝听着来气了：“你这王秋生，都啥年代了，还来这套。不是我骂你，你这脑子像被驴踢了，榆木疙瘩，不见开化。

遇问题不找核心，尽是老一套。你干啥事情，总是前怕狼后怕虎，犹犹豫豫，吞吞吐吐，没个利索劲儿。我这好像是赶着鸭子上架，瞎操心，吃力不讨好。你直接说吧，看不看去？要不去，以后别后悔。”

看着张求宝来了气，王秋生没了主意，“要不，你稍等等，这么大的事，我去问下黄尕菊。”说着向地里跑去。

王秋生上气不接下气地把事情说给黄尕菊，黄尕菊听后说："你先去看看，看再有没有别的毛病，光是个豁豁，不要紧。眼见为实，若合适就抱来养吧，我也再不给你生了。女人家生个娃娃，你以为容易得很吗？又不是母鸡下蛋，屁股一抬，叶叽一个，屁股一抬，叶叽一个。”

王秋生听后跑到张求宝跟前：“要不，我俩先看看走，看看再说抱还是不抱。”

张求宝调了车头，两人赶到东二环路。张求宝老远看见放纸箱的地方没有一个人，心里噔地一下，感觉小孩被人抱走了。

下了车，走到纸箱前，小孩和奶粉袋都不见了，纸箱内空空的。张求宝唉了一声，垂头丧气地说：“来晚了，大年初一卖门神，迟了，被人抱走了。”

王秋生巴了一眼，茶兮兮地站着，不说话。

“我给你说话那阵，若不要犹豫，我俩及早赶来，说不上你还能见到小孩，要是看过了，不领养，以后也不遗憾。”张求宝说。

“求宝，不提了吧，看呢已经看不上了，越说，我心里越难受。”王秋生说完，叹了口气。

“好吧，不提就不提了，我也得回屋里一趟，去帮于凤英把地里的水浇掉，顺便再拿上铺盖进来。我在地毯厂的院子里租了一间房子，想搬进去住下。地毯厂倒闭了，工人解散了，里面宿舍空的多，朝外出租，每月六十元一间。我昨天已交了房租，搬进来住下就不来回跑了，方便些，省心。”

小车不紧不慢行驶在回家的路上，王秋生的眉头一直皱个疙瘩，张求宝看在眼里，觉得王秋生心里憋着事，有话要说，就问：“王秋生，你有啥想法说出来，别一个大男人把话憋在心里。我听了，说不上还能给你能出主意、想办法。”

“求宝，你是怎么看出我心里憋着事？你又不是我肚子里的蛔虫。实话说，确实有个问题，我早想问你，可觉得不好意思，一直张不开口。”

“你我从小长大，你是啥人，有没有心思，我能看不出来吗？有啥话，你直说。”

“你说黄尕菊一连给我生女娃，究竟是咋回事？这女人怎么不给我争口气，生个男娃，像你老婆于凤英，给你整出两个‘炮弹’。”

“这个事情，难说，你还真不能怪黄尕菊。你没听小婶子的男人说过吗？他可是当老师的，懂这方面的事。他说生男生女跟女人没关系，是由男人决定的，什么X了，Y了，怎么结合了。”

“哪个是男人决定的？我不信。听老人说，旧社会地主土

豪的老婆，若一连生了几个女孩，就会被休掉，再娶一个来生男孩。这说明生男生女是由女人决定的。有的女人旺夫，有的女人克夫，黄尕菊连个男娃都给我生不下，把我快愁死了，怎么谈旺夫。”

“呔，王秋生，你越说离谱了，你这人是赖哩没赖的，头痒了赖虱子。你没本事，生不了男娃，赖到黄尕菊头上，真是啥都不懂，硬当骗匠。按你这么说，你能了把黄尕菊离掉？有本事，重娶上个来给你生儿子。”

“我确实这么想过，可没这个本事。怪我不是地主老财，没那么多钱，离了婚，怕再娶不上，给我连做饭的都没有，所以就打消了这个念头。”

“这话，也就在我面前说说，要是别人听见传到黄尕菊的耳朵里，可有你的好果子吃。她给你种田、养娃、伺候你们一家大小，你还能说出这么伤她心的话。”

王秋生听着，觉得话过头了，“求宝，这话就此打住，仅你我二人知道，以后再不提，”搓搓脑袋，又说：“按你说生男生女是由男人决定的，你两年生了两个男孩，你是怎么决定的？有没有技巧？”

“哪有什么技巧，只是听人说。小婶子的男人一次喝醉，半开玩笑半当真地说，男女做那事，若双方保持好心情，特别兴奋，男人那东西射得越深，女人怀儿子的可能性越大。他还给大伙教，说做事前双方什么事都不要想，少整上些酒，保持兴奋状态。完事后，把女人倒提腿子立起来，让男人那货尽量到达女人最深处。这样怀上的，大多是男娃。”

“小婶子男人说的这些，我怎么没听过？怎么这么可笑？靠谱吗？有没有科学道理？”

“嗨，你这人，谁规定了讲这些必须你在场。反正他就这么说的，至于靠不靠谱，有没有科学道理，我也不知道，从我自身经验看，还是有几分。”

“按你说，你早知道小婶子男人说的这个‘技巧’，跟于凤英试验了不成？”

“没有，我是后来听到的。那时我的两个娃子都生下了，只是我想起他说的话，觉得有那么几分道理。你是知道的，我那女人是‘疯婆子’，干起那事来，浑身像打了鸡血，每次叫我狠呀狠，我是又兴奋又使劲。结果她生的都是男娃。小婶子男人说的行不行，不妨你也试试，反正再也没办法，试了成不成，就看你的命了。”

王秋生点了点头：“你这求宝，应该早给我说说，还留了一手，被窝里放屁，独吞哩。”

“不是不早给你说，我当时觉得小婶了男人在开玩笑，忽悠大伙，所以没给你说。”

张求宝说完，停下车，跟王秋生下了车，站路旁，递给一支烟说：“你发现没有？现在有些人生不下男娃，上香拜佛的多的是。迷信这东西怪得很，你不信也不行，全信也不行，不讲也不行。”

“这个，我知道呀。黄尕菊怀三丫头时，我就讲过迷信。

请来城里的一个神婆子，忙乎了整整一天，她说保佑我生的是男娃，可最终还是生了女娃。”

“你没有找对地方，找对人。现在这社会，有些神婆子是江湖乱盗，啥都不懂，见人说人话，见鬼说鬼话，见了道士胡说话，全由嘴里胡说。装神弄鬼，到处哄骗钱财，信不得。”

王秋生恍然大悟，原来自己以前请到家里的神婆是骗子，他怪自己当时没有征求张求宝的看法，张求宝是人面子上走下的，见得多，听得多，懂得多。若早听了张求宝的话，说不上儿子早都生下了。

想到这，王秋生心里暗自后悔……

“上车吧，你又发啥神经哩，茶兮兮地不说话。”张求宝看着发愣的王秋生说。

两人上到车上，王秋生问张求宝：“你说我迷信没讲到地方上，那么，哪里才是地方？”

“于凤英怀头胎那年，我去张义堡中路上一堂姐家串亲戚，那天，正好是正月十四日，我呆了两天，才知道那里的好多人家可讲究了。”

张求宝说着，一脚踩住离合器，吧嗒嗒发着车，王秋生急了，抓住张求宝的胳膊：“等等，等等，先别走，你把这些讲完再走。”

“你怎么像娃子们了，急什么，回去给你慢慢讲，行不行？”

“不行，你别吊我胃口，就这会讲，关键时刻，别给我掉链子。”

张求宝只好熄了火，给王秋生讲。

"我是正月十四日去堂姐家的，那天晚饭后，堂姐夫的两个弟弟，还有他的爹爹妈妈跟我们蹲在大炕上，喝酒，谝谎儿。堂姐给我们炒了两个下酒菜，洋芋粉条肉，青菜炒肉。我们一边吃，一边谝。堂姐的公公，按他们那里的乡俗我叫大老子。他在上把炕里靠被子坐着，喝了几盅酒后，给我讲了几个诱人而神奇的传说，他讲得神乎其神，把我听着快入迷了。"

"什么神奇的传说？跟迷信有关吗？你讲，我也听听？"

"当然有，"张求宝咳嗽两声，清理完嗓子，继续："大老子说张义堡是块小地盆，四面环山，风景秀丽，人杰地灵。他小时候听说有一包姓人家，先人们被埋在有龙脉的山岭里，说是几代以后要出皇上。这户人家养有三种动物，'打虎马''抓山鸟''乌云狗'。打虎马长有长长的鬃毛，老虎来时，这马就冲到面前一个劲地摇头晃脑。老虎扑几下，便转身跑了。有一次，这家主人亲自看打虎马打老虎，发现打虎马的鬃毛太长，遮挡了马的眼睛，马像瞎子一样。主人觉得是马的鬃毛害了事，要是剪掉鬃毛，马的视线会更好，可轻易打走老虎。遂安排伺马人剪去鬃毛。结果老虎来时，这马依旧摇头晃脑，可没几下，就被老虎咬住喉咙致死。老虎扑进屋里，叼走一五岁男孩。原来，打虎马打老虎全靠的是长长的鬃毛，鬃毛又长又硬，像针刺，老虎跟它打时，不是嘴被戳烂，就是眼睛被刺瞎，所以老虎打不过，跑了。后来有人说，老虎叼走的那个男孩正是以后要当皇上的小孩，打虎马是老天安排来保护他的。"

"这故事确实没听过，真有趣味，你再说说抓山鸟还有叫

什么狗的故事。”王秋生偏过头，盯着张求宝。

“有趣吧，比我们队里刘瘸子讲的好听吧。”

“怎么又跟瘸子比了，说实话，瘸子讲的也不赖，”王秋生说，“前几天，我去你们屋里找你，于凤英说你进城了，我没见着你，心情不好，晚饭后，去听刘瘸子说书，那晚，屋里没小孩，全是大人，刘腐子讲了一个流氓谎儿，险些把我的肚皮子笑烂。”

“噢哟，听起玄着，一个啥谎儿，能把你肚皮笑烂？给我讲讲。”

“你的讲了半不拉，你先讲完，我再给你讲。你听可笑不可笑！”

张求宝又开始讲。

“跟张义堡相连的哈溪镇，镇深处有一神山，叫磨脐山，据说下面有黄金豆。这磨脐山大得很，只有包姓人家的抓山鸟能抓起来。包家主人每隔三天骑着抓山鸟上去拾金豆。抓山鸟抓起磨脐山，包家主人每次能拾到三颗金豆，回到家，一颗金豆必须得喂抓山鸟吃，主人剩两颗。后来，主人觉得抓山鸟吃得有点多，一共抓出三颗金豆，一颗就得喂了它。于是安排伺鸟人减半喂养，结果，抓山鸟再去抓磨脐山时，被活活挣死。原来，抓山鸟是老天安排给包家聚钱财的，聚了钱财，包家就能去京城打通各路关系，他们的后人，也就是被老虎叼走的那个小男孩，才能进京城，当皇上。”

张求宝歇了口气，点了一支烟，又讲：“打虎马和抓山鸟死了，剩了乌云狗。包家的乌云狗每天清晨起来总往包家的祖坟上跑一趟。乌云狗回来后，祖坟上面便笼罩起一层云雾，村里人说包家祖坟怪得很，终年上面是云雾。再说这包姓主人，闲得无聊，一日清晨，非要去看乌云狗跑自家祖坟干什么，结果发现，狗在他太爷坟头上撒尿。主人一气之下，安排伺狗人把乌云狗吊死。第二天清晨，村里有一长老，说他看到包家祖坟在像一条龙的山上，坟墓正好在龙背上，叫来村里人看。村里人看后，觉得包家有龙脉，后人要做皇上。就提了铁锨，去把那龙脉斩断。包家主人去挡时，还被打断一条腿，成了瘸子。自那后，瘸子一家消失了，据说搬外地去了。原来，那乌云狗是保护包家龙脉的，乌云狗撒的尿变成云雾，遮盖着包家的坟地不被外人发现。包家的三宝完蛋了，也就不出皇上了，传说也给你讲完了。”

王秋生听后，啧啧称赞："我的天，一个山沟沟里，还有这等传说，听起来好神奇。"

"还有更神奇的呢，当时大老子讲完传说，看到我听着发呆的样子，问我听没听过'张义堡水湖滩，大佛爷手指磨脐山'的传说，我摇了摇头。大老子说，他们村最北面的山叫天梯山，山上有一石窟，说是石窟鼻祖，有名得很。石窟内有座坐佛，张义堡的人全叫大佛爷。大佛爷高二十八米，宽十米，两眼放光，炯炯有神，庄严肃穆，右臂前伸，掌心指向前方。据说，与张义堡相邻的哈溪镇南山深处的磨脐山是天涝坝，积有许多雪水，一旦决裂，整个张义，还有下游黄羊附近人民的财产，

将被洪水冲得一干二净。大佛爷为了保护这块方土上的人民及财产安全，使用法术，用手掌拖住麦脐山……大老子讲到这里，问我第二天想不想去看看，我说去哩，他说他每年正月十五都去给大佛爷烧香磕头，以求佛爷保佑家人平安健康，家庭幸福，几十年里从未间断。大老子说完，答应第二天带我去看大佛爷，让我眼见为实，还说我去也一定要上个高香，许个心愿，大佛爷膝下许的愿灵验得很，我满口答应。第二天吃过早饭，堂姐夫开着三轮车，拉我们到中路街上的小商店里买了烧纸、香和鞭炮，我们便向石窟走去。那天的石窟边人可多了，黑压压的一片，通往石窟的小路旁挤满了小车、摩托车、三轮车。大老子指着几位从小车里下来西装革履、油头粉面的人说他一眼看出是外面来的当官的。每年正月十五日，天梯山石窟便迎来许多外地人，有当官的，有当老板的，也有普通百姓。当官的来上香，盼望官当得更大；当老板的来上香，希望钱挣得更多；而普通百姓上香，多是祈求家人平安健康，家庭吉祥如意。大老子指着一裹着头巾，腹部微隆的妇女，说那女的来上香，肯定是生了几个姑娘，祈求佛爷保佑生儿子。大老子还说佛爷膝下上香要做到三点：一、心要静；二、心要诚；三、无私心杂念。那时于凤英正怀的是头胎，已怀孕三个月，我也不知是男是女。我跟他上完香，烧了纸，磕过头。当时，许了一个愿，就是希望大佛爷保佑于凤英给我生儿子。结果，于凤英连续两年给我生了两个儿子。我觉得大老子说得对，大佛爷那里许的愿灵验。所以，刚才我说你讲迷信没有讲到地方上，就是这个原因。要是我，宁可去大佛爷那儿上香，也不请神婆子胡燎。”

王秋生听着，急了，用手拍了一下膝盖：“张求宝呀张求宝，你明明知道我想要儿子，这么重要的事，你怎么不早给我说？”说着转过头，目光伸向窗外，看似气呼呼的。

张求宝捣了一把王秋生：“我哪里知道你讲迷信的，你讲个迷信，不给我吭个声，好像我去把你们家的鸡肉吃掉哩。”

“张求宝，你就把我看的那么小气吗？我是那种人吗？只是当时羊被贼偷了，我和黄尕菊破烦得很，觉得丢人现眼，才没给你说。”

“那你怨我什么？我要当时知道你请神婆讲迷信，肯定会劝阻你，也肯定会带你去天梯山大佛爷那儿上香。”

“好了，好了，好在现在知道这些还不迟，来得及，你这两天抽个空，一定把我带上去天梯山上个香。”

“这不就对了吗，你还愁个啥？等我回到屋里转转，看看有没有急事，然后，我去找你。”

王秋生脸上的疑云散开，一下高兴起来：“快走吧，你进城跑出租，我还没来得及送你，今天又给我操这么多的心，回到屋里，叫黄尕菊炒个老母鸡，咱俩好好搓一顿。”

张求生说他的故事讲完了，王秋生的还没讲，要王秋生讲。王秋生说肚子饿了，先赶回家吃中午饭，等以后有空再讲。张求宝说也行，便开车回了家。

根
第十一章

张求宝回到家里，下午队里便来了好多人，有刘二、侯三、郑万财、王招财、严寡妇等，个个拿着鞭炮和一匹红，说张求宝是队里第一个买小车的，都前来挂红恭喜。张求宝自然不好意思欠大伙的人情，买上酒肉招待。

那天下午，天气燥热，大伙都喝啤酒。严寡妇蹲在炕沿上，看地下桌旁围着一群大男人，坐个小板凳，光着膀子划拳。郑万财喝多了，不停地往厕所里跑，说啤酒喝多了全是尿，涨得难受。严寡妇听着笑了一声，被郑万财听到。郑万财站起身，走向严寡妇，手里捏着两杯啤酒，边走边说："今天我们大男人只顾了喝酒，却冷落了严嫂，我拿张求宝的酒借花献佛，先敬严嫂两杯。"其他人停止划拳喝酒，都说好好好。严寡妇一手捂住嘴，一手推酒杯，说她一个女人家喝不成酒，喝了会醉。郑万财说女人喝不醉，男人没机会。严嫂今天多喝点酒，看着大伙哪个顺眼，领去屋里解心慌。严寡妇感觉话音不对头，脸上眨起红晕，说："你们这些臭男人，想得美，我说不喝，就不喝，说死我也不会喝，就是不给你们机会……"

王秋生看着一本正经的严寡妇，想起张求宝给他讲过的事，确实感到张求宝说的话是正确的。严寡妇这会是装出来的，是假的，晚上的严寡妇才是真的。他想想自己，白天人面子上，说话做事也是拘谨的，伪装的，只有晚上，脱个精光的时候，才是真实的。他又想了想周围的几个人，都是白天一套，晚上一套，人面上一套，背后底里一套……他忽然觉得，人是这个世界上最虚伪的动物。

郑万财看严寡妇软硬不吃，转过头看了一眼大伙，说喝酒有两类人：一类人可爱，一类人讨厌。可爱的人是一请就来，来了就喝，喝了不醉，醉了就走，走了不来；讨厌的人是请了不来，来了不喝，喝了就醉，醉了不走，走掉又来。地下的人听着，都哈哈笑起来，说郑万财含沙射影，笑话严寡妇是讨厌的人，来了不喝酒。严寡妇听着一时转不过弯，接过酒一饮而尽，接着，捂住嘴，匆匆走出屋。

严寡妇走出庄门，迎面碰上张求宝，两只手里拎着两捆啤酒。张求宝把啤酒搁地上，上气不接下气地说："昨天买了四扎，本打算够了，可这阵快没了，我去又提了两捆。这会还早着哩，你不待着，要去哪里？"

"郑万财这帮坏男人，说的话把我害臊着不成，我蹲不住，先回哩。"

张求宝朝庄门看了一眼，怕碰上于凤英，声音雨一样细："你回就回去，我这两天抽个空来看你，若抽不了空，你到城里的商业大厦楼下来找我，我和你都好几天……"做个鬼脸，"没那个了。"

严寡妇瞪了张求宝一眼，哼了一声，低着头直冲冲地走了。

张求宝拎起啤酒，回头看了一眼严寡妇，微笑着进了庄门。

王秋生喝了一会，感觉脸上烧烘烘的。张求宝半天不见人，严寡妇又走了，他估摸着两人又是趁机去干那事了。心里立刻胡思乱想起来：跟严寡妇干那事是啥滋味儿？是不是跟黄尕菊的感觉一样？应该不一样，要不张求宝放着于凤英不理，偏偷

着跟严寡妇搞？人都说放着的吃起来不香，偷来的香，这难道是真的吗？可自己没地方去偷，也没偷的人，队里再没有第二个严寡妇，想干那事，也只能是跟黄尕菊……王秋生觉得自己命不好，一辈子就是瞎猫儿抱个死老鼠……

王秋生的心在草原上奔驰。

张求宝的两个儿子放学回来，背着书包，一前一后冲进屋里，问候在坐的大家，这王爸好，那侯婶好。看着张求宝的儿子，王秋生蓦然间想起张求宝给他教过生儿子的诀窍，他忙起了身，给大伙说家里有事，匆匆离开张求宝家。

王秋生路过到刘招财家小卖部买了一捆啤酒，拎到家里。

黄尕菊吃完饭，正在洗锅，看王秋生进来，问："今儿怎么来得这么早，没人喝酒吗？"

"人多着呢，他们正在喝，我不想喝，先来了。"

黄尕菊见王秋生提的啤酒，一脸疑惑："这啤酒哪来的？你不喝拎回来干什么？家里要来人吗？"

"是我路过刘招财的小卖部买的，家里不来人，这酒，我和你喝。"

黄尕菊放在锅里的手停下了，吃惊地望着王秋生："你是喝醉了，还是得了羊羔疯？我怎么听着说胡话哩。"

"我既没有得羊羔疯，也没有喝醉，我说的是实话。"

王秋生把张求宝教他生儿子的诀窍告诉了黄尕菊，黄尕菊听后脸红了，一时语塞。洗完锅，靠炕沿上，想：世界上的事千奇百怪，就像这生儿子的诀窍。这诀窍要是出自别人口里，宁可当成玩笑，也不会信其真。这话要是出自张求宝口里，宁可信其真，也不能当玩笑。俗话说白猫黑猫，抓住老鼠即为好猫。张求宝两年生了两个儿子，是活生生的事实，铁的证据，自己以往生了三个姑娘，这也是事实。或许是不懂这诀窍，这诀窍是真是假，只有试验后定论，反正再也没办法。

黄尕菊这么一想，倒觉得王秋生说的一点不荒唐。看着地下的啤酒，黄尕菊做好了心理准备，她决定按张求宝说的诀窍，配合王秋生一次。

天黑了，王秋生闩好桩门，打开一瓶啤酒，拿过茶杯倒了两杯，自己端起一杯，一口气咕嘟嘟喝完。说自己只喝一杯，已在张求宝家喝过几瓶，再喝会醉，什么事都干不成。而后眼睁睁地看着黄尕菊。黄尕菊看王秋生眼睛变红，样子就像一头见了血的公牛。

黄尕菊端起茶杯，刚喝一口，噗的一声喷出来，嘴角吊着泡沫。她哐一下放下杯子，捂着鼻子问啤酒是不是坏了，喝起来有股怪味，像马尿。王秋生这才感到黄尕菊以往从未喝过啤酒，白酒也只喝过一滴半盅。他赶忙从炕上卷着的卫生纸上撕了手掌大的一片递给黄尕菊，说啤酒就这个味，初喝起来像马尿，喝几次就顺了。黄尕菊又喝了一口，还是吐了，一个劲地摇头，说实在难喝，咽不下去。王秋生取出白酒，把黄尕菊喝剩的啤酒喝完，用水涮了杯子，给黄尕菊倒了半杯白酒，说不急，要黄尕菊一口一口慢慢喝。黄尕菊喝了几口，感到心跳得厉害起来，浑身火辣辣地烧，脸上眨起几朵红晕，王秋生看黄尕菊还

没到“火候”，又让喝了几口，自己先上了炕，脱个精光。黄尕菊几口酒下肚后，眼前立刻恍惚起来，屋顶跟墙壁像驴推磨，不停地转，身子也发起软了。她两脚对在一块，蹬掉布鞋，转过身，滚到炕上。王秋生帮黄尕菊脱掉衣裤，黄尕菊像死了一样，一声不吭……

王秋生正在兴头上，猛然想起张求宝说的话，突然停下，看了一眼黄尕菊，黄尕菊双眼紧闭，脸皱得似鞋底，两手不停地抽搐。王秋生腾出一只手，用指头在黄尕菊额头上点了几下：“呔，你要高兴呀，皱着脸干什么？张求宝说了，要怀儿子，不高兴不行。”

黄尕菊眉头缩了一下，看似非常难受：“我高兴着哩，你把你的该干啥快干啥。”说话间用手拧王秋生的屁股。

王秋生像饿虎扑食爬了上去，呼哧呼哧直喘粗气……

完事后，王秋生一蹦子跳起来，两手抓住黄尕菊脚踝，使出浑身力气，把黄尕菊倒提起来。黄尕菊像死猪一样，被拖到墙拐角。待身子靠墙立稳后，王秋生松开手，说要黄尕菊坚持一会。自己坐倒，取过烟灰缸，放炕沿上抽烟。

王秋生抽了两口，转过头看黄尕菊。黄尕菊两手和头撑着整个身子，累得气喘吁吁，前面那一撮黑毛，像被蘸了水的梳子梳过似的，上面吊着黏乎乎的液体，蚕丝般发出明亮的银光。王秋生感觉可笑，噗哧笑出声来。黄尕菊听到笑声，睁开眼睛，看到王秋生一丝不挂，毛茸茸的大腿下面露着半块卵子，也噗哧笑出声，这下倒好，黄尕菊的鼻孔里钻出几个“肥皂泡”，她急了，忙拿一只手去擦，结果整个身子像泄气的皮球慢慢倾倒。王秋生反应过来，想去扶已来不及，埋怨道："让你坚持一会坚持一会，你坚持不住，关键时候，笑什么笑？这一笑，松了劲，不知能否怀上儿娃。"

黄尕菊擦完鼻涕，看着王秋生："谁又爱笑得很，你把那点子遮住些，像葫芦吊上，谁见了不笑？"说完拉开被子，睡了。

张求宝浇完水，恰逢十五日，他一早来到王秋生家，王秋生早已在家等候，两人上了车，往天梯山石窟赶。

到了黄哈路口，张求宝停下车，两人到附近的小卖部买了罐头、烧纸、蛋糕和一包黄香，小心地装到塑料袋里。正要上车，忽听一妇女吆喝："酿皮子，正宗黄羊酿皮子，香得爽口，辣得过瘾。"

张求宝转过身，看到路口西南拐角处一妇女穿着白大褂，坐在一小板凳上，望着清晨零零散散的行人吆喝。王秋生看张求宝望那妇人，问："看样子，你是想吃酿皮子？吃就吃走。"

张求宝说："就是，好久没吃酿皮子了，听得让人口馋，吃就吃一个吧。"

两人走过去，坐到长条凳上。

妇人揭开一木箱，取出一大块酿皮，黑黑亮亮的，手掌厚。她用指头从旁边一罐头瓶里蘸上清油，抹到酿皮上，问二人："两位先生，是吃条条还是墩墩？"两人都说要吃墩墩。妇人切好，盛到碗里，上面放了面筋、胡萝卜丝、芹菜条，而后舀了一勺稠乎乎的醋卤倒上面，又掠了一小勺烫好的红辣椒，递给二人。

张求宝吃了几口，顿觉胃里火辣辣地烧，额头渗出汗水，眼泪也流出来。吃这么辣的酿皮还是第一次，他张着嘴，不停地唏哩唏哩吸冷空气。王秋生不怕辣，可吃不得酸，一个劲地摇头。

吃完酿皮，两人各抽一支烟，又上了车。

穿过碎石路，小车一下子钻到深沟里，两边是悬崖沟壑，阴暗险峻。道路越来越窄，只能让过一辆车辆，路面上尽是石头泥块，坑坑洼洼，高低不平。张求宝放慢车速，绕了许多弯，爬到山顶上。

张求宝停下车，一把拉开车门，提着裤子急急地往路边跑。王秋生跟下去，两人站在一起撒尿。张求宝摇着头，说尿脬胀坏了，伸出头看王秋生的下身。王秋生趔了一下："呔，张求宝，你变态吗，这玩意儿你也长着哩，看我的干什么，又不是没见过。"

张求宝呱呱呱笑着："哼！这么个东西，谁没见过！我是看你的大，还是我的大？小的时候，我和你比过，你的比我的大一点点，这会，我怎么看你的比我的小下了？"

"我说狗改不了吃屎，三句话不离本行，又扯到了这点上，你是没救了。我这玩意哪里磨去，不像你的，磨的地方多得很。"

"你别看，男人这玩意儿重要的很，婆姨对你好不好，全凭这儿说话，要不，城里的电线杆上和厕所里怎么全贴的是有关这玩意的纸片。怎么个增粗增大，时长时短，要吃什么药，做什么手术，全都是为了这点……"

“唉哟，张求宝，你哪里学了这么多？这心思若用在做木匠活上早都成鲁班了，”王秋生推了一把张求宝，“快走吧，这些，我听了有个啥用，你去给严寡妇说吧。”

两人正要上车，对面山上翻过来一群绵羊，一年轻小伙手里提着绳子，对着天空唱：

哎哟
山清（呀）水秀的张义堡川呐
大佛爷手指那个磨脐山呀
哎哟
石窟（呀）鼻祖天下知呐
神奇的传说那个扬四方呀
哎哟
俊俏俏姑娘你沟沟跷呐
阿哥哥回家把你来那个偷偷抱呀
哎哟
我站在高山上望平川呐
平川里（呀）就长着个牡丹
有心（呀）过去摘牡丹呐
新新妇（呀）就搂着个老汉
……

王秋生看着放羊人，问张求宝：“这小伙唱的什么歌，调子怎么没听过？”张求宝说：“这是东乡人唱的花儿，我们这一带的人叫漫少年，歌词是自己编的，随唱随编，调子是模仿

王秋生趔了一下，
“呔，张求宝，
你变态吗？
这玩意儿你也长着哩，
看我的干什么？”

花儿的，好听吧。”王秋生说：“好听，好听。”

那小伙唱完，抡起手里的绳子，抡过几圈后，啪的一声打出一块石头，飞到对面的山上。

王秋生感到好奇，问张求宝那是什么玩意，张求宝说那绳子叫袍肚，正中间是个皮囊，里面放上石头能扔得远，放羊用的。羊要跑着超出视线，或者跑到人家麦田，用袍肚打出石头到羊前面，羊立刻会掉头，回来。王秋生说啥有啥的行道哩，明白了。

张义堡不缺水，上游哈溪镇一年四季奔腾着一条河流，绕过几十道弯，哗啦啦流向黄羊水库。这儿的农民浇地不管季节，不管时间，啥时想浇，提个铁锨到河边取开口子，把水放到地里，直到水溢出地埂才封堵住进口。

不缺水的地方树多。

村庄边，大白杨密密麻麻往天上冲。清晨的炊烟穿出树梢，形成一片烟雾，笼罩在村庄上面，缠绕在半山腰间。连绵起伏的大山似在云里雾里，如诗如画，一片朦胧与神奇。王秋生暗喜来到一个神秘的地方。

两人下了车，沿着水库旁一小窄路往石窟走。

一对野鸭子在水面上嬉戏，有时呱呱呱往前飘移，有时在原地打圈圈，不时把头伸进水里，叼出一条小鲤鱼。王秋生捡起一块石头，斜着身子扔过去，扑通一声，溅出一朵浪花，野鸭子迅如闪电，一头扎进水里，一会儿，又在不远处伸出头来。王秋生又捡起石块，正要扔，被张求宝一把拦住，瞪着眼，一脸严肃地说：“呔，再不要打了，这里是佛门圣地，不许杀生，

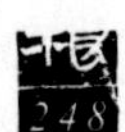

不得游手好闲。”王秋生立刻丢下石块，搓手上的泥土，默默地跟在张求宝后面。

到了大佛爷脚下，两人取出烧纸、鞭炮、面包和香。王秋生是第一次来天梯山石窟上香，他认为这里面肯定有讲究，先干什么，后干什么，做哪些动作，说哪些话……他全然不知，只能斜着眼观看旁边的张求宝，张求宝干啥，他干啥。

两人烧过纸，向四周抛洒了面包，点上香，插到香炉里。张求宝后退了几步，指着旁边的空地说：“这会该许愿、磕头了。你跪那儿，许你的愿，磕你的头；我跪这儿，许我的愿，磕我的头。”

王秋生对着大佛爷，一下子趴倒，两手合并，对准额头，屏心静气，紧闭双眼，心里默默叨念：佛爷保佑，佛爷保佑，一定保佑我这可怜之人生个儿娃……

王秋生默念过几遍，抬起头，睁开眼，又深深磕过两个响头，起了身。

张求宝上完香，趴在大佛爷前的围栏上仰望大佛爷，王秋生跟过去。

张求宝问：“这大佛爷，以前没见过吧？神奇吧？”

王秋生说：“见是见过，是在电视上，武威台播天气预报那阵就出来了，看起来，没这么高。今天到跟前，才发现，这……这么高，以前的人是怎么把它修出来的？”

“肯定呀，你看那脚趾，一个小脚趾头比你的大腿粗。”张求宝正说着，唉哟尖叫了一声，一脸惊奇，用手指着大佛爷脚趾，“快看，呔，王秋生，快看，那趾头上是啥？”

王秋生睁大眼睛，伸长脖子，仔细瞅看，一条一尺长的青蛇在大佛爷脚趾上慢慢蠕动，从大拇趾爬到小拇趾，又从小拇趾爬到大拇趾，偏不下趾头。王秋生被吓了一跳：“我的天哪，怎么是长大爷，长大爷怎么跑到这里来了？”

“就是，就是，今天真是邪门了，这地方怎么会有蛇，应是佛爷显灵了？”张求宝说着，拽了王秋生一把，“你我许的愿都会成功，快，赶紧放炮。”

两人立马拆了鞭炮，一个向南，一个向北，啪啦啦放完。再去看那青蛇，已不见踪影。

爬出悬梯，张求宝说：“王秋生，今天这事一定不要给别人说，包括你的女人，天机不可泄露，泄露了，许的愿就不准了。我感觉这次黄尕菊一定给你生个儿子哩，要不信，走着瞧。”

王秋生说：“好！好！好！就是爹爹活着，我都不给他说，别说女人了，这么大的事，我一定听你的。”

离开天梯山石窟，两人在车里说笑着，往家走。

又到黄哈路口，张求宝长长吸了一口气，说：“终于到油路了，刚才这截石头路，把人颠得屁股疼着，你坐好，我放快速度，好好跑一会。”

“急什么急？开慢点，安全第一，又不是这会天黑了，急着去约严寡妇。”王秋生说。

一听严寡妇，张求宝来了神：“呔，王秋生，今天，我帮了你半天的忙，你也得给我帮个忙。”

“啥忙？”

“早晨我出门时，给于凤英说把行李给我准备好，早些做上拉条子拌面，我和你天梯山上完香，赶回家吃过中午饭，就要进城去。我进了城，好几天见不上严寡妇，会急得抓耳挠腮。所以，今天得瞅个机会，跟她见见，就想喧一会。于凤英把我看得紧，我没办法跟她通个信，再者，万一被队里人看见，说我才来一两天，就往严寡妇那里跑，肯定会给我传出什么风来……劳驾你去个给严寡妇通个信，说中午饭后，让她在村口她们家那块地里假装干活，等我。大中午人少，我去拉上她，到远处些喧一会。”

“我就知道你说的是这档子事，你张求宝屁股一撅，拉着几个羊粪蛋，别人不知道，我能不清楚吗？你说的这事行哩，没问题，我到严寡妇家去，没人说什么闲话，连黄尕菊都不问，因为队里人全知道，我是正经人，哈哈，哪像你？”

张求宝一手扶着方向盘，一手拍了一下王秋生，笑道：“你正经个啥，天下哪有不吃腥的猫，只是你有那个贼心，却没那个贼胆……”

张求宝话没说完，就听王秋生大声喊：“刹车，刹车，快刹车！”王秋生喊着，两手抱住头，闭上眼睛，缩成一团。

张求宝一脚踩死刹车，小车咯吱吱向前滑。透过挡风玻璃，张求宝清清楚楚看到一小男孩被车头撞倒。张求宝啊了一声，吓瘫在座位上，身子不停地颤抖，脸色雪白，似乎喘不过气来，脑海里一片空白……

半天反应过来，赶紧打开车门，抖抖颤颤下去。刚走两步，却见那小男孩从车前伸出头来，两手扶着车头，惊奇地望张求宝。张求宝急忙跑过去。那小男孩见张求宝过来，转过身，朝前跑出十几米远，低下头，卷起裤脚搓膝盖上的皮。没等张求宝走近，小男孩放下裤角，拍了几把，突然拧过身，跑了。

张求宝的腿突然软下来，一屁股坐倒，两手拍着大腿，不停地喊着："我的妈呀！"喊了半天，慢慢从兜里摸出烟抽。

王秋生下了车，身子依然颤抖着。他慢慢走到张求宝前面，弯下腰，伸手拉张求宝。

张求宝摇着手："稍缓缓，抽支烟，压压惊。"

"真吓死人了，太危险了，我半大天气都喘不过来，"王秋生说，"抽烟，你也站起来抽，这样子，过来人看见，不笑话吗？还以为别人开的车把你撞了，坐这耍赖呢！"

张求宝侧过身，一手撑地上，慢慢爬起来，两人站在路旁，一支连一支地抽烟。

"多亏老天有眼，保佑那小孩和我们，我那阵都觉得，这小孩肯定完蛋了，谁知，他好端端地跑了，真是谢天谢地。"

"真的，真的，我也觉得完蛋了，天都塌下来了，脑子里嗡地一下，好像啥都不知道了……直到看见他，我才松了口气。呔，王秋生，你说，今天这事，是不是邪门了？"

"岂止邪门，简直，邪门的不是一般，看电影似的。"

"噢，灵验了，灵验了，看见灵验了。王秋生，这会，我实话告诉你，你猜上香那阵，我许了什么愿？"

“我又不是你肚子里的蛔虫，哪里知道你许了什么愿？”王秋生说，“我猜你这种人，许的愿是这辈子跟严寡妇勾搭，还不要让人知道，给你弄出是非来，或者再多交些桃花运，你的这种愿，佛爷不但不会答应，反而还要惩罚你。我听人说佛爷不会圆恶人的愿。要不，小偷天天来上香，要佛爷保佑他多偷东西，可能吗？像你这样的男人来上香，要佛爷赐给你二十个美女婆娘，能行吗？佛爷全答应了，这世道是不是乱了？所以，佛爷刚才安排那小孩跑来吓唬你一下，给你敲个警钟，不要胡许愿。”

“到这会了，你还开这玩笑。刚才这事，可是危险极了，算我今天幸运。实话告诉你，是大佛爷保佑了我们，我那阵许的愿是求大佛爷保佑我平安吉祥。你想，我买了小车，跑出租，以后天天路上跑。现在的路上，人多、车多，我只求佛爷保佑我路途平安，吉祥如意。你看，还不到一小时，就灵验了。”张求宝说着，拍拍王秋生的肩膀，“我觉得你的愿也一定能成，我有种预感，这次黄尕菊一定给你生的是儿子，不信，到时候，你问我姓张的来。”

王秋生听着，喜上眉梢。两人又上了车。

经这么一吓，张求宝把车开得慢了。

回到屋里，于凤英泡了茉莉花茶，两人坐着喝茶，张求宝仍心有余悸。

于凤英站在地上，望着张求宝，说：“你说，现在的这些男人，究竟怎么了？你们走后，郑万财的女人韦静霞来过屋里两趟，找你俩。我说你们有事出去了，回来到中午了。她说要跟郑万财离婚哩，财产分不公，两个小孩的抚养权也要不公，要你们去说些公道话，还说你们一旦回来，就到她家去一趟。”

张求宝问：“韦静霞说没说是啥原因离婚？”

于凤英说：“我问了，她哭哭啼啼地不说。”

张求宝说：“这种事情，就是我们去也说不清楚。离婚，财产分配是法庭判的事。我们说的话，不是惹这个，就是惹那个，怎么也主持不了公道。”

于凤英说：“你俩要去，不要说分财产的事，尽量劝着他们不要离婚，两个小孩都那么大了，让好好过去。宁拆一座庙，不拆一桩婚，千万不要干那伤天害理的缺德事。”

正说着，韦静霞进来，靠在面柜前，取下头巾擦眼泪。于凤英要她坐下，韦静霞直摇头，一个劲地哭泣，可怜兮兮的。

张求宝问：“你们两口子好端端的，怎么突然想起离婚了，究竟是怎么回事？”

韦静霞边哭边说：“你们不知道，我们家那头野驴，干的那事，丢人着给你们说不成。天下没有不透风的墙。我以前听到风声，说他勾搭了灯泡厂一个女子，我问了几次他都不承认，说是啥人由嘴里谝闲传，给他凑事哩，还问我是谁说的，我怕惹出事，就没给他细说。抓不住他的把柄，好几个月来，我又再没听到他的闲言碎语，认为现在这社会，说啥话的都有，正如，林子大了，什么鸟都有，就没再想这件事。”

于凤英泡了杯茶，走过去，扯着韦静霞的袖头：“走，过

去坐炕沿上，喝口水，慢慢说。”

韦静霞摇着身子不肯，张求宝站起来，一把抓住韦静霞的手腕，拉到炕沿边，说：“你这个女人，这么难过干啥哩？天塌下来，还有高个子顶哩，站着，腿不困吗？坐下，慢慢说。”

韦静霞屁股挂炕沿上，又开始说：“昨天下午，我头晕乎乎的，脸也有点烧，觉得感冒了，就到乡卫生院去买药。卫生院门口，我看到我们家那畜牲的车。我一眼认出那是我们买的面包车，车号我都看了，一丁点儿没错。我估摸他是不是也在卫生院看病，还是到卫生院送病人来了，就进去找他。转了几个房间，找不到。我指着车，问一护士：‘有没有看见从门口停的那车上下来看病的人？’那护士斜着头，指着车问我：‘就那车上的人吗？’我点了头。护士说：‘早上十一点来的，一男一女，称是两口子，女的看起来比男的小七八岁，怀孕了，不要娃娃，要打胎。打完胎，男的一直陪在身边，直到下午上班，才结完账。这会，两人出去吃饭了。’我听了，觉得天要塌了，跑出去找那畜牲，车和人已经不见了。我没有看病，回到屋里等他。他十点多回来。我问他到卫生院干啥去了？他说去送病人了，还乱说在哪些碰到了什么人，得了什么急病，怎么求他……我越听越来气，一想他骗了我这么长时间，还又编谎哄我。一气之下，把一茶杯摔到地上打碎，说出实情。他见事已败露，没有劝我半句，反倒说要跟我离婚，还骂我是黄脸婆。”韦静霞说着，控制不住情绪，呜呜地哭起来。

张求宝听着，额头的汗水渗出来，满巴掌抹去，问：“这事地道吗？郑万财承认了？”

韦静霞说：“这么大的事，谁会编谎？他承认了，说得清清楚楚，还说跟我离了婚，要跟那女子过去哩。我一直跟他吵，他却不管不顾，昨天夜里一点多跑了，我估摸着又跟那女子混去了，一晚上没回来，临走时还说，今天把你们请来，说分财产的事。”

于凤英说：“这个郑万财，也太不像话了，把人家姑娘的肚子搞大，还欺负自己老婆，怎么能干出这么伤天害理的事？要是我们家求宝……”斜眼挖了一眼张求宝，“干出这等事，我非把他那玩意割掉，我就不信，一个男人家管不住那东西。”

张求宝说：“你又扯到哪里了，乱说啥哩？人家郑万财若像画，早挂墙上了。哪个人没糊涂的时候，哪个人能精明一辈子，没个三昏五迷？”

韦静霞说：“娃娃的张爸，这不是糊不糊涂的事。其他事我能忍，能原谅。就这事，不行。人活一张脸，树活一张皮，草芽儿活个露水气。他干的这事，一想让人恶心。换个位想，要是我们当女人的跟上野男人跑掉，去给生个娃，你们男人的脸往哪里搁，哪个能受得住，说不上……早都千刀万剐了，还能容我们站在这里说话。”

张求宝说：“不是我乱说，我们乡里人是井底蛤蟆，经的世面少。你要有空去城里听听，怪事多得很。那些当官的和挣下钱的，好多都有野女人。他们叫情人，有的甚至有好几个。他们的老婆，哪个又不清楚？只是装着不知道，睁一眼闭一眼

地过，要不，怎么办？肯定就是吵呀闹呀的离婚，像你们今天这个样子。离了婚呢，正好圆了男人的好事，有钱有势的，可以随便找一个。女人就不同了。离了婚，以往的好生活过惯了，定不适应未来的苦日子。岁数大了，又结过婚，条件差的，不敢来问，条件好的看不上她……这样下去，最终受罪的还是自己跟娃娃……”张求宝舒了口气，又说：“韦静霞，你说，我说的这些有没道理？对不对？离婚是大事，不是娃娃们过家家，闹着玩哩，你还是谨慎些，要不悔青肠子也买不上后悔药治。依我看，你还是回去，跟郑万财好好说说，毕竟，一日夫妻百日恩。他若回心转意，保证不跟那女子再来往，你们最好还是不要离婚，好好过去。”

韦静霞说：“昨天晚上，他走掉，我都想着没心活了，找了麻绳，想着上吊一死了之。蹲在炕上，看两个娃娃，睡得呼呼的，脸圆圆的，心疼得很。我又想，我要死了，受罪的是两个娃娃，都是我身上掉下的肉，好不容易一把屎一把尿抓养大，以后成了没娘娃，叫人戳脊梁骨……想来想去，下不了那狠心。你们这会去给做个主，把两个娃娃给我，跟上他，肯定没好日子过，他的啥东西，我一件不要，离了婚，就是要着吃，我也把两个娃娃养大。”

于凤英听着，眼泪唰唰流下来。走到韦静霞面前，两人头对头，呜呜地哭。

王秋生坐着，一直没有说话，听到这儿，脸色煞白，捣了一把张求宝，走出屋。

张求宝跟出去，王秋生紧张兮兮地说：“呔，张求宝，你看这情境，让我再去不去给严寡妇报信了？依我看，别扳尻子惹风了。你看，你们挂女人惹的这祸，听着，能吓死人。”

“放心，严寡妇又不是大姑娘，结扎掉哩，怀不上娃娃。我懂这点常识，做事小心哩。不像郑万财这个苕料子，像是脑子进了水，苕不愣腾的，偏要老驴吃嫩草，胡日鬼。你等会，放心给她说去。”

“你别吹牛了，我怎么觉得害怕得很。你最好给严寡妇说说，把她那炕洞门上的圈圈擦掉，要不，有朝一日，万一被于凤英发现了，那可是证据，你浑身是嘴也说不清楚。”

“你别吓唬我，你这个人，太小心，老鼠胆子，于凤英就是看着我画的圈圈，能怎么样？她能看出什么？想到什么？”张求宝斜着眼，抖抖嘴，不屑一顾的样子，“哼！她又不是神仙。”

“你怎么这么犟，耳根硬得像蒜锤子，人给你说好话，你偏听不进去。你画的那些圈圈，我都能看出意思，她难道看不出？女人们敏感时期聪明得很，你认为她是愣棒？别以为光你能逞能拉狗屎。”

“越说越玄了，”张求宝说，“我就不懂了，你给我说说，于凤英怎么能看出那圈圈有文章？有意思？怎么能看出我和严寡妇相好？”

“你仔细想想，你一个几十岁的大男人，没事干，隔两天去寡妇墙上画个圈圈，隔两天去寡妇墙上画个圈圈……画圈圈也罢了，里面点上一点，那是啥意思？分明就是那个意思。苕

子都能看出来，别说于凤英。若被发现，再数一数圈圈，多少次，都清清楚楚。今天，要不听我劝，你非把事情做成两膀胳。”

张求宝忽地明白过来：“当初我画圈圈只是做记号，并没想到你说的这层意思，你这么一提醒，我还真觉得有那么个意思。好吧，我中午见了给她说，叫她抽个空去把那些圈圈擦掉。”

说完，二人进到屋里，跟于凤英和韦静霞来到郑万财家。

郑万财在靠墙的炕沿上坐着，嘴角叼着一支烟，脸上布满了乌云，青一处，黑一处。炕沿上还坐着侯二、刘三和刘招财。见到王秋生和张求宝进去，三人都打了招呼。只有郑万财，抬起头白了一眼，一句话没有说。

刘招财从怀里取出一盒烟，拆开给大伙每人发了一支。到郑万财跟前，郑万财接住，放到面柜上，把手下的一盒摔到炕沿中间的铁炉上，说：“今儿你们自个抽吧，”又挖了韦静霞一眼，那样子恨不得把韦静霞挖死，“我叫这臊婆娘气着没一点点精神。”

韦静霞听着，又开始哭，边哭边说：“娃娃的爸爸们，你们听卡，他这嘴里生蛆来没有？他干了驴事，还骂我，眼中哪还有我这个当女人的？自从我们家买了那个车，屋里的活几乎全成了我的，除草，浇水，伺候娃娃。我苦死累活，就想他开上多拉些客人，多挣些钱，把日子过好些。谁知，他……拉来拉去把野女子拉上了，给人家把肚子搞大，还跟我离婚哩。你们说，我这是上辈子造了哪门孽呀？”

郑万财本在气头上，听韦静霞这么揭他的底，拿起手下烟灰缸忽地扔过去，烟灰缸不偏不斜砸在韦静霞眼眶上。韦静霞哎哟一声，捂住眼睛，鲜血从手心里流出，像蚯蚓一样沿手腕往袖筒里钻。韦静霞感到一种刺骨的疼痛，跑出门外大哭呐喊："老娘今天不活了，要打，你出来把老娘打死，打不死，老娘非死给你看！"

韦静霞哭叫着，跑向厨房。

于凤英站起身，赶紧追出去。张求宝、刘招财也跟出去。

厨房里，于凤英从身后抱着韦静霞的腰，两脚蹬着墙跟朝后拉。韦静霞一手扶锅台，一手使劲够碗柜上面的菜刀。

张求宝赶过去，抓住韦静霞的胳膊拉到院子里，气狠狠地骂："你这个苕女人，疯了吗？你可以这么一死了之，剩下那两个活爹爹活妈妈，才一丁点儿大，谁管哩？以后怎么活人哩？"

韦静霞只是一个劲地哭，哭声响彻整个村庄。

张求宝叫刘招财开来车，把韦静霞推到车上，让于凤英陪着去卫生院包扎伤口。而后进屋里，几个大男人站地上给郑万财上政治课。

张求宝说："呔，郑万财，你别吹胡子瞪眼，我今天把你惹了就惹了，就把你骂骂。你这真是没法没天了，自行车骑着没轧了！你脑积水吗？疯狗吗？你一烟灰缸把你的女人砸死，就能了？留下那两个孽果蛋子怎么过哩？你认为灯泡厂那个小妖精真的爱上你了，跟上你过哩？也就你开这么个车哩，能挣几个猴食弹子，要没这，她来给你地里干上一天活，我张字颠

倒过！”

刘招财说：“张求宝说得对，这个小妖精对你这么好，肯定是有图头哩，叫你请着吃，请着喝，买件衣服啥的，说穿了，就是对凑着花你的钱。听人说城里有个当官的，搞大了姑娘的肚子，姑娘要十万块钱，说是什么青春损失费，威胁到他家或单位上去闹。最终，那当官的给了五万，事情才了结。现在这社会现实得很。假若你跟韦静霞离了婚，变得没钱了，那小妖精肯定不会给你当锅婆子，伺候你和两个娃娃，说不上跑得比贼快。”

王秋生说：“万财，我这人老实，别的我不懂，不清楚，就知道离了婚，车走车路，马走马路，大人倒无所谓，可娃娃们可怜得很，孽障得很。”

刘二说：“男人们嫖风打浪不是件怪事，历史上多的是。皇上有三宫六院，妻妾成群，有些名人也常去歌妓院。主要是干了这事，对女人得有个好态度。女人们好哄得很，听过没有，三句好话暖人心。你要装个孙，下个话，女人们一般都会原谅。”

张求宝说：“看起来，你也是个聪明人，怎么遇上这事，头叫蜜蜂子叮肿了，偏鬼迷心窍。城里卫生院大医院多的是，你偏领到家门口刮娃娃，你就不怕叫熟人看见？再者，嫖风你不要嫖人家大姑娘，嫖大姑娘容易出事。现在小媳妇子、寡妇子那么多，你非要搞大姑娘，整出这么天大的事，把人丢到裤裆里，你是图的哪门？”

刘招财说：“要说，你那女人够好的了，除了长相一般，再差了啥？说个唱戏的，你能说上吗？你跑车，至少天天能吃碗炒面片。她呢？饥一顿，饱一顿，还要给你把地里的活干上，屋里的心操上。人心都是肉长的，我说句公道话，你今天不应该打人家。自己做错事，反倒打人家。想起来，韦静霞也孽障，你赶紧给人家赔情道歉去。”

张求宝说：“招财说的对，刚才，要不是于凤英跟我拉住，她若取下菜刀抹了脖子，韦静霞的娘家人知道真相，非来把你那面包车砸成沓沓，不把你活吃上才怪哩。到那时，你后悔能来及吗？这会，你赶紧到镇上去，提上碗饭，到卫生院给韦静霞下话道歉去。”

郑万财无动于衷，坐着一动不动。张求宝一把拽起：“这会儿，你说话呀，气叫贼偷掉了吗？我们这么多人给你说好话，好像秋风灌了驴耳，瓷实得很。”说着拉出门，推上面包车。

郑万财犹豫了一下，开上面包车走了。

根
第十二章

王秋生和张求宝从郑万财家出来，张求宝回家收拾行李，王秋生去给严寡妇捎口信。

听到狗叫声，严寡妇把庄门轧个缝，探出头，看到王秋生，问："娃娃的王爸，你有事吗？"

王秋生朝四周看了看，鬼鬼祟祟地说："你中午饭后，到村口你们的地里去，张求宝在那里等你，说有个话说哩，他来找你，怕别人看见说闲话，叫我来给你带个信。"

严寡妇低着头，没有说话。院内大黄狗汪汪叫个不停，王秋生说完，转过身，一溜风回到屋里。

中午饭后，张求宝装好铺盖、衣服及生活用品，于凤英跟上要送，张求宝说又不是出国不来了，叫她该干啥干啥去，便把车开到村口一棵大树下，心急火燎地等严寡妇。

张求宝打开车窗玻璃，把靠背放倒，躺下又起来，起来又躺下，浑身似钻了蚂蚁。他不停地伸出头四处张望，心里似着了火。

两小时后，午觉后的村民依稀向地里走来。张求宝足足抽完了随身带的一包香烟，依然没有瞧见半点严寡妇的影子，眼里尽是满地的烟头。他心乱如麻，疑云密布，想：严寡妇不守约，难道是王秋生没把话带到？凭他对王秋生的了解，应该不会。从郑万财家出来，分手时，王秋生明明说了到严寡妇家去带口信？可如果把信带了，又怎么一中午见不到严寡妇？难道严寡妇遇了急事，出不来？应该也不会。若遇急事，吃饭那阵，王秋生早去给他通风报信了。再就是严寡妇听到了什么风声，决定不跟他相好了？跟严寡妇分开，不到十天时间，发生这么快的变化，应该也不会……

张求宝越想越疑惑，越想越来气，心里开始骂严寡妇：严寡妇，你不是人，不就一个寡妇，以为你还是黄花大闺女，叫老子拿八抬大轿抬你呀，不来是啥意思？你通个气、吭个声，给老子说清楚，白叫老子大中午的太阳窝底下苦苦等你几个小时，下次见了，看我怎么收拾你！

张求宝像警察捉小偷一样痴痴守了几个小时，最终没等到严寡妇，心里全不是滋味。想到进城后，不知何时再能见着严寡妇，还有心里一大堆的疑惑没有解开，心有不甘，他掉转车头，向王秋生家走去。

半路上，恰好遇到王秋生两口子，提着铲子往地上赶。张求宝停下车。见张求宝又回来，王秋生好奇地问："你还没进城呀？怎么又回来了？"

张求宝偷偷给王秋生使个眼色，"已经走到半路了，才记起把东西忘了，这不，又回来取了，"看着黄尕菊，"你先到地里干活去，我和秋生喧一会。"

黄尕菊走后，张求宝压低声音问："呔，你给严寡妇说了没有？我怎么等了一中午，没见着她的个影影子？"

"说了呀。你我分开那阵，我就去给她说了，这事，能给你忘掉吗？"

"你是怎么说的？她又怎么答复了？"

"我说让她饭后到村口她家地里去等你，你有话要说。她

听后，低着头，没有说话。我估摸着她清楚我知道你俩的事，难捱得说不出口，就没多说，回家了。”

“既然你说了，她这是啥意思？唱的哪门戏？一中午没个人影子？”

“这……我就不知道了。你俩的事，我哪能猜透。要不，你今天不要进城了，用你的老一套办法去见她。”

张求宝一下懵了：“什么老一套办法，你怎么把我说糊涂了？”

“你是真糊涂还是假糊涂？”王秋生偏过头，望着严寡妇家，“去呀，原到那后墙上画圈圈呀。”

“哎哟，你说的这个呀！我还以为啥办法。这大白天的，人这么多，我怎么去画圈圈？我去画圈圈，万一被人看到，捣出闲话，惹出乱子，怎么办？”

“啥事能难住你张求宝！这么简单的办法，还用我教。你不会把车开到她家后墙跟前，假装在那尿尿，趁机画上个圈圈。”

“哎呀，王正经，你也能想出这种点子，这辈子，你就聪明了这么一回。”张求宝说罢，开上车走了。

张求宝把车开到严寡妇家后墙。下了车，东张西望，恰好没见一人。他赶忙捡起树枝，匆匆忙忙划了一个圈圈，把树枝立到炕洞门口，跳到车里，鬼撵似的回到家。

于凤英见到张求宝，好奇地问：“你不是早进城了吗？怎么又来了？”

“刚出村口，碰上了张乡长，到他办公室喝了一会茶，他说他下班也要进城，要我等着把他拉上。这阵，他又下队去了，我只能回来，等着下班再去接他。”张求宝编了谎，紧张得像心里揣着兔子，快要跳出来。

“暖壶里有开水哩，你自己倒上喝去，我先到地里锄草去，河那边的包谷地都快让草糊住了。”于凤英说完，提着铲子，背起背篼，匆匆走了。

张求宝在屋里坐也不是，站也不是，急得里团团转。抽过几支闷烟后，情不自禁出了门，向王秋生家地里走去。王秋生老远看见，迎过来问：“圈圈画好了没有？”

“画好了，就是心里破烦哇达的，蹲不住。”

“行了，你这把着锅里的，吃着碗里的，还蹲不住，嫌破烦，像我这没地方画圈圈的，还不跳黄河去。”

“别损我了，不说这话了。走，我和你到刘瘸子家里听谎儿走，让瘸子讲两个段子，散散心，我这阵实在急得猫抓心。”

“你一个人去吧，我哪有那么多的闲功夫去听段子，不像你这能人。这阵跟上你去，让队里人看到，又说我是你的跟屁虫，不务正业，不帮黄尕菊锄草，一天跟上你瞎混。”

“走呢走呗，一个大老爷，爬地里锄草，一年能多收几个包谷籽儿？锄草是女人们干的活。队里人还说我给你打酱油呢。这社会，说啥话的没有？”

王秋生知道不去不行，就把铲子扔地里，跟张求宝去到刘瘸子家。

刘瘸子在炕里手坐着，身后垫着一条厚被子，手里捏着一

拃长的卷烟，正兹啦兹啦地抽。见到二人，露出一嘴黑黄牙，笑呵呵地说："你俩这是哪股风吹来的，大白天的不干活，竟然有闲情雅致跑我这里来消磨时间。"说着从炕桌下摸出烟渣盒，放桌子上面，又给每人一小纸条，示意卷上抽。

张求宝摇着手，说旱烟渣受不住，遂掏出一盒纸烟，抽出一支，递给刘瘸子。

王秋生见刘瘸子的茶杯里缺水，提起暖壶倒满。坐炕沿上，斜着身子对刘瘸子说："刘爷，张求宝买了一辆小车，今晚就要进城跑出租了，以后可能半月一月地回不来。这会，他闲着没事，非要让我陪上来听你讲段子，你今天不要讲《杨家将》《水浒传》呀什么的，给他专讲两个段子。他前些天听了我讲你讲过的段子，说有趣得很，笑了好几天。"

刘瘸子捋了一把胡须，呵呵呵地笑着："你们听的那些段子是我或听或书上看的，还有我编的，都是闲了寻开心。人这一生几十年，说短也长，说长也短。无论达官贵人，还是普通百姓，都是这万世的一个过客，只是有些人雁过留名，流芳千古，世代相传；有些人行云流星，昙花一现，销声匿迹。你我皆为凡人，虽不能名垂青史，可也不能枉来世一趟，哭一天是过，笑一天是过。天上的太阳不会因为你的心情好坏而静止不动，每天照样从东方升起，西方落下。我们宁可笑着死，也不哭着活，开心一天是一天，绝不可委屈自己。所以我讲的段子，都是逗大家穷开心的。俗话说，笑一笑，十年少，一笑解百愁。倘若有人听了我的段子，笑走了痛，笑走了病，笑出了幸福，也算我这瘸子为社会行善积德了。呵呵……不闲扯了，既然你俩想听段子，就给你们讲一个吧。”

刘瘸子喝口水开始讲：有一农夫拉着驴车正在穿越一茂密的树林，忽听到一少女喊救命的声音。农夫跑过去，看到一年青小伙欲对少女行不轨，遂拿起鞭子赶走了小伙。少女便跟农夫往前走。走了一阵，少女说让驴吃点草，自己跟老农歇一会，吃点馕。吃馕中途，少女含情脉脉地望着农夫，说农夫大哥是善良人，是英雄，自己的身子与其让流氓歹徒抢占，还不如给农夫大哥，正好也回报了农夫的救命之恩。农夫心中窃喜天上掉下个林妹妹，便让驴去吃草，自己跟少女钻到密林深处翻云覆雨了一阵。事毕，两人继续往前走了一段路。少女又说让驴吃点草，自己跟农夫休息，吃点馕，两人又去密林深处。又往前走一段路，少女又说让驴吃草，自己跟农夫吃馕，来了第三次。到了第四次，农夫被吓得直给少女告饶：姑奶奶，这次我去吃草，你跟驴去吃馕吧。

张求宝听后，笑得前俯后仰，说：“刘爷，你这段子，怎么这么有趣，要是到凉州城里去讲，都能卖钱哩，说不上连你都出名哩。”

张求宝听了很是过瘾，要刘瘸子再讲一个。刘瘸子不肯，说段子是他的看家宝，讲掉一个，社会上多一个，他却少一个。张求宝抽出纸烟递给刘瘸子，说他下次回家时，一定买上凉州城里最香的猪头肉给瘸子吃。刘瘸子一听给他买猪头肉，立刻答应再讲一个，还叮嘱张求宝，买猪头肉时，不要买全瘦的，

要买成肥加瘦的，肥加瘦的吃起来香。便开始讲第二个段子：

有一对夫妻，男的是煤矿工人，女的是农民，生下一男孩，三岁多大。男人在矿上干活，一度特别忙，几个月没回家。女人急了，便带小孩去矿上寻找。找到后，一家人想团聚几天。男人住的是单身宿舍，里面只有一张单人床，三人挤不下。下午男人上班后，女人从外面抱来一大堆砖头，找来两张木板担上面，加宽了床。晚饭后，女人烧了水，给男人洗过澡，三人早早上了床。女人和男人急得像两个火球，可小孩几个月没见老子，兴奋得不睡觉，眼睛睁的明溜溜大。实在无奈，女人想出一妙招，她跟小孩说："宝宝，你和爸爸谁在妈妈肚子上能爬住，妈妈就让谁爬，好吗？"小孩点点头，先上去，女人推下来，放一边。男人上去，却一直不下来，小孩偏着头，看了半天，突然说："妈妈，我说爸爸爬上怎么下不来，原来是一个闩闩子闩住呢。"

刘瘸子讲的段子让两人听得很尽兴。王秋生听后心里奇痒无比，一想那闩闩子，心慌慌跳得厉害。

王秋生和张求宝说笑着走出刘瘸子家门，各自回了家。

王秋生回到屋里，浑身发热，感到口很喝。他喝了几口水，心急火燎地去地里找黄尕菊。

"你俩又到哪里去了，半天不见？"黄尕菊斜了一下头说，"地里这么多的草，没有说帮我多锄一会？"

"还能哪里去，瘸子家听谎儿去了。你说，张求宝要进城了。以后，一半月的能不能见上，说不准。帮了我们那么多的忙，他叫，不去能行吗？”

“那就蹲下再锄一会，直愣愣地站着干啥哩？天还没黑，早呢。”

“今儿不锄了，早些回吧，回去，两口子好好睡一觉。”

黄尕菊放下铲子，拧过头：“神经病，这会子睡的啥觉？苕疯上来了……”

“就苕疯上来了，”王秋生提起铲子，一把拉起黄尕菊，“我这阵太难受，实在忍不住了，这忽子睡一觉，你肯定怀的是儿子。”

黄尕菊不动身，一脸严肃地说：“呔，王秋生，你是喝酒了还是变态了？”

王秋生捞了一把：“走呢走呗，叨叨什么？回去，你就知道我变态了没有。”

黄尕菊跟在王秋生的后面，心里怪怪的。

路上，王秋生把刘瘸子讲的段子说给黄尕菊，黄尕菊听后脸上出现几朵红云，说刘瘸子是个胡日鬼。

进到屋里，黄尕菊让王秋生取出酒，说喝了酒感觉好。王秋生拿出白酒，两人喝了半斤，又学上次……

严寡妇中午不去见张求宝出于两方面的原因：一是怕大中午被人看到，尤其怕被于凤英看到。她跟张求宝好的事若被于凤英知道，于凤英肯定放不过她，找上门，把她的头发撕掉，嘴撕烂。事情若闹大，她将没脸再活人；二是七八天前，她看到后墙上新画的圈圈，等了一晚上没等到张求宝，认为张求宝

耍了她，生张求宝的气。

这次张求宝回来，她每天晚饭后去后墙看圈圈，前三天都没有看到，有点心灰意冷。

这日晚饭后，严寡妇又去后墙看。刚拐弯，便看到炕洞门上立着一根树枝，她的心立刻扑通扑通跳起来。几步赶过去，眼睛盯到墙上，她清清楚楚看到两排圈圈旁边多出一个新圈圈。她的心立刻飞了起来，想到终于可以见着张求宝并能跟他翻云覆雨酣畅淋漓地在一起……心里不禁一连串的激动与兴奋。她站在那儿，一边数圈圈，一边回忆跟张求宝度过的美好时光……数着数着，突然，脸上的喜悦被乌云代替。原来，她注意到新增的圈圈是扁的，笔画没连接全，开着一小口子，里面也没那一点点。严寡妇又仔细观看，怎么看新圈圈不像以前的圈圈。她开始狐疑：新圈圈不是张求宝画的，有可能是别人看到两排圈圈，觉得好奇，游手好闲画的；再就是有人知道了她跟张求宝好的事，故意来画个圈圈，作梗捣乱……她越想越乱，越想越害怕，最后决定晚上不开庄门，而且，要把大黄狗拴到庄门跟前。

严寡妇犹犹豫豫回到屋里，把大黄狗拴在门口，苦思了一会，早早地睡了。

张求宝吃过晚饭，编谎说要去接张乡长，于凤英放下碗，目送着张求宝的小车消失在尘土中。

张求宝出了村口，把车停在一僻静处，打开车内音箱，一边听歌，一边抽烟。

西边的晚霞带走最后一丝残亮，世界就像涂了一层墨。张求宝下了车，抖抖压皱的裤子。头顶树上，雀娃儿的会议结束了，有几个不满的还在发言，声音越来越低，越来越稀。

村庄熟睡了，熟得像死了。不远处，偶尔传来几声犬吠。

张求宝鬼一样飕飕飕直奔严寡妇家。还没走到庄门口，就听到从严寡妇家传来大黄狗的叫声。张求宝不相信自己的耳朵，继续硬着头皮往前走。狗叫声越来越急促。快到门前时，他才听出大黄狗拴在庄门口，而不是在后院里。他鼓足勇气推了一下门，大庄门纹丝不动，里面被闩着。大黄狗叫得厉害起来，张求宝怕狗叫声引来队里男人出来抓小偷，碰到他，彻底露了馅，急忙转过身，溜出村口。

张求宝跑到车跟前，点了一支烟，一股怒气冲到头顶。几脚下去，恨不得把地踏翻，牙咬得咯吱吱响。他怎么也没想到严寡妇没给他开下门。不开门也罢，还把大黄狗拴在门口，究竟给他唱的哪门戏……人都说，女人的心像天上的云，飘忽不定，捉摸不透。他的心里，像调了盐，倒了醋，撒了花椒，泼了辣子，蘸了酱油。

张求宝揣着一肚子的不解和遗憾，闷闷不乐地进了城。

第二天早晨，张求宝把车开到商业大厦楼前，取出毛巾，把车细擦了一遍。一屁股榻里面，无精打采，六神无主。刚闭上眼睛，严寡妇幽灵般地跳入他的脑海，昨夜，就在他脑海里捣鼓了半晚上，害得他天亮时才迷糊了一阵。这阵，还没缓过神来，严寡妇又来了，神不知鬼不觉的来了。就像他的影子、

灵魂，使他一遍遍回忆跟严寡妇相好的过程：墙上的圈圈，虚掩的庄门，沉默的大黄狗，篮球般的屁股，高耸的乳房，滚烫的嘴唇，甜美的呻吟，剧烈的呼吸，天亮的荷包蛋加上羞涩的面孔，腼腆的微笑，深情的目光……

一切如海市蜃楼，梦幻般美丽。

张求宝觉得，严寡妇似一个极速扩散的肿瘤，渗入到他的大脑、心脏、骨髓和全身的每一个细胞里。

为了便于王秋生、严寡妇还有租他车的人联系，张求宝到附近一通讯店，买了一台传呼机，学城里人的样子，挂在裤腰上。

他第一个想到王秋生，因为只有王秋生能帮他联系上严寡妇，他要把传呼号告诉王秋生，再让王秋生告诉严寡妇，要严寡妇给他打传呼。不管怎样，他要听到严寡妇的声音，哪怕是最后一次，他也要知道严寡妇没给他开门的原因。

王秋生家没有电话，全队有电话的人家除了自己家，就是刘招财和侯二家。自家的电话肯定打不成，怕露馅。

张求宝掏出一饼干大的通讯录，找到侯二家的电话号码拨通。接电话的正是侯二，张求宝编谎说自家的电话机打不通，要侯二带话给王秋生，叫王秋生到乡政府街上的小卖部，找公用电话给他打传呼，他有要事要说，遂把传呼号告诉了侯二。

侯二在电话里跟张求宝开了一阵玩笑，拿着纸条找到王秋生。王秋生捏着纸条，骑自行车赶到乡政府旁边的小卖部，找到公用电话。不会打传呼，王秋生让店主给张求宝打了传呼，站在旁边等候。

不到两分钟，电话回过来，张求宝说昨晚上严寡妇没有给他开门，他没有见到严寡妇，已经进武威城了。他要王秋生一定把传呼号告诉严寡妇，并想尽一切办法说服严寡妇给他打传呼。

王秋生放下电话，气不打一处来，心里嘀嘀咕咕：这个张求宝，大清早不干正经事，没忙没闲叫他跑街上就是为那点事，真是狼行千里吃肉，狗行千里吃屎。回家的路上又想：两年来，张求宝帮了他那么多忙，买羊，借钱，请客送礼，求佛上香……哪样都没有少过他。可他几乎没有帮助张求宝做过什么，他欠张求宝太多太多。张求宝能力强，人缘好，遇着问题，大多都自个解决了，也就跟严寡妇相好这事上被他看到，才有求于他，他应该毫无顾虑地帮助张求宝，还欠他的人情。

王秋生走到严寡妇家门前已近中午时分。严寡妇听到狗叫声走出来，手里捏着一把小油菜，正准备做中午饭。

王秋生说："娃的严婶，昨天中午张求宝等了一中午，你怎么没有去？再者，昨天晚上他来找你，你也没给他开下门？有啥，你们好好说，别闹别扭，这是他的传呼号，你去街上的小卖部给他打，他有话要给你说。你一定去，这会就去。不然张求宝开车时，老思想抛锚，胡思乱想，万一出个问题就麻烦了，就算我王秋生求你了。"说完，把纸条塞到严寡妇手里。严寡妇听后，脸红到耳根，低着头，一句话没说。

王秋生说完话，假装往家里回。前走几步，转过弯，藏墙拐角处偷偷看严寡妇有没有动静。不到五分钟，严寡妇从庄门

里推着自行车出来，上身换了一件大花衣服，朝乡政府方向去了。

张求宝一直等严寡妇打传呼，传呼没等到，却等来一位手提公文包操外地口音的老板，说有急事，要赶到民勤县去。两人商量好价钱，张求宝便急匆匆地去送。

刚到民勤县城，传呼嘀哩嘀哩响了几声，张求宝停下车，看号码是自己乡政府一带的，猜测可能是严寡妇打的。他让老板稍候，说自己找公用电话回个电话。老板拉开公文包，从里面拿出砖头大的大哥大，问了号码，吱吱吱拨完，递给张求宝。张求宝下了车，把大哥大放耳朵上，对着一头喂喂地喊。电话那头，什么声音都没有。张求宝拿到眼前看了一眼，又疑惑地看老板，老板用手比划着，说他把大哥大拿倒了，要他调个头说话。张求宝赶紧转过方向，对着耳朵又开始喂喂地喊。电话那头传来严寡妇的声音："你喂喂地喊什么？有话你直说。"

"你昨天中午怎么没来？晚上也不给我开门，你是啥意思？遇了啥事？究竟怎么了？"

电话那头半天又没了声音，张求宝原地转着圈圈，又喂喂地喊："你说话呀？我怎么又听不见了？"

又听严寡妇生气的声音："这，还用问吗？鬼干的事情鬼知道，那天，就是3月19日，你画下那么个圈圈，我等了你一晚上，你没来。是不是得到就嫌弃了？你要我呀？还有脸问这些？"

张求宝脑子里嗡地一下，3月19日，他明明在城里，根本没去画过圈圈。想到这些，他赶忙解释："3月19日，我一直在城里，怎么可能去画圈圈，你是不是记错了？误会我了？"

"我能记错吗，我在墙上的画画子上作了记号，你一个大男人，耍了我，不敢承认，找借口骗我一个寡妇，有意义吗？"

老板等着不耐烦，要张求宝快走，说他急着去办事哩。张求宝一边点头，一边说："我这会有急事，送人哩，你坐个车到城里来，给我打传呼，我俩当面说。"说完，把大哥大给了老板。

两小时后，张求宝在车站接到了严寡妇，他把车开到东二环路。两人坐在车里开始嚷仗。张求宝说他3月19日确实没画过圈圈，严寡妇说他画过，而且有记载；张求宝说他昨天下午画了圈圈，严寡妇却没给他开下门；严寡妇说她看不出来是张求宝画的圈圈，所以没有敢开门，还说那圈圈没有画完整，是个扁的，里面也没那一点，跟以前的也不一样，弄得她一晚上不得安睡。

两人嚷了半小时，不分胜负，其他的疑惑都已解开，只有3月19日那圈圈说不清楚，好像那圈圈是空降的。

嚷仗陷入僵持状态，一个吹胡子瞪眼，不依不饶；一个丈二和尚摸不着头脑，抓耳挠腮。

张求宝成了没头苍蝇，不知所措，要弄清事实真相，只有从第一个圈圈开始回忆。他想来想去想到王秋生，全世界知道画圈圈的，除了他跟严寡妇就是王秋生。他把跟严寡妇相好的一切毫无保留地告诉过王秋生，他和严寡妇在他面前是玻璃人，

透明的，肯定是王秋生给他俩捣了一杠子，队里其他人就是闲的没事干，也不会去画那圈圈……他拨通自家电话，叫于凤英带话给王秋生，编谎说张乡长叫着有急事，让他赶到城里给他打传呼。

王秋生赶到城里，张求宝见面就问 3 月 19 日的圈圈是不是他画的。王秋生一下变了脸色，低着头，不承认。张求宝便把跟严寡妇产生误会甚至发展到吵架的来龙去脉全部说清楚，要王秋生说实话。王秋生听后，才觉得把玩笑开大了，便支支吾吾地说出了事情的真相。严寡妇听后不相信，说张求宝在电话里跟王秋生对好鬼来哄她。王秋生对天发誓，说他要哄了严寡妇，天打雷轰，不得好过。经王秋生发誓，严寡妇半信半疑，终于不吭声了。张求宝骂王秋生是五二鬼，正着处不着，不着处掠给一勺，要王秋生给严寡妇赔情道歉。王秋生觉得对不起张求宝，说过几天，他打发黄尕菊去站娘家，要请他俩去屋里给炒鸡儿。严寡妇跟张求宝被王秋生弄的哭笑不得，相互看了一眼，事情总算了结。

王秋生自感对不起张求宝和严寡妇，尤其张求宝，本来给他帮不了啥忙，还给他添了这么大的乱。他是希望他们好的，因为只有在这事上，张求宝才需要他，需要他守口如瓶，需要他通风报信，他才觉得或多或少为张求宝做了事，归还了欠他的人情。可他做梦也没想到，自己画的一个圈圈险些拆散了这对野鸳鸯，心里更产生一种愧疚感。

他的出现使张求宝和严寡妇终于消除了误会，看着两人又开始说笑，他觉得自己完全成了多余的。想到这里，王秋生说：“求宝，我屋里还有事，去车站坐车先回了，你和严嫂好几天没见了，你们去录像厅看会录相，顺便喧一会。”

严寡妇低着头，不说话。张求宝明白王秋生的用意，说一起吃完饭再回，王秋生点了点头。

三人到了北关市场，要了一斤卤肉，三杯茯茶，三碗行面。张求宝说：“王秋生，这可是武威有名的三套车，你尝一哈，抖劲不抖劲？”

凉州三套车由行面、腊肉和茯茶三样组成，闻名河西。行面是由优质面粉加水、少许盐，和成面团，热捂一段时间而成。可根据顾客喜好切成指头粗的骨碌或者宽窄不一的面条。入锅前两手一扯，在胸前围裙上担几下，再一扯，担几下，一般二三次则可。出锅后，劲而不硬，熟而不嫩，光滑细腻，咬劲十足，浓酽醇厚，回味无穷。腊肉选新鲜猪肉和猪肚，加入传统腊汁和秘制调料卤制而成，色泽金黄，肥而不腻，质嫩爽口，口齿留香。茯茶由冰糖、红枣、枸杞、桂圆、核桃仁加水慢熬而成，颜色浓郁，醇正香甜，齿颊留香。

王秋生吃完，抹着嘴角的卤汁说：“这三套车真是名不虚传，黄尕菊要能做出来，天天吃一顿，可阔气死了。”

饭后，张求宝把王秋生送到车站，和严寡妇来到文化广场。

广场北面有四五家录像厅，门旁都立着小黑板，上面用粉笔歪歪扭扭写着放映的片名，张求宝和严寡妇转来转去，最后钻到上面写有“色魔”二字的一家录像厅。

录像厅不大，中间留有胳膊长的走道，两边各摆着六组双人沙发，张求宝和严寡妇坐最后面，隐隐约约看见前面看录像的人，一对一对的，全都头挨头。

屏幕上，正放映一部武打片，人似飞檐走壁，天上一下，地下一下，轰轰烈烈，神乎其神。

武打片放映结束，屏幕上一片雪花。老板进来，换了一盒磁盘，《色魔》正式放映。不一会儿，屏幕上便出现不雅镜头，一对男女脱得只剩内衣内裤，又抱又摸。镜头闪来闪去，伴有大量不雅的声音……张求宝面红耳赤，已按耐不住内心的骚动，正盘算着带严寡妇出去寻地方，就听严寡妇对着他的耳朵低声说："城里录像厅怎么放的这种录相，让人看起来难受着，我以前还以为录相是电影什么的。"用手捏张求宝的大腿，紧张兮兮地问："大白天放这种录像，公安不查吗？要是被查着，抓去可丢死人哩。"

"放心看吧，这是三级片，不是黄色录像，公安不会查，看了黄色录像，公安才会查。"

"男女都成那样了，还不是黄色录像，要怎样才算黄色录像？"

"男女的隐私部位全露出来，才是黄色录像。三年前，郑万财领我看过一次，是国外和港台的。我是第一次看，看后，两天恶心着吃不下饭。一想起那些镜头，心里就难受，哇哇地吐。"

严寡妇拽了一把张求宝的衣袖："那就走吧，把这么个，看啥着哩。”

两人遂出来，严寡妇的脸红得像一团烧云，用手摸着说热死了。张求宝知道严寡妇是心里热，不是身上热……他走到前面，找到附近一招待所，花十元钱登了一间钟点房，待严寡妇进去，张求宝立刻反锁了门，像饿虎捕食一样扑向严寡妇……

王秋生进了车站，坐在回家的公共汽车上，把头伸出车窗，看外面的情景。

车内只有四五个人，一大片座位空空的。司机站在车门前，对着来往的行人吆喝。过了半小时，车里又增加了几个人，司机还嫌人少，仍在不停地吆喝。

王秋生坐得有点不耐烦，忽见一面包车停在眼前。郑万财从车上下来，朝轿车里东张西望，看见王秋生，问："你也要回家呀，啥时候进来的？"

王秋生说："中午进来的，办了点事，正准备回。"

郑万财使个眼神。王秋生下了车，坐到他的车上。郑万财悄声说是来接他姐夫的，他姐夫前天打电话说要从新疆回来，要他到车站来接。接上后，他也要回乡里，顺便把王秋生拉上。郑万财说着，乜了一眼叫客的司机："不能让他听见。听见，说我抢他客了，叨叨开，划不来。"

王秋生听了，内心自然高兴，一者，蹭坐郑万财的面包车不用买票，能省几元钱；二者，可跟郑万财聊天，谝闲传，打发闲时间。

两人谝着，时间自然飞快，不知不觉已到晚饭点儿。郑万

财尽等不来姐夫，便到车站外的公用电话打电话询问。半天回来，跟王秋生说他姐夫遇了急事，不回来了，又没办法告诉他，才让他在车站等了几小时。

郑万财觉得不好意思，说王秋生陪了他一下午，浪费了半天时间。王秋生说无所谓，迟已迟了，回去也干不了活，慢慢回便是。

一阵微风吹来，空气中飘来一股油炝蒜的香味，刺激的王秋生直流涎水。郑万财揉着鼻子，说："这蒜泼得香啊，一闻就想吃饭，干脆找个饭馆吃完饭再回。反正，这会回去，家里也没饭了。"王秋生点了头。

两人走进凉州市场，郑万财切了半斤驴肉，要了两大碗炒拨魚，两人吃完。郑万财抽出纸烟给王秋生递，王秋生摇着头，说饭刚吃完不抽烟，郑万财说："饭后一支烟，赛过活神仙。"硬是把烟塞到王秋生嘴里。

走出凉州市场，天色已晚，郑万财开车刚到东二环路，王秋生便嚷着说肚子胀得难受，要拉屎。郑方财停下车，指着前方一棵大树，说到树下面的沟里去拉，天黑没人看得着。

王秋生下了车，提着裤子跑到树下。刚蹲下，发现前面不远处人行道上停着一辆黑色小车，路上偶尔过来的车灯照在车牌上，他觉得尾号好像在哪见过，记了半天，才记起似乎是张求宝的车号。

王秋生拉完屎，回到车里，对郑万财说："前面那车我看怎么像张求宝的。"郑万财问："真的吗？看清楚了没有？"

王秋生说："好像是。"

郑万财立刻下了车，跑过去，两手搭在玻璃窗上对内瞧看。他隐约看到张求宝一丝不挂，正跟一妇女干那事。郑万财抓住拉手欲开车门，车门被反锁着。他站旁边咣咣咣敲玻璃窗。

张求宝听到声音，回头看了一眼，赶忙抓起衣服蒙在严寡妇身上，严寡妇抱住头，刺猬般地缩成一团。张求宝一丝不挂，爬到前排驾驶室。侧过头，他清楚地看见郑万财一只手搭眉骨上，隔玻璃窗户盯着他。张求宝急了，抓过裤子盖在大腿上。一脚下去，吧哒哒发着车，便跑。郑万财转过身，跑自己车上，开上就追，一边追，一边对王秋生说："你一点点没看错，正是张求宝，刚进城就挂了野女人，在车上胡日鬼。"

王秋生心里明白，立刻搪塞："你是不是看错人了？少管这些闲事，我俩还是早点回吧。"

郑万财说："的确是张求宝，他转头看过我一眼，我看得清清楚楚，是他。女的被他挡着，是谁没看清楚。有本事，他今晚长上膀子，飞了天。要不，我非把他撵上，给咱俩弄个大盘鸡吃。"

张求宝开着车没命地跑，郑万财跟后面拼命地追。张求宝停下，郑万财也停下，而且停在旁边，伸着脖子朝他车里巴望。张求宝无奈，开上车，又跑，郑万财又追，两辆车沿着二环路足足跑了两圈。张求宝看甩不掉郑万财，实在没办法，只好停下，把玻璃窗摇出一个小缝，他看郑万财双手抱着方向盘，盯着他，龇着牙，嘻嘻地笑。

张求宝满脸的汗水，两手作揖，点头哈腰地说：“郑家爷爷，饶了我吧，饶了我吧，过两天，我请你吃大盘鸡，行不行？”

郑万财咳嗽一声，牛哄哄地说：“我还以为你能得很，把车开上上天哩，一个新手，在我老司机面前耍技术，你就不怕把车开到阴沟里。这会答应的请我吃大盘鸡，不会是天窗里掉苜蓿吧？反正，我今天是瞎驴碰到草垛上，你要不请客，我不把你追到明天早上才怪。”

“郑爷，我要不请你吃大盘鸡，头掐给你当尿壶。过几天，你让我干啥都行，求你这会饶了我，不要让我再难堪了，行不行？”

王秋生听着张求宝可怜巴巴的说话声，知道是自己多嘴惹的事，忙道：“万财，别欺负求宝了，你要吃大盘鸡，我俩这就回我们屋里，让黄尕菊炒给你吃。”

郑万财斜了一眼王秋生：“碍你啥事，又不是你在胡日鬼，张求宝给了你啥好处？人这几天都没见过个荤腥渣渣了，正愁着没人请个客。你别狗拿耗子，多管闲事，他这大盘鸡是封口费，要不请我俩吃，我非把他这‘光辉事迹’抖搂出去。”

张求宝趁王秋生和郑万财说话之际把车又开上跑了。跑出一大截，看郑万财再没来追，赶紧停下，匆匆穿好衣裤。

第十三章

一周后，张求宝回到家，找到王秋生，说多亏那天王秋生应了他的急，解了他的围，帮了他的忙，要不郑万财那五二鬼不知还能干出啥过分事儿。张求宝还说他碰上了张副乡长。

王秋生问："他说啥来没有？"

张求宝说："没有，他很热心地问你我好着没有，倒问得把我难捱着。"

"你难捱着，又怎么了？"

"你不想吗？从上次分开后，这么长时间，我们没去看过他，叫领导以为，我们有事就来了，没事，连个影影子不见。"

王秋生低下头："唉，确实。"

"你现在还没养下儿子，八字未见一撇，就把人家忘了，万一以后遇上难事，再去找他，他要计怪了，不再帮忙，又咋办？"

"我这人看问题浅，考虑不了那么远，你应该早点提醒，给我说说。"

"我本想给你早点说，可一说，就得花钱，怕你有想法，所以……"

"好了，求宝，头磕完了，揖作不起吗？这事不能再拖了，再拖，黄花菜搁凉了，你说，是送点啥呢，还是请着吃个饭呢？前几天我新推的面粉白得很，要不装上一袋，再提上一桶清油，你把我拉上，到他们屋里送走。"

"算了，礼再不送了，能请他来屋里，炒个鸡，吃个面最好，就意思意思，拉拉关系。你都瘸腿上拿棍敲呢，还要送。能省几个，算几个。"

“他要不来呢？”

“不来，再想办法。要不，我俩先找他走，听听他的口气，再说。”

下午，王秋生和张求宝来到乡政府，张乡长正一个人蹲在办公桌前抽烟，桌上放着一份红头文件。见到二人，握了手，打过招呼，泡了茶，问二位到乡上来办啥事。张求宝说没办的事，是专门来请乡长的，张乡长给王秋生帮了那么大的忙，时间过去都好几个月了，没再来看望过乡长，王秋生是专门来请张乡长去屋里坐坐的。张乡长说想不到王秋生是个有情之人，心意他领了，家里再不去，麻烦得很。还问王秋生老婆怀娃了没有，家里情况如何，王秋生都一一说了。

三人喧了一会，张乡长最终经不住王秋生和张求宝的软磨硬泡，答应他俩的邀请，说到城里找个茶屋，随便吃点饭，但饭钱一定得他掏，要不他绝不去吃。主要是跟二位喧喧谎儿。

三人进了城，到东小井巷子，找到一茶屋。茶屋不大，只有三间小包厢，收拾得很干净。他们坐到最里面的一间。

老板是一位四十岁左右的妇人，中等身材，微胖，卷头发，皮肤白白净净的，戴着一银色手镯，闪着亮光。见到三人，脸笑得开了花。先是泡茶，而后拿着菜单站在茶几前问三人想吃什么。

张求宝看妇人望着自己，伸手要来菜单，放到张乡长面前：“乡长，你来点，我们只会吃，不会点。”

张乡长翻开菜单，点了两个凉菜：一个长城沙米粉，一份炝拌小油菜，又点了两个热菜：一个冻豆腐豆芽粉条肉，一个萝卜炒牛肉，另加一瓶加热的酒。妇人听了，说主菜没有点。张乡长问有哪几道主菜，妇人说鸡肉有爆炒土公鸡、水煮老母鸡；大肉有卤水猪排、东坡肘子；鱼有炝锅的、水煮的、红烧的；羊肉有黄焖羊肉、开锅羊排还有烤羊排、烤羊腰、烤羊蛋。其中烤羊排是她的招牌菜，说附近其他茶屋都没有，只有她有，还说吃了的客人都说好。张乡长听后，望着妇人，说："按你这么说，主菜只能吃你的烤羊排了。"遂即点了二斤烤羊排和三个烤羊蛋。

妇人点完菜，走出门。张乡长说妇人的嘴再会说也比不上他们乡上做饭的科师傅的嘴。科师傅是一位老光棍，乡政府的工作人员叫他"科万蛋"，年轻时跟上人去四川放蜂儿。放了几年，不见效益，却学了几十道川菜，能背出一箩筐来，尤其有几道他自创的"开胃菜"全跟人体器官有关，好多人没有听过……科师傅常拿那些逗得乡政府的年轻人哈哈大笑。

王秋生原以为张乡长很严肃，不会跟他俩开这种玩笑，说："张乡长，你是当官的，上次也没见你开过啥玩笑，今天，跟我们老百姓坐一块，不摆官架子也罢了，反给我俩说这么有趣的事，让人觉得像一家人喧谎儿，亲近了好多。"

张乡长说："我这身份，哪像个官，一个乡长，前还加了个副字，社会上有一大层。上次吃饭，我不敢开玩笑是因为领导和胡记者在场。那种场合，压抑得很，我只能装腔作势，逢场作戏。不像现在，我们有话就说，无所顾忌，吃上都消化得快。"

张求宝说："张乡长，你身为乡长，还说这样的话，太低调了吧。你是我俩的父母官，真正的官，你这样说话，我倒觉得我俩在哪对不住你了。"

张乡长说："不是这意思，我说的实话。我这身份，就算个针尖大的官，给国家干工作，不愁发不上工资，每月有个麦儿黄，全家人够吃够穿就行。若家人再没个病渣渣，就是大富大贵了。我把这些看得开得很。不像有些人，官虽当上了，问题却出来了。你们听过没有，干我们这行的，心态要是摆不正，出问题的多的是。有为当官急出病、愁出病的；有当了官喝出病、吃出病的；还有出了事跳楼、跳河、喝安眠药、关进监狱的。"正说着，妇人端着两个凉菜进来放茶几上，张乡长拿起筷子，指着王秋生和张求宝："今天吃饭，谁都不要客气，随意吃。"

张乡长吃了几嘴，又开始说："在你们眼里，当官是一件了不起的事，其实，不是那么回事。就说比我官大的那些局长、县长们，有权在位时，身边讨好、谄媚、巴结者一大批，前呼后拥，风光无限。可总有退位的时候，有朝一日退位或退休了，感觉门前冷落，形影孤单，世态炎凉，人生悲催。你们或许听过，民间有人给当官的编的顺口溜，说，上台是偶然的，下台是必然的；台上是短暂的，台下是漫长的。我深谙这里面的道理，所以能办的事，尽量给你们办一点。免得有一天退休了，跟你俩碰到路上，遭白眼不说，万一过来把我踢顿脚，可就惨了。"

王秋生说："天啊，我的大乡长，怎么可能？你这话说的……给我帮了那么大的忙，就是借我十个胆，我也不敢。"

张求宝立刻端了酒，说：“我的大乡长，你这不是给我和秋生上课吗？我俩慢待你了，给你敬杯酒，请你原谅。”

张乡长说：“张求宝，你俩又没做对不起我的事，谈何原谅？我只是说了点想法，你们别多想。今天没外人，面子上的事不干，敬酒免了。咱三个先碰一杯，至于敬酒，手上见，咱们直接划拳，如何？”

三个人一边吃菜，一边划拳，不知不觉喝完一瓶。

张乡长喝了酒，看似稍有点高，说：“我有时想，当个农民其实也挺好的，干完一天的活，是苦些，累些，可什么都不用多想，一觉睡到大天亮。我们就不一样，就拿我这小副乡长来说，除了每天把工作干好外，还得提防给你挖墙脚、捣闲话、弄是非的人，这社会，金疙瘩能识透，肉疙瘩识不透。若遇到给你穿小鞋的人或不顺心的事，有时，气得整晚上都睡不着。”

张乡长正说着，妇人又进来，端着一大盘烤羊排和三个羊蛋。羊蛋两个鸡蛋大，一个鸭蛋大。王秋生把大的捡到张乡长的菜碟里，说大羊蛋强肾壮腰，要张乡长吃。张乡长说他小孩长大了，吃上是浪费，王秋生还没生下儿子，叫王秋生吃。吃上好跟老婆怀儿子。说话间，把羊蛋捡到王秋生菜碟里。王秋生推了半天推不掉，便吃了大羊蛋，吃完说那是他见过的最大的羊蛋，有三四两重，一个把他吃饱了。张乡长给张求宝挤了一下眼睛，说他刚才忘了给王秋生提个醒，他以前听人说大羊蛋吃不成，患了睾丸炎的羊蛋才肿得像馒头，要是放在显微镜下观察，里面全是细菌。王秋生急了，问细菌是什么？张求宝接上，说细菌就是一个挨一个的小蛆娃子。王秋生听了，当下捂住嘴往卫生间跑，随后传来哇哇呕吐的声音。

王秋生吐完，回到包厢里，见张乡长和张求宝哈哈大笑，才知道上了当。张乡长看着满脸泪水的王秋生，说："王秋生呀王秋生，你一个大男人家，心眼怎么针尖小，都说宰相肚里能撑船，你这肚里，怎么连个蛆娃子都盛不下？跟你开个玩笑，你却当了真，把那么好的羊蛋吐光了，以后吃饭，谁敢再跟你开这种玩笑。"

张求宝说："张乡长，我平日跟他开这类玩笑，他根本不信，不上当。可你这么一说，他全当真，一点不考虑真与假，脑子像靠了线，哈哈……"

张乡长和张求宝你一句我一句地说得王秋生哭也不是，笑也不是，茶兮兮地站一旁，发愣……

张乡长站起来，轻轻拍了一下王秋生的肩膀说："想不通吗？坐下喝口水，我给你讲个故事，听后，你就不难受了。"

张乡长讲："我上大学时，家庭条件差，有时连肚子都吃不饱，我们宿舍共住着八个人，只有一位叫小寸头的条件较好，因为他老爹当时是他们县一中学校长。其他人全是农村来的，跟我一样穷，都搞勤工俭学。我在学校附近联系了一位中学生，给她当家庭教师，每周去她家三次，每次两个小时，什么课都教。一学期下来，学生进步快，成绩明显提高。临放假时，家长为了感谢我，除了多给我二十元的辅导费，还在家里做了几个菜招待我。我记得有鱼香肉丝、韭菜炒鸡蛋、青菜炒牛肉和大盘鸡。我长那么大，哪里见过那么好的菜，没把住，一个劲地吃，感觉都吃到嗓门口了才住嘴，临走时还喝了一瓶啤酒。饭后，回到宿舍里。小寸头躺在床上，骂学校食堂。说他下午吃饭时打了一缸子臊子面，快吃完了，才发现里面夹着一只绿头苍蝇，扁豆大，泡得嫩嫩哇兮的，一想那家伙在厕所里嗡嗡嗡地飞，飞完爬屎上，爬够了又钻到食堂里，掉进大锅里，偏偏被舀进他的饭缸里，他恶心着跑出宿舍去吐，吐不出来，就拿中指使劲戳嗓门，直到把吃上的臊子面吐得一干二净才罢休。小寸头一遍一遍不停地骂，我听着听着，一下恶心起来，跑出宿舍，抱住一棵大树把吃上的全吐了。回到宿舍，我才发现上了当，小寸头看着我，笑得手舞足蹈，说：'我听说今天下午有人要去吃好的，到他学生家吃独食，哼，不叫我一块去，跟上他蹭点，我让他去吃。看，吃上的能不能盛住，哼！'我听出他在说我，感觉上了当，装作生气，提起拖把吓唬他，他拉开被子，裹住头呱呱呱笑个不停。第二天早上，我起床就去看了我吐下的污物，实觉太可惜。我长那么大，就吃了那么好的一顿饭，还让小寸头忽悠着吐了，你们说能不可惜吗？"

张求宝说："小寸头忽悠着让你吐了，你又忽悠着叫王秋生吐了，你们当领导的就是不吃亏。"

张乡长说："我那时吐了，白吐了，不可能让学生家长再去做一顿吧，所以我吃亏了，可今天的王秋生不会吃亏。"张乡长说着，站起来，叫来老板，要她再烤两个羊蛋，老板听后走了。

张乡长坐下又说，他今天讲这故事是看张求宝和王秋生哪一位老实。经过验证，王秋生老实，就和上大学时的他一样。老实人经不起哄骗与忽悠，常常吃亏，他再不会让老实人吃亏，所以叫老板给王秋生补烤两个羊蛋。

两个羊蛋被端上来，张乡长不吃，也不叫张求宝吃，盯着让王秋生吃下。吃过后三人又喝了一瓶酒。张乡长喝得有点高，说上次到王秋生家里吃完饭后，他和胡记者还吃过两次饭，胡记者在饭桌上又讲过一个“不吃亏”的段子，精彩得很，要等下次吃饭时给他俩讲，张求宝求着让张乡长讲，张乡长偏没讲。

送完张乡长，张求宝和王秋生回到家里。王秋生想到张乡长晚上丢下架子，像熟人和朋友一样跟他和张求宝吃饭聊天，中途还讲了笑话，关照着让他吃了两个羊蛋。他觉得他跟张乡长的距离拉近了，似乎成了“朋友”，以后遇到困难事，可直接去找张乡长关照了，至于黄尕菊给他生儿子的梦想，不用说，他觉得一定能实现。

那天晚上，王秋生格外高兴，他一遍一遍回忆傍晚吃饭的情景，不知不觉进入甜甜的梦乡。梦中，他吃力地攀爬着一座巍峨险峻的大山，好不容易爬到山顶，却见乌云里钻出一条青龙，青龙长着两只翅膀向他飞来。他急了，赶忙伸手去捉，那青龙却像流星一样在他眼前一闪，消失得无影无踪……

第二天早晨，王秋生把梦境说给黄尕菊，黄尕菊听后，说王秋生梦见青龙预兆她要生儿子，可青龙怎么会长着翅膀，却又一现即逝……黄尕菊想到这些，脸上顿生疑云。王秋生看出黄尕菊表情不好，追问原因，黄尕菊只一个劲地摇头，一句话不说。

根
第十四章

一年后，黄尕菊要生四胎了，接生婆依然是小婶子。小孩生下后，头顶似一层塑料薄膜，透着亮，一张一翕，上下浮动。没有下嘴唇，外露着齿根，两眼扑闪几下便停止了呼吸，只是那小鸡鸡直挺挺地立着，还撒了一泡尿。小婶子看到这一切，立马吓跑了，黄尕菊当场晕了过去。

黄尕菊生下怪胎的风声不胫而走，张求宝听后说，王秋生在佛祖面前上香时，只许了要生儿子的愿，没有许其他愿；刘瘸子说，黄尕菊这辈子没生儿子的命；侯军军说，黄尕菊怀孕期间，要么吃了不该吃的药，要么喝了酒……

是年秋天。

一天，黄尕菊站在村口处，趿着一双破布鞋，双手搂着胳膊肘，披头散发，衣服褴褛，目光呆滞，痴痴地望着日出日落。突然，天空阴暗下来，乌云翻滚，闪电雷鸣，一阵疾风骤雨，势如破竹，劈头盖脸地袭击了整个村庄。

王秋生、于凤英和严寡妇找到黄尕菊，黄尕菊在一棵大树下蜷缩着身子，瑟瑟发抖，湿漉漉的头发贴满整个脸庞，浑身湿透，像个落汤鸡。王秋生连背带扛把黄尕菊弄到屋里，赶紧给她脱去衣裤，捂了厚被子。黄尕菊浑身发烧，不停地呻唤……

那场大雨整整下了两个小时，而后转成中雨，又转成毛毛细雨，淅淅沥沥地下了七天七夜。村里人说，没见过这么下雨的，是老天爷怒了吧……也有人说，那雨是佛祖的眼泪……

王秋生一夜之间苍老了许多，满头白发，满脸皱纹，身影佝偻，沉默寡言，有人说，那是大地的沧桑……

黄尕菊在一棵大树下蜷缩着身子，
瑟瑟发抖，
湿漉漉的头发贴满整个脸庞

后　记

一个小买卖人写小说，能成吗?

我不止一次地问自己。

年轻时，偶尔写篇文章，见著于报纸的拐角处，拿上能看半天，爱不释手。那时幻想，当个“作家”，出几本书，该多好。

后来，拜读了几本名家的小说，才感到自己的想法很幼稚，自己不可能写出脍炙人口的作品来。

因为，自己肚子里有几滴墨水，只有自己清楚。

所以，曾经的“小说梦”羞于起笔，悄悄搁置于心灵深处最阴暗的角落，尘封起来，以免叫人看笑话，说我不务正业，好高骛远、痴人做梦。

这一搁，整整搁了十五年。

我专心做自己的小买卖，经商，养家糊口，没有再敢奢望我的“小说梦”。

直到前四年，我在现实生活中听到或遇到的一些人和事常常浮现在眼前，驱不走，理却通。我觉得不把它们写出来，是自己一生很大的遗憾。再加上生意场上太多的困惑与无奈，让我更多地思考生命存在的意义所在。所以，我又开始想：应该写本书，哪怕是一本几万字的短篇小说，写遇到或听到的人和事，至于写成啥样，能不能发表，先不考虑那么多，反正“小马过河”，就先试试吧。

于是，我开始记录素材，把听到或遇到的一些人和事，还有几十个饭桌上的“精品”记录在一个小本子上，生怕以后忘记。

这样做记录，有两年多时间 。

前年三月底，经过认真构思后，我忍不住内心的狂热与冲动，开始正式写这本“小说”……

小买卖人写书，最糟糕的是心情，因为既要考虑生意上一大堆烦琐事和应酬，又要找一处风平浪静、一尘不染的“世外桃源”，二者原本水火不容，更别说兼得了。既然不可兼得，鱼和熊掌，我只能舍鱼而取熊掌。

自开始动了笔，一年多来，我没有过多关注过生意，更多时间把自己封闭起来，“坐月子”似的写完了这本“小说”，到去年秋至，整整写了一年零六个月，为此，我还“疏远”和“得罪”了身边的一些亲戚和朋友。

《根》的主人公王秋生夫妻俩，为了生儿子，又讲迷信，又请客送礼，又上香拜佛 ...... 做了许多不该做的事，走了许多不必走的路 ...... 极其卑微，忍受了人世间诸多的无奈与痛苦，默默承受着精神枷锁的折磨与摧残，却一直执迷不悟，无法解脱。

王秋生这样的悲剧人物，我对他们有爱没有恨，有怜也有怨……

我有一堂姐，为了生儿子，四处漂流，东躲西藏二十多年，最终生了六个姑娘，现年近五十，家徒四壁，穷困潦倒……

我曾问：“她来人世一趟，难道仅为了生儿子而活着？”诚然，想生儿子没错，可为此不顾生活质量，受尽人间苦难，甚至演出人生悲剧，又何尝不是愧对人生。

每每想起她们，我的内心就隐隐作痛，常常扼腕叹息，感慨万千。

重男轻女，这一陈旧的封建思想，不知制造了多少人世间的悲欢离合，毁掉了多少幸福的家庭……

至于文中王秋生身上发生了那么多可笑而有趣的故事，是我把发生在他人身上的事全放在了他的身上，那些事，是绝对地存在。

我写这本书，没有拐弯抹角，而是赤裸裸地表达了人物的言行举止，的确很土。可，如果农民嘴一张，满口之乎者也，您信吗？所以，这本书不图名，不谋利。既土，只要读者能从其中取得些许快乐，悟出一丁点道理，我已经满满地知足了。

本书完稿后得到了雪漠老师的肯定与厚评，看后泪流，兴奋与激动并存。实感三生有幸却又惭愧，怕辜负老师的期望。学辉老师在百忙中抽空亲自作序，深感荣幸与激动。在此，深鞠一躬，对两位尊师表示衷心感谢。

两位老师的肯定与鼓励告诉我，路还长……